本陣殺人事件

橫溝正史

高詹燦 譯

日本推理大師經典

本陣殺人事件

橫溝正史

CONTENTS

出版緣起

日本推理大師，永不墜落的熠熠星團

編輯部

一九二三年，被譽爲「日本推理之父」的江戶川亂步推出〈兩分銅幣〉之後，日本現代推理小說正式宣告成立。若包含亂步之前的黎明期，此一文類經過了將近百年的漫長演化，至今已發展出其獨步全球的特殊風格與特色，使日本成爲最有實力的推理小說生產國之一，甚至在同類型漫畫、電影與電腦遊戲的推波助瀾之下，日本著名暢銷作家如桐野夏生、宮部美幸等也已躋進亞洲、歐美市場，在國際文壇上展露光芒，聲譽扶搖直上。

我們不禁要問，在新一代推理作家於日本本國以及台灣甚或全球取得絕大成功的背後，有哪些強大力量的支持、經過哪些營養素的吸取與轉化，能夠在競爭激烈的國際舞台上掙得一席之地？在這些作家之前，曾有哪些重要的作家精耕此一文類、獨領當時風騷，無論在形式的創新或銷售實績上都睥睨群雄、立下典範、影響至鉅？而他們的努力對此一文類長期發展的貢獻爲何？此外，日本推理小說的體系是如何建立的？爲何這番歷史傳承得以一代又一代地開發出一批批忠心耿耿的讀者，並因此吸引無數優秀的創作者傾注心血，人才輩出？

爲嘗試回答這個問題，獨步文化在經過縝密的籌備和規畫之後，於二〇〇六年年初推出全新書系「日本推理大師經典」系列，以曾經開創流派、對於後輩作家擁有莫大影響力的作家爲中心，由本格推理大師、名偵探金田一耕助和由利麟太郎的創作者橫溝正史，以及社會派創始者、日本文壇巨匠松本清張領軍，帶領讀者重新閱讀並認識在日本推理史上留下重要足跡的作家，如森村誠一、阿刀田高、逢坂剛等不同創作風格的重量級巨星。

日本推理百年歷史，從本格派到社會派，到新本格、新新本格的宣言及開創，眾星雲集，但跨越世代、擁有不朽魅力的巨匠們，永遠宛如夜空中璀璨耀眼的星團熠熠發亮，炫目不墜。

獨步文化編輯部期待能透過「日本推理大師經典」系列的出版，讓所有熱愛或即將親近日本推理小說的讀者，親炙大師風采，不僅對於日本推理小說的歷史淵源有全盤而深入的理解，更能從經典中讀出門道、讀出無窮無盡的趣味。

導讀

解謎推理小說大師．橫溝正史

傅博

八十多年來的日本推理文壇有三大高峰，就是日本推理小說之父江戶川亂步、本格派解謎大師橫溝正史和社會派大師松本清張。

這三位各自確立創作形式，影響了之後的推理小說的創作路線。

江戶川亂步於一九二三年，在《新青年》月刊發表〈兩分銅幣〉，獲得年輕讀者肯定，之後，陸續發表具歐美推理小說水準之作品，為日本推理小說奠定了基礎。

話須從江戶川亂步向《新青年》投稿前夕說起。

《新青年》創刊於一九二〇年一月，其創刊主旨是鼓吹鄉村青年到海外發展的啓蒙雜誌。編輯這類綜合雜誌的慣例，除了主要論文或相關報導之外，都刊載一些附錄性的消遣文章，《新青年》選擇的是歐美新興文學，就是推理小說。主編森下雨村是英文學者，知悉歐美推理小說，對於每期刊載的作品，都附有詳細的作家介紹和作品欣賞的導讀，幫助讀者欣賞推理小說。

同時爲了鼓勵推理小說的創作，舉辦了四千字的推理小說徵文獎，同年四月即發表第一屆得獎作品，八重野潮路（本名西田政治）的〈蘋果皮〉。之後不定期發表得獎作品，橫溝正史的處女作〈恐怖的愚人節〉是翌年（二一年）四月的得獎作品。

《新青年》雖然提供了推理小說的創作園地，其水準與歐美作品相比較，還是有一段距離，對讀者發生不了影響力，須待四年後江戶川亂步的登場。其原因不外是徵文字數太少。看穿四千字寫不成完整推理小說的推理小說迷江戶川亂步，寫好〈兩分銅幣〉和〈一張收據〉兩短篇，直接寄給森下雨村，看完兩作品後，森下疑為是歐美的翻案小說。

所謂的「翻案小說」，是指保留歐美文學作品原有的故事情節，而把時空背景移植到日本，登場人物改為日本人的小說。明治維新（一八六八年）以後的大眾讀物，很多這類改寫小說。

森下雨村把這兩篇作品交給知悉歐美推理小說的醫學博士小酒井不木判斷，徵求其意見，〈兩分銅幣〉終於獲得發表機會，三個月後〈一張收據〉也在《新青年》刊出。《新青年》由此積極培養作家，刊載創作推理小說。創作與翻譯作品並駕齊驅，成為《新青年》的賣點，鼓吹青年雄飛海外的文章漸漸匿跡，名符其實，成為推理小說的專門雜誌。

橫溝正史出道雖然比江戶川亂步早兩年，但是著力推理創作是一九二五年以後，而要確立解謎推理小說方法論，須待到二十年後的一九四六年。

橫溝正史，一九〇二年五月二十四日，生於神戶市東川崎。小學六年級時閱讀了三津木春影之翻案推理小說《古城的祕密》後，被推理小說迷住。一九一五年考入神戶二中，結識西田德重，他也是推理小說迷，兩人時常一起逛舊書店，尋找歐美推理雜誌來閱讀。二〇年中學畢業後，在銀行上班。這年秋天西田德重死亡，而認識其哥哥西田政治，他就是上述《新青年》懸賞小說的第一屆得獎者。橫溝正史受其影響，開始撰寫推理小說應徵《新青年》後效，翌年二一年三次得獎，四月處女作〈恐怖的愚人節〉獲得一等獎、八月〈深紅的祕密〉獲得三等獎、十二月〈一把小刀〉獲得二等獎。同年四月考入大阪藥學專門學校。

一九二四年三月藥專畢業後，在家裡幫忙父親所經營的藥店，業餘撰寫推理小說。翌年二五年四月與西田政治會見江戶川亂步，而加入推理作家所組織的親睦團體「探偵趣味之會」。之後積極地在《新青年》發表作品。十一月與江戶川亂步去名古屋拜訪小酒井不木。一九二六年六月出版處女短篇集《廣告娃娃》。同月因江戶川亂步的慫恿上京，到《新青年》編輯部上班，翌年五月接任總編輯。隔年轉任《文藝俱樂部》總編輯。

發行《新青年》的博文館是戰前二大出版社之一，所發行的雜誌很多，有綜合雜誌《太陽》、文藝雜誌《文藝俱樂部》、少年雜誌《譚海》等等。《新青年》創刊後，歐美推理小說獲得支持，博文館立即把《新文學》雜誌更名改版為《新趣味》（二二年一月），專門刊載歐美推理小說，並舉辦推理小說徵文。其壽命雖然不到兩年，於二三年十一月停刊，其精神卻於三一年九月創刊的《探偵小說》繼承，首任主編即是橫溝正史。

一九三二年七月辭職，成為專業作家。主編雜誌時期的作品不少，作品內容大多是具幽默氣氛的非解謎為主的推理短篇，和記述凶手犯案經緯為主題的通俗推理長篇。

一九三三年五月七日，因肺結核而喀血，七月起在富士見療養所療養三個月，翌年（三四）年春，身爲《新青年》總編輯，也是推理作家的水谷準以友人代表的身分，勸橫溝正史停止執筆一年，以及易地療養，七月搬到信州上諏訪療養。

療養後，橫溝正史改變作品風格，充滿江戶時代的草雙紙趣味。江戶時代是指明治維新前，德川幕府所統治（一六〇三～一八六七年）的時代，「草雙紙」是江戶時代初期圖文並茂的大眾讀物之總稱，視其內容以封面顏色分爲赤本、黑本、青本、黃表紙四類和長篇之合卷。內容有諷刺、滑稽等輕鬆系列，和怪奇、幻想、耽美等異常系列。橫溝正史的草雙紙趣味是指後者。橫溝正史之戰前代表作，〈鬼火〉、〈倉庫內〉、〈蠟人〉等，都是具有草雙紙趣味的耽美主義作品。

一九三六年以後，橫溝正史的作品產量驚人。因第二次世界大戰，從三九年起，日本政府禁止舶來的推理小說之創作後，橫溝正史致力撰寫稱爲「捕物帳」的時代推理小說，和具有推理小說氣氛的現代小說，其產量仍然驚人。

一九四五年八月，第二次世界大戰終結，變成廢墟的日本，一切從頭出發。《新青年》雖然於二月廢刊，十月立即復刊，但是，因大戰中積極參與推動國策的博文館，被GHQ（聯合軍總司令部——統治敗戰國日本到一九五二年）解體，分成幾家小出版社。因此，《新青年》雖然三次更改出版社，卻挽不回往年榮光，五〇年七月從歷史舞台消失。

一九四六年新創刊的推理雜誌有五種，即三月之《LOCK》、四月之《寶石》和《Top》、七月之《Profile》、十一月之《探偵讀物》。翌年（四七年）即有七種新推理雜誌誕生，即一月之《黑貓》、《眞珠》和《探偵小說》、七月之《妖奇》、十月之《Gmen》和《Windmill》、十一月之《Whodunit》。這些雜誌都是月刊，雖然當時因印刷紙張缺乏，不能定期發行，但是想像當時可看到這十三種推理雜誌排在一起，只要想像這樣的豪華場面，就可知戰後日本推理小說復興之快速。而領導戰後推理文壇的，就是《寶石》。其中堅作家就是江戶川亂步（精神領袖）和橫溝正史（創作路線）。

《寶石》創刊號就讓橫溝正史撰寫連載小說。橫溝正史交給編輯部的作品，就是《本陣殺人事件》。

本陣是江戶時代的上流人士，所住宿的驛站旅館，經營者都是當地的名門。明治維新後，本陣不一定繼續營業，但其一族仍是該地的豪門。

殺人事件發生於一九三七年十一月二十五日，岡山縣某村本陣之一柳家。戶主是五十七歲的糸子夫人，她生育三男二女。這天是四十歲的長男賢藏舉辦婚禮之日，婚宴後，新郎和新娘進洞房，這時候下著雪，四點十五分從洞房傳出新娘久保克子的尖叫聲。因洞房呈密室狀態，傭人破門而入，發現新郎新娘已被殺，這時候雪已停，凶器之日本刀插在庭院的雪地上，但是沒有任何腳印，構成雙重密室殺人事件。

正好，這時候在東京開業偵探事務所之金田一耕助，來到岡山拜訪恩人久保銀造。金田一由此有機會參與辦案，他勘查犯罪現場和庭院後，便很有邏輯地解開密室之謎團，揭破事件眞相。是日本三大名探之一的金田一耕助誕生的一瞬間。另外兩位名探是江戶川亂步塑造的明智小五郎，和高木彬光筆下的神津恭介。他們都是職業偵探。

在本書，作者如下介紹金田一耕助。一九一三年於日本東北之岩手縣鄉村出生的金田一耕助，盛岡中學畢業後，抱著青雲大志上京，寄宿在神田，在某私立大學念書不到一年，對日本之大學教育失望，放棄學業去美國。到了美國之後，美國好像也不是他想像中的理想社會，他在餐廳打工洗碟子，過著無賴的生活。由於好奇心被毒品吸引，吸毒成癮的金田一，在偶然的機會下，解決了在舊金山發生的日僑殺人事件，引起當地日本人注意，成爲英雄。

久保銀造在岡山經營果樹園很成功。他想擴充事業而來美國，在某日僑聚會上，認識了金田一，他勸金田一戒毒，並資助他去大學念書。金田一耕助於三年後之一九三六年大學畢業，歸國拜訪久保銀造，久保資助金田一在東京日本橋開設偵探事務所。半年後在大阪解決了重大事件後，來到岡山度假，而碰到本陣的命案。

橫溝正史如此塑造了一名推理能力超人非凡，人格卻非完整的英雄，讓讀者有一種親密感。二次大戰中，金田一入伍，到中國、菲律賓、印尼等地打仗，一九四六年復員回國，戰後之金田一耕助探案待後續說。

橫溝正史發表《本陣殺人事件》第一回之後，同年四月，在《LOCK》開始連載《蝴蝶殺人事件》。命案也是發生於一九三七年，比本陣命案早一個月之十月二十日，地點是大都會大阪。馳名國際的歌劇家原櫻女士，在東京歌劇演出之後，前往大阪的途中失蹤，翌日其屍體被裝在低音大提琴的琴箱裡，送到大阪的演出會場。

本篇的架構比較複雜，作者設定新聞記者三津木俊助，爲某出版社撰寫推理小說。序曲寫他想把戰前在大阪發生的歌劇家殺人事件小說化，到東京郊外之國立（地名），拜訪解決此事件的名探由利麟太郎之允許的經過。第一章至第四章即以原櫻之經紀人土屋恭三的手記形式，記述事件發生前後時歌劇團員的行動，第五章至第二十章改由三津木俊助記述由利麟太郎的辦案經緯，終曲是三津木寫完原稿後再次拜訪由利，以兩人對話的方式，由利直接說明推理經過。

由利麟太郎是橫溝正史創造的偵探，一九三六年五月發表的中篇〈妖魂〉（之後改爲〈石膏美人〉）首次登場。一九〇二年出生，曾任東京警視廳搜查課長，因廳內的政治鬥爭而辭職，一時去向不明，偶然的機會認識新聞記者三津木俊助後，重出江湖。警方無法破案的事件，由三津木收集資訊，由利根據所收集的資訊，以消去法逐一消除不適合犯案的人物，最後理出凶手。包括由利未登場，三津木單獨破案之故事，「由利、三津木系列」的長短篇合計有三十三篇，故事內容大多屬於重視懸疑、驚悚的通俗作品。《眞珠郎》、《夜光蟲》、《假面劇場》等長篇是也。《蝴蝶殺人事件》則是「由利、三津木系列」的代表作。

橫溝正史除了塑造金田一耕助和由利麟太郎兩位名探之外，還塑造了八名偵探，但他們不是現代的偵探，而是江戶時代的捕吏。凡是明治維新以前爲時代背景之推理小說，皆稱爲捕物小說或捕物帳，近幾年來又稱爲時代推理小說。

時代推理小說的寫作形式是日本獨有，其起源比江戶川亂步之〈兩分銅幣〉早六年。一九一七年岡本綺堂（劇作家、劇評家、小說家）所發表之《半七捕物帳》第一話〈阿文之魂魄〉爲其原點。作者執筆《半七捕物帳》的動機是，欲塑造日本版福爾摩斯——半七，同時想把故事背後之江戶（現在之東京）的人情、風物藉故事的進展留給後世。之後，很多作家模仿《半七捕物帳》形式，創作了多姿多采的捕物小說。按其內容，可分爲執重人情、風物的，與以謎團、推理取勝的兩種系統。

橫溝正史所塑造的江戶捕吏中，最有名的是佐七（明治維新以前，平民只有名字，沒有姓氏）。佐七，一六二九年於江戶神田阿玉池出生。父親傳次也是捕吏，他有兩名助手，辰和豆大。他因皮膚很白而英俊，很像娃娃，周圍叫他爲「人形（娃娃之意）佐七」。人形佐七爲主角的捕物帳，大約有兩百篇（短篇爲多），合稱「人形佐七捕物帳」，屬於推理、解謎取勝的系列作品。

佐七之外，橫溝正史筆下的江戶捕吏，還有不知火甚左、鷺十郎、花吹雪左近、緋牡丹銀次、左一平、朝彥金太、紫甚左等。其中除了不知火甚左和人形佐七之外，都是一九三九年政府禁止撰寫推理小說之後所塑造的。

話說戰後，《本陣殺人事件》的成功，不但決定了今後之橫溝正史的解謎推理路線，並明確地爲戰後日本推理小說確立新路線，一直到一九五七年，松本清張之社會派推理小說登場前夕。這段期間，日本推理文學的主流是解謎推理，其領導者就是橫溝正史。

戰後的橫溝正史與以往不同，一直以金田一耕助之傳說作者自許，爲他寫了近八十篇的探案，其中四分之一以上是長篇。由此可竊見橫溝正史之旺盛的創作能力。橫溝正史的代表作集中於金田一耕助探案。

《獄門島》（一九四七年一月至四八年三月，在《寶石》連載，二九年五月出版單行本）。一九四六年初秋，金田一耕助從戰地回來，九月初就到東京都心之市谷，替戰亡的戰友解決戰前發生的無頭公案後，九月下旬來到瀨戶內海上的離島——獄門島。其目的也是在歸國的船上，受即將死亡的戰友鬼頭千萬太之託。千萬太是鬼頭本家之長男，他有三個妹妹——月代、雪枝、花子。

金田一耕助在往獄門島的渡船上，認識千光寺的了然和尚，得知鬼頭本家的先代死亡後，其家務事由了然和尚、荒木村長和中醫師村瀨幸庵三人合議處理。十月五日，舉行千萬太葬禮時，花子失蹤，晚間發現其屍體被吊在千光寺庭院的古梅樹上。其後，雪枝被殺，屍體藏在放在路旁的大吊鐘內，月代也被殺，屍體周圍布滿胡枝子的花瓣。

凶手為何殺人後，需要這樣布置屍體，成為連續殺人事件的謎團。金田一耕助發現是比擬俳句（日本獨自的定型詩）的殺人事件。那麼其動機是什麼？凶手是誰呢？

《獄門島》在各種推理小說傑作排行榜，都入圍前五名（排名第一的也不少）。筆者認為是日本推理小說史上之最高傑作。不可不讀。

《惡魔前來吹笛》（一九五一年十一月至五三年十一月，在《寶石》連載後，一九五四年出版單行本）。一九四七年一月十五日，東京銀座的天銀堂珠寶行內，發生大量毒殺事件，死者達十人。三月一日〈惡魔前來吹笛〉的作曲者椿英輔失蹤，四月十四日發現其屍體，之後被認定為自殺。幾天後，椿英輔的女兒美禰子，帶著英輔的遺書來拜訪金田一耕助。並告訴金田一，她認為向警察當局告密「天銀堂毒殺事件的凶手是椿英輔」的是住在椿公館中的某一人。不久命案便相繼發生……

橫溝作品的殺人動機，很多是血統、血緣問題。本書不但不例外，問題還很嚴重，很陰慘。雖然不是一部純粹的解謎推理小說，卻是一部值得閱讀的傑作。

「金田一耕助探案」除了上述三長篇之外，還有《夜行》、《八墓村》、《犬神家一族》、《女王蜂》、《三首塔》、《惡魔的手毬歌》、《化妝舞會》、《醫院坡上吊之家》（按發表順序排行）等傑作。

日本解謎推理小說到了一九五〇年代初，即開始衰微，一九五七年，松本清張出版《點與線》和《眼之壁》，確立社會派後，既成作家漸漸失去創作園地，有的不得不停筆，橫溝正史也很少發表作品。到了一九七〇年代初，偵探小說（指一九五七年以前之推理小說）的重估運動，使橫溝正史的作品復活，重新獲得不勝計數的讀者。

橫溝正史於一九四八年，以《本陣殺人事件》獲得第一屆日本偵探作家俱樂部長篇獎（現在之日本推理作家協會獎）之外，一九七六年日本政府授與勳三等瑞寶章。一九八一年十二月二十八日逝世，享年八十歲。

二〇〇六年一月二十日

本文作者簡介：

傅博，文藝評論家。另有筆名島崎博、黃淮。一九三三年出生，台南市人。於早稻田大學研究所專攻金融經濟。在日二十五年以島崎博之名撰寫作家書誌、文化時評等。曾任推理雜誌《幻影城》總編輯。一九七九年底回台定居。主編《日本十大推理名著全集》、《日本推理名著大展》、《日本名探推理系列》以及日本文學選集（合計四十冊，希代出版）。

角色分析

金田一耕助是何許人也？

編輯部

作為日本推理小說史上的三大名探之一的金田一耕助，究竟有何本領跨越六十年的歲月，仍受到廣大讀者的愛戴？就讓我們透過接下來的幾個關鍵字，深入了解金田一耕助吧。

他的外型：

在很多金田一系列的作品中，都能看出金田一是個皮膚白皙的小個子。而原作者橫溝正史曾在《迷路莊慘劇》一作中，明白指出金田一的身形是「五尺四寸高、體重約十四貫左右」，換成現代的講法就是約一百六十三公分高、五十二公斤左右。不過令人意外的是，歷代以來在電影或電視劇中演出金田一耕助的演員們，除了片岡鶴太郎之外幾乎都高出原著設定許多。此外，不少原著中的登場人物都形容金田一是個長得像蝙蝠的窮酸男子，然而也有不少角色都認為金田一有著溫柔、睿智的眼神。而他們最後總會傾倒於耕助那溫暖、誠摯的微笑之下，就像是《惡魔前來吹笛》裡的三春園老闆娘一樣。

他的打扮：

說到金田一耕助，幾乎所有人第一時間就會想到他那皺巴巴的和服。但他並不是一年三百六十五天都穿同樣的和服，根據原著的設定他會隨季節的變換，夏天穿夏季和服，秋冬之際則會再披上和服外套。

隨著時代轉變，和服顯得愈來愈稀奇，金田一數十年如一日的打扮也曾被誤以爲是有特殊目的的變裝。不過在《惡靈島》一作中，金田一面對這樣的質疑，則是開朗地強調：「雞窩頭和皺巴巴的和服可是我的招牌打扮呢。」

他的習性：

講到金田一耕助的習性，諸位讀者第一個想到的，一定就是不停地搔抓他的雞窩頭，搞得頭皮屑滿天飛，興奮之際還會口吃。事實上，金田一有著諸多名偵探都沒有的奇怪習慣，他甚至會抖腳，眞無愧其窮酸男子的評語。在《八墓村》和《惡魔前來吹笛》等作品中，就有他又是抓頭、又是抖腳的場面出現，眞讓人不知道該說什麼。除此之外，雖然出現次數不多，金田一還會吹口哨，當他獲得重大線索時，便會心情愉悅地吹起口哨。

他的戀愛：

在《惡靈島》中，金田一曾經被問到關於感情方面的事情，他非常害羞地亂抓著雞窩頭回答：「不，我那方面完全沒有動靜。」這麼說來，金田一似乎不曾對任何女性動心，不過其實他也曾經有心動的對象。一是《獄門島》的鬼頭早苗，早苗是鬼頭家的繼承人，個性外柔內剛。在案件結束之後，金田一問早苗是否願意和他一同前往東京生活，無奈早苗爲了鬼頭家的未來拒絕了，這是金田一第一次失戀。還有一人是〈女怪〉中的酒吧老闆娘，持田虹子。即使知道虹子已有情人，金田一仍舊熱情地說：「就算老闆娘有情人，我還是喜歡她，非常、非常地喜歡她。」只可惜事件的眞相太悲慘，兩人無緣結合。在這個案件中大受傷害的金田一爲了療傷，便自我放逐到北海道去了。

本陣殺人事件

三指男

這本書在起稿時，我想先去那棟發生恐怖事件的屋子裡瞧瞧。於是，在早春的某日下午，我拄著枴杖出門，順便散散步。

去年五月，我來到岡山縣這座農村避難，從村民那裡聽聞一柳家的妖琴殺人事件。人們一旦得知我是推理小說家，都會把親身見聞的殺人事件告訴我，這裡的村民也不例外。不過，每個人不約而同都提到這件事。由此可見，當地人對這起事件的印象多麼深刻，但許多人還不知道這起事件眞正的可怕之處。

整體來說，人們告訴我的那些事件，幾乎都沒有轉述者本身感受到的有趣，更別提充當小說題材了，至少到目前爲止一次也沒有。然而，這起事件完全不同，從一開始聽到內容片段，我便深感興趣，不久後，又從最熟悉此事的F先生那裡聽聞眞相，更是深陷難以言喻的激昂情緒。這起事件與一般的殺人事件迥異，當中有兇手綿密的計畫，而且算是「密室殺人」。

只要是推理小說家，都會想寫「密室殺人事件」。在理應無法進出的房間裡發生命案，作者透過巧妙的手法破解。這對作者來說，想必有一股難以抗拒的魅力吧。因此，大部分的推理小說家都會嘗試以此爲題材，根據我的好友井上英三所言，像約翰・狄克森・卡爾（John Dickson Carr），他的作品都算是「密室殺人」的另一種變型。我也曾以推理小說家的身分立誓，日後一定要和這種詭計奮戰一番，沒想到不費吹灰之力，如今就有這等好運降臨，可將這個題材納爲己用。從這一點來看，我對於那個兇殘冷血、以可怕手法砍殺兩名男女的凶手，或許該致上由衷的謝意。

初次聽聞這起事件的眞相時，我立刻在腦海中搜尋，確認讀過的小說中是否有類似的情節。首先想到勒胡（Gaston Louis Alfred Leroux）的《黃色房間之謎》，接著想到盧布朗（Maurice Leblanc）的《虎牙》、范達因（S. S. Van Dine）的《金絲雀殺人事件》與《狗園殺人事件》、狄克森・卡爾的《瘟疫莊謀殺案》，以及可算是密室殺人另一種變型的史卡雷德（Roger Scarlett）的《天使家的凶殺案》。但這些小說都和這起事件不同。凶手會不會看過這些小說，先將詭計一一解開，再從中擷取所需的元素，設計出全新的詭計呢？——這也不無可能。

提到相似度，要屬《黃色房間之謎》與之最爲雷同。不過，相似的並非事件眞相，而是命案現場的氣氛。案發的房間內並不是貼著黃色壁紙，而是柱子、天花板、橫板、防雨門，全塗上紅漆。話說回來，塗紅漆的屋子在這一帶並不罕見，事實上，我避難的屋子也是如此。只不過，我住的房子十分老舊，看起來不像紅色，而是泛著黑光，但發生這起命案的房間才重新上過漆，想必是一片豔紅的色彩。此外，榻榻米和拉門也相當嶄新，還圍著一扇金屏風，所以那對男女倒臥在血泊中的光景，必定令人印象深刻。

不過，這起事件有另一項令人興奮的特別要素——始終與事件息息相關的一張琴。據說每次出事時，人們都會聽到狂亂的琴音，對於至今仍擺脫不了浪漫習性的我，真是一股難以抗拒的魅力。密室殺人、塗滿紅漆的房間、琴音……這起效果略微強烈的案件，我若不寫成小說，才真正是糟蹋作家的身分。

一時扯遠了，我的住處離發生這起事件的一柳家宅邸，約莫有十五分鐘的路程。那裡名叫岡村，別號山谷，是一個三面環山的小村落，低矮的連綿山巒像海星的腕足，朝平地延展而出，一柳家的大宅位於腳尖的位置。

這座挺出的山巒西側有小河流經，東側有一條越過山嶺通往久村的狹長小路，小河與小路延伸至平地便交會在一起。一柳家位在小河與小路區隔的不規則三角地帶上，擁有兩千坪的占地。換言之，一柳家北邊連接山巒邊緣，西邊有小河分隔，東邊面向那條跨越山巒、通往久村的小路。不消說，村門當然面向東邊的小路。

我先走到正門前方，再沿著小路往上走一小段，便來到設有乳鋲（**註**）的黑色大門前。

註——門前的裝飾，呈半球狀，形似乳房。

大門兩旁有綿延兩百公尺的高牆，往內窺望，外牆裡似乎還有一道內牆，感覺像是大宅院，但從內牆看不到裡面的模樣。

因此，我繞到宅邸西側，沿著小河往北而行，來到一柳家的圍牆盡頭。那裡有一座荒廢的水車，水車北側架著一座土橋。走過土橋後，來到一處位於宅邸北側的山崖，我走進山崖上方的濃密竹林中，站在崖邊往南俯瞰，宅邸內的模樣幾乎盡收眼底。

首先看到的，是位在腳下的一棟別館屋頂，屋頂底下就是發生那起恐怖事件的房間。聽說是一柳家上一代當家建造的隱居所，裡面有兩間房，分別是八張榻榻米和六張榻榻米大，相當狹小。正因做爲隱居所，建築物雖然小，庭園設計卻頗講究，從南邊到西邊配置了一些庭樹和庭石，數量多到冗贅的地步。

這棟別館的事以後再詳述，現在暫且越過它望向遠處。一柳家採用平房建築，寬敞的主屋面東而建，再過去則是分家的住居、倉庫、庫房，呈現不規則排列。主屋與別館之間原本隔了一道竹籬，僅靠一扇小柴門相通。如今竹籬和柴門已殘破不堪，看不出原形，然而案發當時還很嶄新牢固，曾一度阻擋了聽見慘叫聲從主屋趕來的人們。

我大致看過一遍一柳家的全貌，不久便走出竹林，來到位於村郊的岡村公所前。村公所位於村莊南端，村民的屋舍一路連接至此便中斷，從這裡以南到前方的川村，是一整片綿延的水田。水田中央有一條約莫三、四公尺寬的筆直道路，行走約四十分鐘，即可來到一處停車場。因此，開車到這裡的人，若要進入村莊，勢必得從村公所前面經過。
村公所正對面是一戶設有簡陋的展示窗、內部有一大片土間（註）的人家。這戶人家原本是馬夫們會順道過來喝一杯的飯館，而那個與一柳家命案息息相關、右手只有三根手指的神祕男子，當初便是駐足於此。
那是一九三七年十一月二十三日傍晚，即命案發生前兩天的事。
這家飯館的老闆娘坐在屋外的折凳上，正與熟稔的馬夫、村公所職員閒聊。此時，一名男子從川村方向沿著剛才提到的那條三、四公尺寬的路走來，在飯館前陡然停步。
「請問一下，一柳先生家要怎麼走？」
正在聊天的老闆娘、村公所職員、馬夫等人，聞言後不約而同地朝對方的裝扮望了一眼，面面相覷。他們覺得那男子的窮酸相，與一柳家這樣的大戶人家很不協調。男子深戴著一頂皺巴巴的漁夫帽，臉上戴著大口罩，一頭毛茸茸的亂髮露出帽子，蓄著落腮鬍，趕覺頗爲可疑。他沒穿外套，上衣的衣領收攏著，一副怕冷的模樣，並且身上的衣服布滿塵垢，手肘和膝蓋一帶因嚴重磨損而發亮。腳下那雙鞋早已綻開，因沾滿灰塵而發白。整個人顯得形疲神困，年紀約三十歲左右。
「一柳先生？一柳先生家就在對面，你找他有什麼事？」

註——日式房屋入門處，未鋪木板的黃土地面。

在村公所職員的仔細打量下，男子頻頻眨眼，彷彿覺得刺眼似地，隔著口罩含糊地說了些話，但聽不清楚。

這時，一輛人力車從男子剛才行經的路走來，老闆娘一見人力車，便出聲提醒：「啊，這位先生，你在找的一柳先生恰好從前方過來了。」

坐在車上的，是一名年約四旬，膚色略黑，神情嚴肅的男子。他身穿黑西裝，坐姿端正，雙眼直視前方。那瘦削的臉頰、高挺的鼻梁，予人一種難以親近之感。他就是一柳家的老爺賢藏。人力車載著一柳家的主人，從這些人面前經過，消失在前方的轉彎處。

「老闆娘，聽說一柳家的老爺要娶媳婦，是真的嗎？」直到看不見人力車以後，馬夫問道。

「當然是眞的，後天就要舉行婚禮了。」

「咦，怎麼這麼急？」

「要是再拖延下去，不曉得又會出什麼錯。他似乎打算排除萬難，進行到底。仔細想想，那也是因爲他作風強悍。」

「他就是這樣的個性，才能成爲如此了不起的學者。不過，不知道老夫人答不答應？」村公所職員說道。

「當然很不滿。不過，她早似乎就看破了，畢竟越是反對，老爺越堅持己見。」

「一柳家的老爺今年幾歲啦？四十嗎？」

「剛好四十，而且是第一次結婚。」

「這就是所謂的中年戀愛，比起年輕人談戀愛還要熱烈。」

「聽說新娘才二十五、六歲，是林吉先生的女兒，當眞是釣到了金龜婿，飛到枝頭當鳳凰是吧？老闆娘，她眞的長得那麼標致嗎？」

「聽說是還好。不過，她在女校當老師，頗有才華，所以才會被老爺看上。看來，今後女孩子不受教育是不行的。」

「老闆娘也要念女校釣個金龜婿是嗎？」

「一定要的啊！」

正當三人忍俊不禁、相視而笑時，剛才那名男子怯生生地插話：

「老闆娘，不好意思，能不能給我一杯水？我口渴……」

三人驚訝地轉頭看向男子，他們已全然忘了此人。老闆娘朝對方臉上打量一會，替他倒了杯水。男子答謝後接過杯子，解開口罩。此時，在場的三人不禁互望一眼。

男子右頰有一道很大的傷疤，也許是傷口縫合的痕跡。那道疤頗深，從嘴唇右端延伸臉頰，宛如嘴角裂開。看來，男子戴著口罩，並非感冒也不是要擋灰塵，而是爲了遮掩這道疤。此外，更令他們毛骨悚然的，是男子持杯的右手。他的右手只有三根手指，小指和無名指皆剩下半截，唯有大拇指、食指、中指完好。

三指男喝完水，客氣地道謝後，踩著無力的步伐朝一柳家的方向走去，身後的三人面面相覷。

「那個人是什麼來歷？」

「不曉得找一柳先生有什麼事？」

「眞是陰森的傢伙！看那個嘴巴，我再也不想用這個杯子了。」

事實上，老闆娘眞的將這只杯子收進櫥架角落，再也不想使用，不過，此舉日後卻幫了一個大忙。

能看透書中奧祕、喜歡探究的讀者諸君，故事看到這裡，應該已察覺我接下來想說什麼了。彈琴只需三根手指便足夠。琴這種樂器，只要有拇指、食指、中指便能彈奏。

本陣的後裔

根據村裡的耆老所言，一柳家是附近首屈一指的大財主，但他們原本不是村裡的居民，所以思想偏狹的村民一提到他們，總沒有好話。

一柳家本來住在對面的川村。川村位於昔日的中國街道（註一）上，在江戶時代設有驛站，一柳家正是驛站的本陣（註二）。然而，到了明治維新，當時的店主有洞悉時勢之明，在本陣倒閉的同時，迅速遷往如今的住處，並趁局勢動盪，低價收購田地，搖身成為大地主。基於這個緣故，村民背地裡都說一柳家是魚躍龍門的河童，意思是他們從川村爬上山谷。

話說，那起恐怖事件發生時，住在一柳家宅邸的人員如下：

首先是上一代當家的遺孀——糸子夫人，當時五十七歲，總是整齊地梳著一個超齡的大髮髻。這位老婦人無論在任何場合，都不忘展現身為本陣後裔的威嚴與驕傲。村民口中的「老夫人」指的就是她。

註一——江戶時代的主要幹道之一。從大坂到九州小倉，行經瀨戶內海沿岸，有五十多處驛站。
註二——江戶時代，驛站中供大名（諸侯）、公卿、幕府官員投宿的公家旅店。

糸子夫人有五名子女，案發當時只有三人住在家裡。老大是長男賢藏，畢業於京都某私立大學哲學系，年輕時在母校當過兩、三年講師，有一陣子因罹患呼吸系統疾病而返鄉療養。此人勤奮好學，儘管回歸鄉里，依舊埋首研究，同時也寫書，還不時向雜誌社投稿，在哲學領域是名聞遐邇的學者。他之所以年屆四十仍未娶妻，與其說是基於健康考量，倒不如說是忙於研究，無暇顧及婚事。

賢藏底下尚有妹妹妙子與弟弟隆二。妙子嫁給一名上班族，當時人在上海，所以與這起事件毫無瓜葛。隆二是醫生，在大阪一家大醫院上班，事發當晚他也不在家。不過，他在案發後不久便返回家中，不能說完全無關。當時他三十五歲。

糸子夫人自從生下隆二後，很長一段時間未再懷胎，她以為自己不會再生育，豈料十年後生了一個壯丁，間隔八年又生下一個女娃。分別是三男三郎與次女鈴子。當時三郎二十五歲，鈴子十七歲。

說到三郎，算是兄弟姊妹中最不成材的。國中被退學，改念神戶的一所私立專科學校，沒多久又被退學。當時，他整天待在家中，無所事事。其實他頭腦不壞，唯獨缺乏耐性，骨子裡挺狡猾。村民們也都瞧不起這名青年。

么女鈴子是個令人同情的女孩，也許是父母年邁後才生下她的緣故，她就像一朵開在陰暗處的花朵，天生體弱多病，智能發育遲緩。然而在某些方面，例如彈琴，卻展現過人的才華，稱得上是天才。不過，平日的舉止比七、八歲的兒童還幼稚。

以上是本家成員的介紹。當時，一柳家大宅內還住著另一家人，他們是一柳家的分家。分家的當家名叫良介，是賢藏等人的堂兄弟，三十八歲，與妻子秋子育有三名子女。這些孩子當然與這個可怕的故事無關，打從一開始，我就沒將他們列入嫌犯名單。

良介與賢藏是截然不同類型的人，雖然只有小學畢業，卻熟諳算術，而且爲人世故，是一柳家當家的不二人選。比起個性偏執的長男、不住家裡的次男、靠不住的三男，糸子夫人似乎對良介更能敞開心房，把他當成很好的說話對象。至於良介的妻子秋子，則是個不好不壞、對丈夫百依百順的平凡女子。

本家與分家共有六人，包括糸子夫人、賢藏、三郎、鈴子、良介、秋子，他們在保守封閉的氣氛中，姑且過著平安無事的生活。直到長男賢藏的婚事，爲平靜的家庭生活激起巨大的波紋。賢藏的結婚對象，是岡山市一所女校的教師久保克子。全家人都反對這門婚事，問題不在克子本身，而是對克子的家世有所不滿。

各位不妨到農村看看，即可明瞭。在城市裡，幾乎沒有人會說的「家世」一詞，竟然到現在仍如此活躍，甚至支配一切大小事物。自從戰敗後，日本社會變得動盪不安，農民對於身分地位、財產等等，不再像往昔那般崇拜，因爲一切都在不斷瓦解中。然而，「家世」的價値並未崩毀，對名門的憧憬、愛慕、自負，至今依然支配著農民。他們所謂的名門世家，未必基於優生學或遺傳學認定的優良血統，只要在舊幕府時代，曾代代服侍明君或擔任村長，即便一直有遺傳疾病，仍稱得上是名門世家。在當下的革新時代尚且如此，在昭和十二年（一九三七年），深以昔日本陣家世自豪的一柳家，會何等重視家世背景，毋須我多說。

久保克子的父親昔日是村裡的佃農，不過頗有骨氣，他看出村裡的生活沒有前途可言，於是和弟弟兩人遠渡美國，在異邦的果園工作，攢了數萬圓的積蓄後，回歸祖國。兄弟倆在離村落約四十公里遠的地方合力經營果園，發揮在美國學會的耕作技術。這對兄弟皆晚婚，哥哥在克子出生不久後過世，而克子的母親在丈夫死後便返回娘家，所以克子由叔叔親手養大。她是個認真好學的女孩，叔叔對她的學費從不吝嗇。自東京女子高級師範學院畢業，克子前往故鄉附近岡山市的一所女校任教。

她父親和叔叔共同經營的果園相當成功，叔叔還特地替克子保留她應得的財產。因此，克子擔任女校教師並非爲了家計，而是出於她的女性自覺。她擁有自己的財產，但看在一柳家眼裡，即使她教育水準高、天資聰穎又有錢，佃農之女終究是佃農之女。她是昔日沒有家世背景、一貧如洗的農民——久保林吉的女兒。

賢藏受邀到克子安排的倉敷（註）知識青年會演講時，認識了她。從那之後，每當克子看外文書，一遇到不懂之處，便會向賢藏請教。兩人交往了一年左右，賢藏突然宣布要與她結婚。

一柳家堅決反對這門婚事，在前面已述及，首先極力反對的，是糸子夫人與良介，這不難理解。在兄弟姊妹中，妹妹妙子曾寫信給哥哥，表達強烈的反對之意。有別於此，弟弟隆二倒是寫信給母親，表示哥哥這個人一旦話說出口，便絕對不會抽手，所以他愛怎麼做，就隨他去吧。隆二本身對賢藏的決定倒是沒有意見。

在周遭人們的反對下，賢藏又抱持什麼態度？他始終保持沉默，絕不反駁。最後水戰勝了火，反對者漸漸上氣不接下氣、聲音嘶啞、腳步凌亂，只能苦笑著聳聳肩，就此認輸。

就這樣，兩人在那年的十一月二十五日舉行婚禮，卻在當晚發生那起駭人事件。

不過，繼續往下說之前，我想先提兩、三件瑣事。事後回想，它們似乎是那起事件的前奏曲。

事件發生的前一天，即十一月二十四日午後，糸子夫人與賢藏坐在客廳喝茶，氣氛很僵，妹妹鈴子在一旁替洋娃娃穿衣。這個少女不管置身何處，都能靜靜地獨自玩耍，所以旁人從來不覺得她礙事。

「畢竟關係著一柳家代代相傳的規矩……」

糸子夫人拿兒子完全沒轍，說話也顯得有些顧忌。

「可是，娘，當初隆二娶妻時，您就沒反對啊！」

註——地名，位於岡山縣南部。

賢藏看也不看一眼母親遞給他的蕎麥包子，一臉凝重地抽著菸。

「隆二是次男，不能與你相提並論。你是這個家的繼承人，克子小姐是你太太……」

「克子根本不會彈古琴，如果是鋼琴，搞不好還會彈。」

兩人之間的問題就出在這裡。一柳家自古以來有一條家規，規定繼承人的新婚妻子必須在婚禮上彈奏一柳家代代相傳的古琴，至於曲目與這條家規的訂立，有一段複雜的來歷，我會找機會詳述。眼下，這對母子面臨的問題，是新娘克子到底會不會彈琴。

「娘，說這些也沒用，如果您能早點告訴我，或許我還能要克子事先準備，但現在……」

「我提出這件事，並非有意阻撓婚禮，要是你認為我存心給克子難堪，那可就誤會了。不過，家規終歸是家規……」

兩人即將鬧僵之際，在一旁把玩洋娃娃的鈴子突然提出一個可愛的建議。

「娘，可以讓我彈嗎？」

糸子夫人瞪大了眼望著鈴子，賢藏露出苦笑。

「這個主意好，就拜託鈴子了。娘，如果讓鈴子來彈，便不會礙著任何人，這樣不是很好嗎？」

糸子夫人也有點動心，但此時門外冒出一張臉，是她的堂姪良介。

「鈴子，原來妳在這裡啊。喏，妳訂的箱子送來了。」

那是一個和水果箱差不多大、刨削得十分工整的原木箱。

「良介，那是什麼？」

糸子夫人蹙眉問道。

「沒什麼啦，是小玉的棺材。我本來說用水果箱就行，但鈴子非常不高興。她說用那麼簡陋的箱子，小玉太可憐，堅持不肯，所以我替她做了這口箱子。」

「小玉眞的很可憐嘛。堂哥，謝謝你。」

小玉是鈴子的愛貓，似乎是食物中毒死亡，接連兩、三天上吐下瀉，隔天早上就一命嗚呼了。

糸子夫人眉頭緊蹙，望著那口原木箱，突然改變心意：

「良介，讓鈴子在婚禮上彈琴，你覺得如何？」

「伯母，應該沒問題。」

良介爽快地應著，拿起蕎麥包子張口便嚼。賢藏面向一旁，自顧自地抽菸。

這時，三郎走進來。

「啊，鈴子，這口木箱挺不錯的！誰幫妳做的？」

「三郎哥最壞了，只會騙人，都不肯幫我。這是堂哥替我做的，做得很好呢。」

「哎呀呀，我還是一樣沒信用。」

「三郎，你剪頭髮啦？」

糸子夫人朝三郎頭上瞅了一眼。

「嗯，剛剪的。娘，我剛才在理髮店聽到一件古怪的傳聞。」

糸子夫人盯著他不發一語，三郎沒理會，反倒湊向賢藏問：

「哥，你昨天傍晚搭人力車經過市公所，對吧？有沒有看到一個奇怪的男人站在飯館前？」

賢藏微挑劍眉，詫異地望著三郎，並未答話。

「三郎，你說有奇怪的男人，是什麼意思？」

良介一邊嚼蕎麥包子，一邊問道。

「那個人怪里怪氣的，臉上有一道大傷疤，從嘴巴延伸到臉頰，而且右手只有三根指頭，分別是大拇指、食指、中指……他還向飯館老闆娘打聽我們家的事。喂，鈴子，妳昨天有沒有看到這樣的人在附近遊蕩？」

鈴子抬眼默默注視著三郎，而後口中念念有詞「拇指、食指、中指」，一根根地豎起手指，做出彈琴般的動作。

糸子夫人與三郎默默看著她的手勢。良介低頭剝除蕎麥包子的外皮，賢藏則是在一旁吞雲吐霧。

夜半琴音

所謂的「本陣」，是舊幕府時代，參勤交代（註）的大名在往返江戶途中投宿的公家旅店，頗有排場。不過，同樣是本陣，卻與東海道有所不同，這一帶往來的大名不多，規模也有落差，但本陣終究是本陣。

一柳家深深以本陣後裔的身分自豪，因此當家主人成婚，婚禮自然得辦得隆重氣派。告訴我這起事件的F先生也說：

「在這方面，鄉下人辦事往往比都市人誇張許多，何況像一柳家這樣的背景，繼承人結婚，新郎必定是穿麻質的正式禮服，新娘則是一襲純白傳統禮服，賓客五十人或上百人都不在話下。」

事實上，這場婚禮卻辦得相當低調。男方出席的賓客，除了家人以外，只有川村的叔公一人，連賢藏的二弟隆二也沒有從大阪趕回來。而女方僅有叔叔久保銀造出席。

因此，婚禮場面極爲冷清，不過對村民的款待可就不能如此低調了。既然身爲大地主，

註——江戶時代的一種制度，各藩的大名需要前往江戶替幕府將軍執行政務一段時間，才能返回自己的領土。

交遊自然廣闊，家裡的長工或佃農也不在少數。這些人不同於一柳家的人，徹夜飲酒狂歡是當地的風俗。

十一月二十五日婚禮當天，連同前來幫忙的人在內，一柳家的廚房簡直亂成一團。傍晚六點半左右，正是廚房忙得不可開交的時刻，一名陌生男子忽然從廚房後門出現。

「不好意思，請問老爺在嗎？如果在家，想麻煩妳轉交東西給他……」

在爐灶下升火的阿直婆婆轉頭望去，只見來者是一個戴著皺巴巴軟帽、帽簷蓋至眉際的男子，一身外衣磨得發亮，似乎很怕冷似地揪緊衣領，戴著幾乎遮住整張臉孔的大口罩，顯得十分可疑。

「找老爺有什麼事？」

「嗯……只是想將這個交給他。」

男子左手拿著一張摺得小小的紙片，日後阿直向警方描述當時的情形：

「真的很奇怪。那個男人每根手指頭都彎曲，用食指和中指的指節夾著紙片，彷彿得了痲瘋病……是的，他的右手一直插在口袋裡，我覺得納悶，想偷看他的長相，但他別過臉，把紙片硬塞給我，便慌慌張張衝出後門。」

當時，廚房裡有很多人，只是大家做夢也沒想到，這名男子竟然如此重要，所以沒人特別留意他。

阿直婆婆拿著紙片愣了好一會，這時，分家的秋子匆匆從屋內走出來。

「呃，有誰看到我家那口子？」

「分家的老爺似乎外出了。」

「那就沒辦法了。眼下這麼忙，他到底在磨蹭什麼？要是看到他，記得提醒他趕快換衣服。」

阿直婆婆喚住秋子，告訴她剛才發生的事，並將那張紙片交給她。那是一張像是從隨身日記本撕下的小紙片。

「要交給堂哥嗎？哦，這樣啊……」

秋子柳眉微蹙，但未將此事放在心上，把紙片塞進和服腰帶便離開廚房，朝客廳窺望。此時，糸子夫人一邊與女傭說話，一邊換衣服。身穿振袖（註一）和服的鈴子坐在一旁，彈著畫有金蒔繪（註二）的精緻古琴。

「伯母，堂哥呢？」

「賢藏可能在書房吧。啊，秋子來得正好，幫我綁腰帶。」

註一——日本年滿二十歲單身女性的和服款式。

註二——江戶時期一種獨特的漆器表面裝飾技法。藉由漆器的黏性將金銀粉末固定在表面，形成雛菊、幾何線條、家徽或其他花草鳥獸等圖案。

糸子夫人著裝完畢，身穿寬袖棉袍的三郎緩緩走進來。

「三郎，你還穿這種衣服……剛才跑到哪裡去了？」

「在書房啊。」

「一定又在看推理小說。」

鈴子配合琴韻如此說道。三郎是個推理小說迷。

「看推理小說有什麼不好？對了，鈴子，貓的葬禮辦完了嗎？」

鈴子默默彈琴。

「如果還沒，勸妳快點辦。貓屍要是放太久，會變成妖怪跑來找妳喔！」

「來就來啊。三郎哥最壞心了。小玉的葬禮，早上舉行過了。」

「搞什麼，眞不吉利。三郎，你也小心一些，不要亂說話。」

糸子夫人蹙眉訓斥道。

「三郎，堂哥在書房嗎？」

「沒有，可能在別館吧。」

「秋子，要是見到賢藏，請他趕緊準備，新娘子差不多快到了。」

秋子離開客廳，打算前往別館，正要穿上放在庭院的木屐時，看到丈夫良介穿著便服，從別館緩緩走來。

「當家的，在忙什麼？再不快點換衣服，會趕不及啊！」
「說什麼傻話。新娘子八點才到，有什麼好緊張的。倒是妳，要上哪去？」
「去別館找堂哥……」
賢藏站在別館的外廊上，望著天空發呆，一見到秋子便說：
「秋子，好像要變天了。咦，什麼，要給我的？……這樣啊！」
賢藏把那張摺得小小的紙片拿到電燈下細看。
「這是誰拿來的？」
秋子重新擺正壁龕的插花，察覺賢藏的語氣不尋常，轉頭一看，只見他露出一副欲咬人的凶惡表情，低頭瞪著她。
「不知道……是一個男人交給阿直婆婆的，對方似乎是流浪漢。有什麼不對勁嗎？」
秋子如此問道。賢藏瞪著她，不久，他彷彿發現什麼，撇開臉，再次低頭凝視那張紙片，接著把紙片撕碎，東張西望，像要找地方丟棄，最後還是塞進衣袖裡。
「堂哥，伯母要你趕快準備。」
「哦，這樣啊。秋子，不好意思，幫我關上防雨門好嗎？」
賢藏只留下這句話，便步出別館。
以上是七點多的情況，過了約莫一小時，新娘在媒人夫婦的陪同下抵達，婚禮就此展開。當時的情形我盡可能簡單描述一下。

如前所述，參加婚禮的人很少，男方出席者只有糸子夫人、三郎和鈴子兄妹、良介夫婦、川村的叔公伊兵衛（七十幾歲），以及女方唯一的來賓——叔叔久保銀造。村長則擔任媒人，這只是形式上的受託。

喝完交杯酒，那張黑漆金蒔繪的精緻古琴被搬了出來，由鈴子彈奏，一切按照既定流程進行。鈴子在其他方面的表現遠比同齡的人遲緩，唯獨在琴藝方面，擁有堪稱天才的技能。彈奏者與古琴相得益彰，爲這場夜間婚禮錦上添花。

然而，在婚禮上彈琴並不常見，而且鈴子彈的曲目從未聽過，新娘克子覺得很特別，於是糸子夫人向她說明緣由。

一柳家前幾代的一位夫人，琴藝卓越。某次，一位大名的千金因出嫁而西下，在本陣投宿。聆賞這位夫人親自填詞譜曲的〈鴛鴦歌〉後，她欣喜不已，日後派人送來名爲「鴛鴦」的古琴。從此，一柳家繼承人的婚禮上，新娘必須彈琴，剛才鈴子彈的就是〈鴛鴦歌〉，而那張琴正是「鴛鴦」。新娘克子聽完這個緣由，不禁爲之瞠目。

「這麼說來，原本應該由我來彈？」

「沒錯，因爲不知道妳會不會彈琴，不好要妳勉強配合，才請鈴子代勞。」

克子沉默不語。於是，叔叔銀造代她解釋：

「原來如此。若是您事先告知，克子便能彈奏。」

「咦，大嫂會彈琴？」

「小姐，今後大嫂可以當妳的好琴友。妳這位大嫂的琴藝足以當老師呢！」

糸子夫人和良介互望一眼，賢藏從旁插話：

「那麼，這張琴就由克子收下吧。」

糸子夫人並未馬上答應，現場的氣氛有些尷尬。此時，開口打圓場的，正是處世圓融的村長。

「既然新娘有這樣的嗜好，早知道就請她彈一曲。老夫人，待會在別館不是還有一場酒宴嗎？不妨請新娘在酒宴上彈一曲，您看如何？」

「也是，那就請新娘彈一曲吧。不，〈鴛鴦歌〉鈴子已彈過，這次隨妳彈什麼都好，就選妳最擅長、最有歡樂氣氛的曲子……畢竟大喜之夜由新娘彈琴，是我們的家風。」

後來，克子之所以彈琴，就是基於這樣的前因後果。

婚禮在九點過後順利結束，接下來分別在屋內和廚房展開熱鬧的酒宴。

新人在新婚之夜必須面對這種考驗，而在鄉下的情況又似乎特別嚴重。賢藏與克子得輪流到兩邊的酒宴陪坐，直到三更半夜。

廚房這裡的客人早喝得醉醺醺，甚至有人唱起淫穢的歌曲。屋內的賓客雖然不敢如此放縱，但唯一的叔公伊兵衛已爛醉如泥，醉話連篇。

他算是賢藏與良介的父親的叔叔，年輕時已分家，於是稱他為「川村分家的叔叔」。他有老年人的通病，十分愛嘮叨，而且酒品極差，都是出了名的壞毛病。這次的婚禮，他也是持反對意見的人之一，所以酒過三巡，便鬧起脾氣，對新人猛發牢騷。過了午夜十二點，大家說深夜回去太危險，勸他留下來過夜，他也不聽，堅持要回家。

「三郎，你送叔叔回去吧。」

面對伊兵衛的惡言，賢藏始終當成過耳東風，不過，一旦伊兵衛要回去，他還是會擔心叔公一個人走夜路危險，於是如此吩咐弟弟。

「放心，要是時間太晚，你就在叔叔家過夜吧。」

眾人送伊兵衛到玄關時，才發現外頭下起大雪，驚訝不已。這一帶明明鮮少下雪，當天晚上竟然積了三寸深的雪，難怪眾人會這麼驚訝。事後回想，那場雪在這起恐怖犯罪中，扮演了很關鍵的角色。

此事暫且不談，午夜一點左右，新郎新娘才回到別館，在房裡喝交杯酒。良介的妻子秋子事後描述道：

「我和女傭阿清把那張琴搬到別館。雖然要舉行新人喝交杯酒的儀式，但列席的只有伯母和我們夫妻。三郎送分家的叔叔回去，鈴子已入睡。是的，喝完交杯酒，克子彈了一曲

〈千鳥〉。後來，那張琴就豎立在壁龕上。我將指套盒擱在壁龕角落，不太記得那把刀是否擺在壁龕的層架上。」

待交杯酒儀式結束，已是午夜兩點左右，眾人返回主屋，只留下新郎和新娘，這時戶外又大雪紛飛。

兩小時後，可怕的慘叫聲，及一陣難以言喻、既奇妙又狂亂的琴音，傳入眾人耳中。

慘劇

在一柳家安排的房間裡，久保銀造鑽進被窩，突然感到疲憊無比。

倒也難怪，這次的婚事，他投注了莫大的心力。

銀造深知農村封建的思想和習慣，說實在的，他並不贊成這門婚事。克子嫁入昔日曾是他們地主的一柳家，眞的會幸福嗎？銀造深深不安。

然而，克子本人意願頗高，銀造的妻子也說：

「如果大哥還在世，一定會很高興。女兒能嫁入一柳家，算是出人頭地呢，難道不是嗎？」

就是這句建言，讓他下定了決心。

克子的父親林吉與銀造兩兄弟，年輕時雖然曾遠渡美國，但林吉較年長，對舊日本的習慣和階級抱持的憧憬，超過銀造許多。「沒錯，如果大哥還在，一定會很高興吧……」想到這一點，儘管不是他期望的婚事，也非答應不可。

銀造一旦下定決心，便會勇往直前。

絕不能讓克子丟臉，不能讓一柳家的親戚在背地裡指指點點。銀造著實用心良苦，多虧在美國的歷練，他展現過人的精力，有效率地進行每件事。他很捨得花錢，在京都和大阪的大型布莊採購不少新衣。

「哎呀，叔叔送這麼多禮物，我該如何是好？」

克子見狀，驚訝地說不出話，最後眼中噙著淚水，看來銀造的心意總算沒有白費。

他們先投宿村長家，克子再換上新娘禮服前往一柳家。她的美貌吸引了眾人目光。他們準備的嫁妝和傢俱都相當豪華，在村內蔚爲話題，連心高氣傲的一柳家也看得瞠目結舌。一想到當時的情景，銀造便覺得心滿意足。

「這麼一來，大哥也會滿意，他一定很開心吧。」

銀造如此低語，一股熱意湧上心頭，淚水撲簌流下。

廚房那裡還在飲酒作樂，淫穢的歌聲持續傳進銀造耳中，他久久無法入眠。不過，幾經輾轉反側，他漸漸感到一陣睏意。不知經過多久，原本不斷做夢、難以熟睡的他，突然睜開眼，似乎聽見非比尋常的慘叫聲。

銀造霍然起身，明白這不是夢。同樣的慘叫聲，分不清是男是女，說不出的駭人，一聲、兩聲，劃破夜晚的寧靜，緊接著傳來踩踏地板的急促腳步聲。

從別館傳來的！當他意會到這一點時，已伸手穿套襯衫，披上睡袍開燈。他查看手表，凌晨四點十五分。

就在那時，他聽見一陣琴聲。

噹噹噹噹噹！像是有人胡亂撥動十三根琴弦，緊接著傳來紙門倒地聲，之後一切回歸死寂。

廚房的酒宴似乎結束了。

銀造心神不寧，悄悄打開防雨門。外頭的大雪已停，細如銀絲的弦月在天空中泛著冷光，覆滿皚皚白雪的庭院宛如披上一層棉花，高高隆起。

此時，有個人影踩著雪地朝他走來。

「是誰？」銀造盤問似地叫喚道。

「啊，老爺，您也聽到剛才的聲音嗎？」

銀造不認得對方。此人是一柳家的長工源七。

「嗯，聽到了。怎麼回事？等我一下，我跟你過去。」

銀造在睡袍外面又披一件外套，穿上木屐，走到雪地上。到處都傳來打開防雨門的聲響，連糸子夫人也露面了。

「是源七嗎？剛才是什麼聲音？」

「娘，是琴聲。」

鈴子躲在母親衣袖下，往外窺望。

「不知道是什麼，好像聽到有人在喊救命。」

源七頻頻打顫。

銀造大步朝柴門走去。此時，良介一邊繫著腰帶，一邊從南邊分家跑來。

「伯母，剛才是什麼聲音？」

「良介，你去別館瞧瞧。」

銀造試著搖動柴門，看來裡面已架上門栓。良介使勁撞了兩、三次，柴門看似脆弱，沒想到出奇牢固。

「源七，拿斧頭來。」

「是。」

源七轉身準備離去時，別館再度傳來撥動琴弦的噹噹聲，緊接著是一陣攪動空氣的颼颼聲，似乎是琴弦斷裂。

「怎麼回事？」

在雪光的反射下，眾人皆面如白蠟。

「源七，在這裡磨蹭什麼？還不快去拿斧頭！」

源七拿斧頭過來時，糸子夫人、鈴子，乃至於女傭和長工，全聚集在一起，良介的妻子秋子隨後提著燈籠趕到。

一下、兩下。源七揮動斧頭，門上的鉸鏈旋即脫落，柴門傾倒。良介正打算衝進門內時，銀造似乎想到什麼，一把抓住他的肩，將他拉回。

接著，銀造站在柴門前，環視別館的庭院良久。

「沒看到腳印。」他低聲喃喃，轉身對大家說：「各位請待在這裡，你們兩位請跟我來。」

銀造指著良介和長工源七。

「小心，儘量別在雪地上亂踩。太太，借用一下您的燈籠。」

逢此緊急時刻，已顧不得身分，眾人紛紛感受到銀造那股神奇的影響力，無人提出異議。受到這名曾為佃農的男子指使，似乎只有良介難掩內心的不悅，要是他知道銀造並非一介農民，而是靠苦學取得美國大學文憑的知識分子，或許能稍稍紓解不滿。

走進柴門，左側有一道低矮的方格竹籬，隔著竹籬可望見別館的庭院。院子裡覆上一層棉花般的白雪，地上沒有任何腳印。別館裡似乎開著燈，燈光從防雨門上方的鑲格窗縫隙流瀉而出。

別館的玄關朝東，三人先往那個方向奔去。玄關處有兩道門，分別是塗紅漆的格子門與木板門，皆牢牢緊閉。格子門由內上鎖，無法撼動分毫。良介與源七使勁拍打並朗聲叫喚，門被拍得頻頻作響，但無人回應。

銀造的臉色越來越凝重。他離開玄關，翻越竹籬，走進南側的庭院，其餘兩人緊跟在後。那裡也有一扇緊閉的紅色防雨門，良介和源七一邊拍打，一邊輪流叫喚賢藏，屋裡依然無人應聲。

三人拍打著防雨門，繞往別館西側。這時候，良介突然叫了一聲，愣在原地。

「怎麼了？」

「你……你們看那個。」

良介顫抖著指向前方，銀造和源七順著他的指示望去，不禁倒抽一口氣。別館西邊約兩公尺處有一座大型石燈籠，底部插著一把武士刀。

源七一看，就要走過去，旋即被銀造拉回。

一柳家別館平面圖

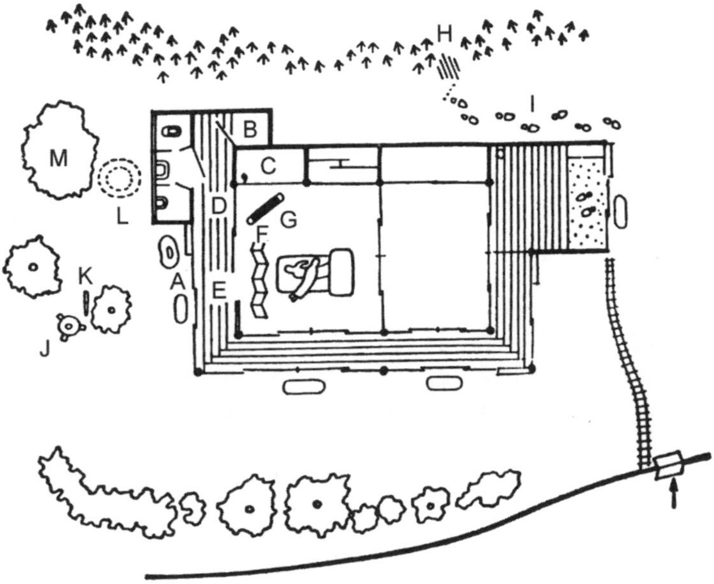

A　良介等人打破的防雨門

B　猜測凶手可能藏身的壁櫥

C　古琴的指套盒

D　打開一道細縫的紙門

E　開啓的紙門

F　翻倒的屏風

G　古琴

H　猜測凶手滑下的痕跡

I　腳印

J　燈籠

K　插在地上的刀

L　堆積的落葉

M　樟樹

「別碰！」

銀造舉起燈籠，往昏暗的樹叢底下窺望，但到處都看不到腳印。

這段時間，良介仔細檢查防雨門，每扇都沒有異狀，從內側牢牢緊閉。

「老爺，不妨從鑲格窗查看一下。」

「嗯，就這麼辦。」

西側有一座突出的廁所，在廁所與窗板堆放處之間形成一個直角的空地，那裡設有大型石製洗手台。長工源七爬上洗手台，從防雨門上方的鑲格窗朝內窺看。

這扇鑲格窗後來成了關鍵性的問題，我在此先大致說明一下。這扇窗位於門上的橫木處，上面還有一道粗梁，不過粗梁並未削成方形，而是保留天然的形狀，僅剝除樹皮，將必要的部分刨平，所以某些部分與門框之間留有很大的空隙，但某些部分又與門框極爲密合。因此，這裡並未加裝防雨窗和紙門，最寬的縫隙也僅僅五寸，人當然沒辦法進出。門檻、橫梁、防雨門，一律漆上紅漆，這一點在故事開頭已提過。

長工源七從鑲格窗往內望，回報道：

「有一扇靠我們這邊的紙門開著，壁龕旁邊有一扇嵌有書院窗的紙門……還有屛風，也往我們這邊傾倒，但裡面的情形看不到，被屛風擋住了。」

三人又開始叫喚賢藏與克子，依然沒有任何回應。

「沒辦法，打破防雨門吧。」

別館的每扇防雨門都嵌在一起，無法只取下其中一扇。源七跑去拿擺在柴門外的斧頭，銀造和良介留在原地等候。此時，他們聽到有人在後面的山崖走動，於是急忙朝廁所的方向衝去。

「是誰？誰在那裡？」

廁所前聳立著一棵大樟樹，從樟樹後面傳來一道聲音：

「這不是分家的老爺嗎？」

「啊，周兄，你在那裡做什麼？」

「我剛才聽到怪聲，跑來查看，結果聽到您的聲音……」

「這位周兄是……？」

「哦，他是家裡的佃農，每天到水車倉庫搗米，名叫周吉。」

故事一開頭便提過，一柳家的西側有條小河，那裡有一座荒廢的水車倉庫，不過，當時倉庫尚未毀壞，佃農周吉每天一大早就來搗米。這使得整起事件蒙上一層神祕的面紗。

因爲——

面對銀造以下的提問，周吉的回答令人意外。

「周吉先生，你剛才說聽到怪聲才衝出倉庫吧？當時有沒有看到什麼可疑的人？」

「沒有，什麼人也沒看到。我一聽到聲音，馬上衝出去，在土橋上站了好一會。接著聽到一陣琴聲，於是跑到山崖查看，還是沒看到半個人影。」

此時，源七拿著斧頭過來，銀造請周吉留在原地繼續監視，他與良介則返回防雨門前面。

在良介的指令下，源七舉起斧頭朝最靠近窗板堆放處的一扇防雨門砍下，旋即砍出一道大裂縫。良介伸手進去拆下內側的橫栓，終於把門推開。

好不容易進入屋內，三人目擊屋內景象的那一刻，全像石塊般呆立現場。

那是充滿血腥，筆墨難以形容的可怕景象。

賢藏和克子渾身是血，倒臥在地板上，被砍得血肉模糊。那條初次使用的鴛鴦被、新換的榻榻米、枕邊翻倒的金屏風，都沾滿了鮮血。歡樂的初夜氣氛破滅怠盡，只留下眼前這幅恐怖、令人血液凍結的地獄圖。

長工源七嚇得幾乎腿軟，銀造一把抓住他，將他推出屋外。

「去找醫生和警察。還有，別讓任何人進來……」

長工離開後，銀造以嚴肅的神情注視兩具悽慘的屍體，接著重新環視屋內。

首先，映入眼簾的是那張古琴。表面有黑漆金蒔繪的古琴，宛如在憑弔死者的亡靈，靜靜待在克子枕邊，而且，疑似有人以沾血的手指彈過琴，十二條琴弦都留有血跡。之所以只有十二條弦，是因一條弦斷裂，捲至兩端，而且斷裂處的弦柱缺了一顆。

琴弦斷了，而且弦柱不見蹤影！

銀造像是突然察覺般，四處檢查門窗。玄關和防雨門沒有異狀，隔壁六張榻榻米大的房間裡的壁櫥、位於西側的廁所、廁所前約有一公尺寬的壁櫥，他都打開查看。西側的走廊盡頭有一扇小窗，不過窗栓也沒有異狀。

銀造再次回到那個八張榻榻米大的房間，望著茫然呆立的良介，對他低語：

「眞是不可思議。到處都沒有躲人，也沒有任何逃脫的通道，難道……」

難道……？此話的含意，良介一定聽得懂。他使勁搖頭。

「不可能！不可能有這種事。你看那座屏風……」

仔細一看，金屛風上沾有未乾的血指印，卻只有三枚——拇指、食指、中指……而且，那三枚指印有極爲詭異之處。

指套的新用途

告訴我這個故事的F先生，父親雖已過世，生前卻是在村裡行醫多年的醫生。事發當時，第一個趕到的人就是F的醫生父親。

F醫生似乎對一柳家的妖琴殺人事件頗感興趣，當時寫了一份詳盡的備忘錄，保留至今。我現在寫的這個故事，主要是根據他的這份備忘錄，而且在備忘錄中，畫有一柳家別館的平面圖，可說是推理故事進展不可或缺的珍貴線索，因此我決定照著臨摹一份。

在接獲長工源七的報案後，F醫生和派出所的警察於清晨六點趕至。警察看過現場後，認爲事態嚴重，馬上打電話給位於總町的警局。總町的警局又向縣級的警察總部報告，後來依照這樣的順序，陸續有負責的員警趕來，但畢竟是諸多不便的鄉下地方，等眾人到齊已是中午時分。

這時候應該會有辦案員警進行現場搜證或偵訊相關人士，若逐一描述這些瑣事會過於冗長，讀者諸君恐怕也會覺得無趣，所以我決定針對負責的磯川警部（註）在現場搜證、偵訊相關人士等所得到的結果，盡可能做一番簡單的描述。

首先面臨的問題，便是腳印。磯川警部在上午十一點左右抵達，當時已開始融雪。不過，根據銀造、良介、源七等人的證詞，雪地上並未留下任何腳印，這一點無從懷疑。此事後來一直讓警部傷透腦筋，是否完全沒有留下腳印呢？那倒未必。

請各位參考前述的平面圖。別館北側是山崖，山崖與別館之間有約兩公尺寬的空地，爲山崖上的竹林掩蓋，所以沒有積雪。然而，空地上卻留有零星的鞋印。不，不光是鞋印，屋後的山崖還留下有人滑落的痕跡。從這一點可推斷，最近有人從屋後的山崖跳到空地上。腳印如平面圖所示，朝東方前進，但走到玄關前便遭大雪掩蓋。不過，玄關水泥地上留有同樣沾滿泥濘的鞋印，由此看來，從山崖躍下的人，似乎繞往東邊，從玄關進入別館。

而且，這鞋印的鞋尖平坦、鞋跟歪斜，任誰一眼都看得出來，這是一雙破鞋留下的鞋印。一柳家沒有人穿這種鞋，據此研判應該是凶手的鞋印。換言之，凶手是從屋後的山崖往下跳，再從玄關潛入屋內，但那是幾點發生的……？那場大雪提供了決定性的線索。

前一晚大約九點開始下雪，約凌晨三點才停歇，所以凶手潛入的時間，應該是九點以前，或雪未停的凌晨兩點以前。然而，玄關地面上殘留的泥濘鞋印，看起來不像踏雪而來，因此研判是在九點以前。

註——日本警察制度的階級，由下而上依序爲巡查、巡查長、巡查部長、警部補、警部、警視、警視正、警視長、警視監、警視總監。

另外，根據分家的秋子提供的證詞，她在晚上七點左右關上別館的防雨門。當時，玄關還沒有那樣的鞋印，所以凶手潛入屋內是之後的事。而七點到九點，在主屋舉行的婚禮正進行到一半，依常理推斷，凶手應該是在這段時間潛入。

那麼，在七點至九點這段時間潛入別館的凶手，都在做些什麼？請各位再看一下那張平面圖。西側的廁所前面有一座約一公尺寬的壁櫥，凶手似乎就躲在裡頭。壁櫥裡塞著舊棉被、棉芯之類的東西，棉芯上卻清楚留下某人靠壓過的痕跡。不僅如此，連那把做爲凶器的武士刀，刀鞘也遺落在壁櫥裡。

這把武士刀原本是一柳家的所有物，當天晚上擺在別館的壁龕旁當裝飾，凶手似乎拿著刀躲進壁櫥。因此，凌晨一點過後，新人在別館裡喝交杯酒時，那把刀早就不在壁龕旁，之所以無人察覺，是因爲前方豎立著一扇金屏風。

儘管如此，凌晨兩點時，新人應該已上床就寢，凶手爲何清晨四點才下手？當中有多種解釋，其中最合理的推測，約莫是新婚之夜，賢藏和克子難以入眠吧。凶手一直在等待他們完全熟睡……這時候，我希望各位再看一次壁櫥的位置。

這座壁櫥與新人共寢的八張榻榻米大的房間僅有一牆之隔。對於他們的舉手投足、親暱話語、呼吸、嘆息，凶手肯定聽得一清二楚，宛如親身感受。

這起事件最教人毛骨悚然的，正是這一點。連銀造聽聞此事時，也露出難以形容的陰沉表情。此事暫且不提，凶手見兩人沉睡後，拎著離鞘的武士刀，走出壁櫥，接著打開西側的紙門，走進那個八張榻榻米大的房間。但在這之前，他做了一件奇怪的事。不，是警方研判他似乎做了這件事。

壁龕旁的書院窗——最靠近壁龕的那扇紙門被拉開一條縫。之前克子在房內進行交杯酒儀式，彈過古琴，分家的秋子將她的指套盒擺在壁龕旁，此事前面曾述及，而指套擺放的位置，恰恰在紙門細縫的前方。凶手似乎從細縫伸手拿走指套盒，並取出三枚指套，戴在自己的指頭上。

之所以做出這樣的判斷，是因爲金屏風上留有血跡斑斑的三枚指印。在前一章節末提到，指印有極詭異之處，意思是這些指印上沒有指紋，只有平坦的指套痕跡。

在此，請各位想想指套的特性。通常是戴在指甲的另一側，亦即指腹。換言之，戴上指套後，便能隱藏指紋。警方研判，凶手似乎很清楚這一點，才會在行凶前戴上指套。那三枚沾滿血跡的指套，是在廁所洗手台的架子上發現的，更證實這項推斷無誤。

這個戴上指套、持武士刀的凶手，悄悄潛入那個八張榻榻米大的房間，似乎先以亂刀砍死熟睡中的克子。從現場凌亂的痕跡來看，克子稍有抵抗，不過，應該說是微弱掙扎比較貼切。警方研判在凶手連續猛砍下，克子當場斷氣。

賢藏被吵醒，一腳踢開棉被坐起。凶手展開攻擊，賢藏左肩至胳臂挨了一刀。儘管如此，他仍不退縮，跨過克子的身體，想要抵抗兇手。兇手似乎就是在這時候刺傷賢藏，他被一刀穿心，倒臥在克子身上。

這是磯川警部依據現場情形做的判斷，但接下來就不清楚了。前面提過，兇手似乎把琴搬到枕邊，以染血的手指彈奏，爲什麼在命案現場彈琴？另外，琴弦斷裂的那顆弦柱不見蹤影，到底遺落在哪裡？警方翻遍別館裡的每個角落，始終找不著。

令人匪夷所思的是，兇手究竟從什麼地方逃脫？別館的門窗全從屋內反鎖，此事之前也曾提及。而且，房裡並沒有足以讓人爬出去的空隙。

然而，兇手確實在殺害賢藏夫婦、彈過琴之後，來到西側的外廊。如前所述，廁所內有三枚沾血的指套，良介和源七他們打破的那扇防雨門內也有一條染血的和式手帕，捲成一團棄置在地上。不，不僅如此，那扇被打破的防雨門內，留有清楚的手印，儘管是後來才發現的，不過手印同樣只有三根手指。依照手印的痕跡看來，兇手已脫下指套，上面留有指紋，雖然很淡，但染滿了血。

從這一點推測，兇手大概是打開這扇防雨門逃逸，或是想從此處逃脫。問題在於，當良介和源七破門而入時，裡頭是否真的架上門栓？拆下門栓的是良介，一聽到這個問題，他生氣地說：

「門栓確實緊緊栓住。源七拿斧頭打破防雨門，有一道手伸得進去的裂縫，所以我才把門栓打開。說什麼凶手從這裡逃脫，根本不可能。眞是這樣，爲什麼地上沒有腳印？雪地上到處都看不到腳印，這件事不只是源七和我知道，銀造先生也很清楚。」

銀造不發一語地點點頭，然而，他望著良介側臉的眼神，帶著些許懷疑之色。

不過，我們還是先談談後來發生的事吧。

黎明前，銀造與良介四目對望，彷彿結凍般，始終待在屍體旁一動也不動，直到警方陸續趕至，他才放心走出別館。那是早上七點多的事，今天和昨晚截然不同，看起來會是好天氣，一柳家主屋屋頂上的積雪，在朝陽的照耀下，閃閃發亮。融雪沿著屋簷滴落，水滴聲變得越來越急促。

然而，銀造看不到這些景致，也聽不到這些聲音。他緊抿雙唇，表情無比悲痛。悲痛底下暗藏著悔恨的怒火。

他默默從別館返回主屋，就在這時候，昨晚替一柳家跑腿、岦川村叔公回家的三郎，臉色大變地回到一柳家，還有一個意外訪客與他同行。

此人約三十五、六歲，一張圓臉蓄著美鬚，十足紳士風範。糸子夫人一看到他，立刻瞪大眼，呼吸急促。

「哎呀，隆二，怎麼回來了？」

「娘，我剛才聽源七說，家裡出事了。」

那模樣倒是有幾分驚訝，但看起來又頗爲鎭定。

「的確是件大事，連我都不知道該怎麼辦了。可是隆二，你怎會回來？什麼時候回來的？」

「我剛從福岡回來。學會比預期提早結束，我想趕回來向大哥祝賀。剛抵達清站，打算問問婚禮的情況，順道前往川村叔公家時，正好源七趕到……」

銀造狐疑地望著隆二，聽聞此言，陡然雙目圓睜，以灼人的目光緊盯著隆二。那咄咄逼人的眼神連隆二也察覺了，他侷促不安地轉頭望向糸子夫人。

「娘，這位是……」

「哦，這位是克子的叔叔。銀造先生，他是我家的老二隆二。」

銀造默默頷首，離開眾人，返回自己的房間。他佇立良久，接著吐出一句：「那個人沒說實話。」

他如此低語，從行李箱內取出電報紙。

思索片刻，他寫下這行文字：

「克子死了　叫金田一過來」

收件人是他的妻子。

銀造親自帶著這份電報，前往川村的郵局。

鐮刀與弦柱

「眞是麻煩的案子，實在令人不舒服。入行多年，不管再凶殘、再血腥的案子，我也很少覺得驚恐，唯獨這起案子，越想越教人渾身不自在，甚至心裡發毛。木村，有凶手進屋的腳印，卻沒有離開的腳印，到底是怎麼回事？」

磯川警部面向搬到別館外廊上的書桌，小心翼翼地拼湊那張撕得粉碎的小紙片。木村刑警一邊幫忙，一邊回答：「警部，何不想得簡單一點？」

「想得簡單一點？」

「意思就是，那個叫良介的男人撒謊。如果這麼想，就不覺得那麼離奇了。防雨門內的門栓到底有沒有架上，只有他知道。若他想撒謊，理由怎麼編都不成問題。」

「話是沒錯，可是這麼一來，腳印就是個問題了。」

「警部，不能一次想兩件事，腳印以後再仔細調查。我們現在要面對的問題是，如果良介沒有吐實，那他爲何要撒謊？」

「你有何看法？」

「我猜他應該知道些什麼吧。也就是說，他知道凶手是誰。」

「可是，知道凶手是誰，和門栓有沒有架上，不是兩回事嗎？」

「才不是呢！換句話說，他想藉此混淆視聽。我就是看他不順眼，總覺得他鬼鬼祟祟的。」

「喂，你不能光憑印象去評斷一個人，這樣往往會誤導案情。」

磯川警部嘴上這麼說，一樣對良介沒有好印象。

話說，一柳家的本家兄弟，個個相貌不凡、氣質出眾，報上本陣後裔的名號，絕不會辱沒家名。連最不成材的三郎，儘管個性懶散，仍具有十足的大少爺風範。相較之下，良介明顯相形見絀，不僅身形矮小，一臉窮酸相，活像老頭子，個性也是斤斤計較，略嫌鄙俗。只要看他的眼睛，就知道他的個性。那對眼珠子總是游移不定，頻頻看人臉色，予人一種懦弱感，卻又有陰險的一面，大意不得。

「那傢伙是分家的人吧？」

「沒錯，一輩子都無法出人頭地。聽說，遇害的賢藏是個學者，家裡的事一概不過問，所以那傢伙從中撈了不少油水。」

「隆二是怎樣的人？他趕在今天早上返家，十分可疑。」

「哦，你說他啊！風評還不錯，村民都認爲他待人和善，重點是他在阪大醫院任職，自稱這次是在九州大學的學會結束後返家。只要稍加調查，即可確認是否眞有其事，他應該不至於說謊。」

「嗯……你剛才提到，良介在掩護凶手……果眞如此，良介理當認識那個只有三根手指的男人。不過，聽川田屋的老闆娘說，那傢伙像流浪漢，穿著破爛，一副窮酸樣。」

川田屋是位於村公所前的飯館，也就是三指男第一次在本故事中出現的地方。

在此得先提一件事，就是磯川警部在這之前已大致偵訊過一柳家的每個人。因而，警部已得知三指男的存在。告訴他的是三郎，聽到別館裡留有三枚指印，三郎馬上想起前些日子在理髮店耳聞的消息。

磯川警部聽完三郎的描述，立刻派刑警跑一趟川田屋。刑警從老闆娘口中問出那名男子的詳細樣貌，並扣押他喝水的杯子。如同一開始所述，由於老闆娘覺得心裡發毛，之後沒再用過那個杯子，所以上面留有三指男的指紋。警部馬上轉交鑑識課處理。

話說，分家的秋子一聽到三郎那麼說，隨即想起那名奇怪男子在婚禮前來過廚房。於是，警方對阿直婆婆及當時在廚房裡的人進行問訊，聽完他們的描述，從對方的樣貌判定似乎就是那個三指男。至於當時男子託人轉交的那張紙片，應該是賢藏看過後，便收進衣袖內。

聽完秋子的這番說詞，警部命令她交出賢藏當時穿的衣服。不過，在衣袖裡只找到撕碎的紙片，於是警部請木村刑警協助拼湊。

「木村，只差一點了。這裡還缺一塊？不，不是那塊，那塊好像是放這裡的。這麼一來，只剩下兩處……啊，拼好了。」

所幸碎紙片一塊也沒少，警部才能親手復原。這張紙片上的字，似乎是以鉛筆歪歪扭扭地寫成，筆跡猶如扭曲的蚯蚓。

「好怪的字啊。木村，第一個字……怎麼念？」

「警部，是不是『島』？」

「島……原來如此，確實很像島。島上之約……沒錯，是島上之約。接下來，寫的是什麼？」

「大概是『近』，會不會是近日？」

「啊，沒錯。近日會履行……對吧？再來又看不懂了。」

由於字跡過於潦草，又是用碎片東拼西湊而成，解讀時費了好大一番工夫。但警部與木村刑警一起絞盡腦汁，終於解讀成功，得知是以下這段文章：

「近日將履行島上之約。不論偷襲或突擊皆可，爲求成功不擇手段，這是你我的約定。

你的『終生敵人』留」

看完後，警部與木村刑警不禁互望一眼，靜默無語。

「警部，這是警告信，簡直就像殺人預告一樣！」

「不僅僅是像，這是不折不扣的殺人預告。因爲這封信遞交後的幾個小時，便發生命案。可惡，這案子越來越詭異了。」

警部拿起那張拼湊而成的信，在桌前起身。

「總之，先到主屋打聽吧。信上提到『島上之約』，只要問問一柳家的人，賢藏以前是否在哪座島上待過，馬上就能知道眞相。」

警部穿上木屐走到庭院，一名從剛才便一直在別館西側調查的年輕刑警，從後方喚住他。

「警部，等您忙完，請過來一趟。這裡有個奇怪的東西。」

「怎麼了？有什麼新發現？」

刑警帶他前往別館西側的廁所前。這時候，希望各位再回到前面看那張平面圖。那裡有一座落葉堆成的小山，刑警以木棒撥開落葉說：

「請您看看這個。」

警部不禁睜大眼。

「啊，那不是弦杜嗎？」

「是的，就是那顆失蹤的弦杜，原來凶手丟在這種地方。警部，從這一點來看，便可知道凶手逃到這裡。我原本認爲他是從廁所的窗戶往外丟，但仔細觀察後發現，廁所的窗戶全裝上細格鐵絲網，凶手不可能從這裡把弦杜丟出去。若是從防雨門上面的鑲格窗往外丟，那樣的角度也不可能。對了，弦杜碰巧被落葉掩埋，所以沒弄濕，還疑似留有染血的指紋。」

警部抬頭望向廁所的窗戶，接著又望向防雨門，果眞如刑警所言。

「好，那你小心一點，送去鑑識課。只發現這個嗎？」

「不，還有一件事。請往這邊走。您看，就是那個。」

刑警指向頭頂上方茂密的樟樹枝葉。

「從底下往上數的第三根樹枝，插著一把鐮刀。我剛才爬到樹上查看，刀子插得很深，拔不出來。刀柄上烙印著『植半』兩個字。」

「可能是園丁忘了拿下來吧。」

「看庭院的狀態，最近似乎有園丁來過。如果是園藝剪還有可能，一把大鐮刀插在那種地方，未免太奇怪了。」

「也是。」

警部沉思片刻，吩咐道：

「鐮刀就留在那裡吧。另外……啊，對了，記得把弦柱送往鑑識課。謹慎起見，這一帶再仔細搜尋一遍。」

警部來到主屋時，一柳家的人已在客廳集合。

銀造在角落抽著菸斗，頻頻吐煙。今天早上他從郵局回來，就一直待在那處，沒離開半步。他幾乎沒和任何人說話，只是沉默不語，抽著菸斗，聽眾人竊竊私語，並以毫不顧忌的眼神，打量眾人的一舉一動。這樣的銀造，對一柳家而言，就像梅雨季的烏雲，教人感到無比沉悶，幾乎喘不過氣。尤其是良介和三郎，一看到銀造，便神色慌張、畏怯不安地移開視線。

唯獨鈴子和眾人不同，不知何時，她已和這位外表看似嚴肅、其實爲人親切的叔叔混熟。此刻她彷彿在撒嬌，靠在銀造的膝上。

「叔叔，」她把玩著銀造指節粗大的手指說：「我……遇到一件怪事。」

「……」

銀造叼著菸斗，注視著鈴子。

「昨天半夜，我聽到琴聲。起初是一陣『噹噹噹』，像是有人戴著指套胡亂撥琴，接著又傳來一陣『叮叮叮』，像是用某個東西彈琴。叔叔，還記得嗎？」

「記得，怎麼了？」

「前天晚上，我也聽到同樣的聲音。」

銀造不禁瞪大眼，重新端詳鈴子。

「鈴子，此話當眞？」

「嗯，是眞的，從別館那裡傳來的。」

「跟昨晚一樣，像有人胡亂撥琴的那種『噹噹噹』聲嗎？」

「不，不是……或許吧，當時我一定是睡得太熟了，只聽到彈琴的『叮叮叮』聲。」

「是前天晚上幾點聽見的？」

「不知道，我很害怕，整個人鑽進被窩。那天晚上別館裡應該沒人，而且琴也在我這邊。叔叔，貓死後眞的會變成妖怪嗎？」

鈴子說話向來如此。原本說得條理分明，半途往往會扯到莫名其妙的事情。

不過，她剛才透露前天晚上也聽到琴聲，或許具有重大的意義……正當銀造想繼續追問時，磯川警部走進客廳，於是鈴子和銀造的交談中斷。

「有件事想問各位。已故的賢藏先生是否在哪座島上待過？」

警部一問，一柳家的人面面相覷。

「不知道……良介，你記得嗎？賢藏最近幾乎足不出戶。」

「不，不一定是最近，就算是很久以前也沒關係。他是否曾到某座島上旅行，或在那裡住過一陣子？」

「哦，如果是這樣，應該有。大哥年輕時喜愛旅行，經常雲遊四海。警部，跟這次的事件有什麼關係嗎？」

隆二皺眉注視著警部。

「嗯，我們研判有重大關聯。要是能知道那座島的名字就好了……其實是因爲這個……」

警部出示那張拼貼的警告信。

「上面寫著奇怪的內容。我念一遍給各位聽，請想想信中的含意。」

警部朗讀那封信的內容，就在念到「你的終生敵人留」時，現場有人微微發出一聲驚呼，是三郎。在警部審問般的目光，以及眾人充滿疑惑的眼神注視下，三郎臉色發白，坐立不安。

搜查會議

三郎的怪異舉動，引起眾人的注意。

「三郎，對於這封信，你是否知道些什麼？」

隆二蹙眉，如此問道。三郎發現眾人的視線紛紛匯聚在自己身上，頓時驚惶失措。

「我……我……」

他結結巴巴，前額汗水涔涔，緊張得頻頻拭汗。警部的目光益發顯得嚴峻。

「三郎先生，如果你知道什麼，請據實以告，這非常重要。」

警部指責般的口吻，令三郎更緊張，最後他結結巴巴地解釋：

「我……對那封信的最後一句話有印象。終生敵人……我看過這幾個字。」

「你看過？在哪裡看過？」

「在大哥的相簿裡。賢藏大哥的相簿裡貼著一張照片，沒寫名字，只寫著『終生敵人』一行字。我覺得那句話很奇怪，所以一直記著。」

糸子夫人與良介悄悄互望一眼。隆二感到匪夷所思，眉頭深鎖。銀造則是沉默不語，仔細端詳三人的表情。

「相簿放在哪裡？」

「應該在書房。大哥絕不讓人碰他的東西，我是偶然看到那張照片。」

「老夫人，可以搜索一下書房嗎？」

「當然。三郎，替警部帶路。」

「我也去。」

隆二起身，銀造不發一語地跟著站起。

賢藏的書房位在玄關左方，即主屋的東南方，是約十二張榻榻米大的西式房間，由於中間有一道朝南面挺出、將近一公尺寬的牆壁，房間大致區隔成兩個部分。較狹小的那一區，似乎是三郎的讀書室，房門位於讀書室的北側。所以，賢藏書房約有八張榻榻米大，東邊和北邊的牆壁有高達天花板的書架，擺滿外文書，南側的窗邊有一張大書桌。兩個區塊中央，有一座鐵製的大暖爐。

「三郎先生，相簿在哪裡？」

「書架的……那邊……」

位於書桌左側的書架，距離桌面最近的那一層放著賢藏的日常生活物品，諸如相簿、日記本、剪貼簿等等，皆整理得有條不紊，整齊排列。三郎剛要從中取出相簿，警部急忙按住他的手。

「不……請等一下。」

警部站在書架前，仔細端詳放相簿的那一層。

看得出賢藏是個一絲不苟的人，日記保存完善，從大正六年到昭和十一年（一九一七～一九三六年），即到去年爲止，共有二十本，都依年份排列。而且，全是東京某書店發行的日記本，同樣的大小、裝幀、紙質，從中可窺見賢藏的個性。

警部湊近書架，細看這些日記，接著皺起眉，轉頭望向其他人。

「最近有人動過這些日記吧？你們瞧，當中只有大正十三年、十四年、十五年三本日記沒擺好。其他都蒙上一層灰，唯獨這三本沒有。而且，有一件更奇怪的事。」

警部小心翼翼地取出那三本日記，並逐一遞給大家。銀造看了之後，不禁睜大眼。這三本日記有多處頁面被撕除，像是大正十四年那本，幾乎被撕除泰半，裝幀已變得鬆垮。

「你們看，切口還很新，應該是最近才撕下。說到大正十三、十四、十五年，當時賢藏先生幾歲？」

「大哥今年四十歲，所以大正十三年，他應該是二十七歲。」

隆二屈指細算，如此回答。

「這麼說來，這是他二十七歲到二十九歲寫的日記吧。當時，賢藏先生在做什麼？」

「大哥二十五歲那年從京都大學畢業，留在學校當了兩年多的講師，不久罹患呼吸系統疾病，辭去教職，靜養三年多。看他寫的內容，約莫就能明白。」

「那麼，這是他辭去教職，在靜養期間寫的日記嘍。問題是，誰撕去這些頁面？有什麼目的？撕去的部分又怎麼處理？如同剛才說的，我認為這是最近才撕掉的。咦，有什麼問題嗎？」

警部突然轉頭望向銀造。銀造別有含意地咳嗽，並以手中的菸斗敲著暖爐。警部馬上明白他的意思，大步走向暖爐，打開鐵門，不禁發出低吟。只見被撕除的日記頁面，已燒毀在暖爐內。爐內堆著高高的灰燼，仍保有紙張的原形。

「這是誰……不，暖爐是什麼時候清理的？」

「昨天傍晚還沒有這種東西。七點以前，我在房間裡看書。當時，我多次往爐裡添加木炭點燃，所以很清楚，確實沒有這種東西。」

三郎茫然望著爐中的灰燼，如此說道。銀造仍以毫無情感的眼神，靜靜凝視三郎。不知為何，三郎臉紅了。

「瞭解。這件事我們會再詳細調查，請各位別碰這些灰燼。三郎先生，有問題的相簿是那一本吧？」

相簿總共有五本，在書背分別以紅筆寫上年號。警部從中取出寫有「大正十二年至十五年」的相簿，小心翼翼地在桌上攤開，但才翻不到六頁，三郎便在一旁插話：

「警部，就是這一張。」

三郎指的是一張名片大小的照片，泛黃的表面還有磨擦痕跡，受損情況相當嚴重。貼在這張照片上下的其他照片，幾乎都是賢藏這種外行人自己拍的，唯獨這張不一樣，似乎是出自專業攝影師之手，就像參加入學考試時，附在申請書上的照片。照片裡是一個約二十三、四歲，理著光頭的青年，身穿立領西裝，上面有一排金色鈕釦。

照片底下確實寫著「終生敵人」這行字，而且是賢藏的筆跡，紅字已泛黑。

「你們知道照片上的人是誰嗎？」

隆二和三郎搖搖頭，沉默無語。

「三郎先生，你向賢藏先生詢問過這張照片的詳情嗎？」

「為什麼要問？要是真的那麼做，不知道會被大哥罵得多慘。我連看過那張照片都沒跟他提及。」

「『終生敵人』是常用的名詞，過去曾發生類似的事嗎？」

「大哥腦袋裡在想什麼，絕不會讓別人知道。就算發生過那樣的事，也不會向任何人提起，永遠當成自己的祕密。」

隆二嚴肅地說道。

「這張照片借用一下。」

警部想撕下照片，但由於以漿糊黏得頗牢，始終撕不下來。想強行撕下又怕傷及照片，警部只得以剪刀將相簿整頁剪下，小心翼翼地夾進記事本中。

那天晚上，警方在總町警局召開搜查會議。

我不清楚搜查會議如何進行，關於這件事，F醫生的手札所寫的內容似乎也是聽來的，所以我只記下概要，推測應該是以下的情景——

「……關於那份被燒毀的日記，從中得知以下幾件事。」

這當然是磯川警部的發言。

「之前提過，昨天傍晚婚禮開始前，分家的秋子到別館找賢藏。當時，賢藏請秋子幫忙關好別館的防雨門，早她一步離開。不久，秋子返回主屋，卻看不到理應前往主屋的賢藏。由於婚禮時間快到了，糸子夫人不斷催促，秋子四處找尋賢藏，卻發現賢藏在書房的暖爐焚燒某樣東西……」

「原來如此。這麼說來，是賢藏自己將日記燒毀的？」

局長加以確認。

「是的。在婚前燒毀昔日的日記或書信是常有的事，但在婚禮前一刻才急忙這麼做，我猜有某種企圖。也就是說，秋子轉交的那張紙片，讓他突然想起某件往事，覺得有必要燒毀當時的紀錄。」

「那麼，這就是日記的灰燼吧？」

「是的。看來燒得很仔細，幾乎全毀，但還剩五、六頁，有一小部分沒燒成灰。我認爲或許和這起事件有關，所以先挑出來，排序如下。遺憾的是，寫有日期處已燒成灰，無從得知，但推測應該是大正十四年左右。」

磯川警部將沒燒毀的五張紙片擺好，那倖免淪爲灰燼的文字極具暗示性，F醫生似乎頗感興趣，特意抄下來，所以我也轉抄如下：

一、……前往海濱途中，行經常去的地方，發現阿冬小姐今天仍舊在彈琴。最近，每當我聽到那琴聲，便感到心如刀割……

二、……都是那傢伙。我恨那個男人……恨他一輩子……

三、……是阿冬小姐的葬禮。今天是個寂寞、悲傷的日子。今天，島上一樣下著細雨。關於那場葬禮……

四、……我差點就要找他決鬥了。我胸中滿是難以形容的激憤。一想到她如此孤伶伶地死去，我就很想將那個男人碎屍萬段。他是我終生的敵人，我恨他、我恨他……

五、……離開這座島之前，我再次前往阿冬的墳前上香。我供上野菊，在她墳前磕頭跪拜。此時，我彷彿聽見某處傳來琴聲，突然……

「原來如此。」

局長仔細看完那五張燒剩的頁面說道。

「這樣看來，賢藏曾在某座島上與名叫阿冬的女子過從甚密。但女方認識另一個男人，還因那個男人而死去。換句話說，那個男人是賢藏的終生敵人，也就是這次案件的凶手，對吧？」

「沒錯。當中一定有什麼複雜的感情糾紛，要是能知道對方的姓名或島名就好了，但日記已燒毀，根本無從得知。以年代推測，大正十四年，也就是賢藏二十八歲的那年，他罹患輕微的肺炎，並輾轉在瀨戶內海的各島嶼旅行。不過，這件事到底是在哪座島上發生的，一柳家也不清楚。」

「可是，只要有這張照片……對了，三指男最早出現在那家飯館，老闆娘看過這張照片嗎？」

「當然。我請老闆娘、村公所職員及當時在場的馬夫看過，他們都表示是這名男子。儘管比起照片上的模樣，此人現在既蒼老又憔悴，而且嘴邊多了一道很大的傷疤，容貌轉變頗大，但三人都一口咬定就是他。」

「那應該不會錯。話說，這名男子離去後，就沒人見過他嗎？」

「不，有的。」

在一旁插話的，是姓木村的年輕刑警。

「就在同一天，住在一柳家附近、名叫田口要助的農夫見過那個男子。他說男子站在一柳家門前，往內窺望。他覺得很可疑，特意觀察對方的舉動，對方可能察覺到他的視線，故意向他問路——請問，到久村是走這條路嗎？接著，男子便往那個方向慢慢走去。過了一會，他回頭看，發現男子爬上位於一柳家北側的山崖。如今回想，男子應該是從山崖監視一柳家的情況。以時間上來說，好像是離開飯館後五到十分鐘。」

「那是二十三日傍晚，也就是婚禮前兩天，對吧？」

「沒錯。」

「對了，婚禮開始前，他也在一柳家的廚房現身。當時在廚房的那些人，還有那位叫什麼來著……田口要助是吧？你讓他們看過那張照片了嗎？」

「當然。不過，他們都沒辦法辨識，因為對方的帽簷壓得很低，還戴著大口罩，再加上一柳家的廚房十分昏暗……」

局長心不在焉地抽著菸，若有所思。不久，他低頭望向桌面，只見桌上擺著幾項物品：

一、杯子

二、武士刀

三、武士刀的刀鞘

四、三個指套

五、弦柱

六、鐮刀

局長逐一檢視這些物品。

「這是那家飯館的杯子吧？指紋採樣了嗎？」

「關於這一點，由我來說明。」

一名年輕的鑑識員打開公事包，似乎早就在等局長問出這句話。

「這裡有照片。這個杯子上有兩種指紋，其中一種是飯館老闆娘的指紋，另一種只有大拇指、食指、中指三枚指紋，肯定是那個三指男的指紋。另外，我們在武士刀、刀鞘及弦柱上驗出相同的指紋，尤其是留在弦柱上的指紋還染有血跡。武士刀與刀鞘上留有些許賢藏的指紋，弦柱則只有凶手的指紋。此外，指套裡側應該留有凶手的指紋，但請看一下，上面沾滿血跡，指紋反而驗不出來。鐮刀如您所見，刀柄是木頭材質，同樣無法驗出明確的指紋。」

「這把鐮刀是……」

「事情是這樣的……」磯川警部傾身向前，解釋道：「鐮刀就插在別館院子裡的一棵樟樹上。經調查後得知，一個星期前，園丁來過一柳家。我找來那名園丁問訊，他表示當時確實忘記帶走鐮刀，但並未把鐮刀插在樟樹上。如果是園藝剪還另當別論，帶著鐮刀爬樹實在難以想像，這名園丁的證詞足以採信。這麼一來，鐮刀爲什麼會插在樟樹上？而且，刀刃磨得相當鋒利，或許有什麼特別的意義。想到這一點，我決定先扣押這把鐮刀。」

「看來當中有不少疑點。對了，現場的指紋呢？」

「從三個地方驗出凶手的指紋。八張榻榻米大的房間後方的壁櫥有一枚未沾血的指紋。其餘兩個地方則留下沾血的指紋，一處是防雨門內側，另一處是房間西南方的柱子。這兩處的指紋留在最明顯的地方，卻在最後才發現，因爲屋內塗滿紅漆，一不小心就漏看了。」

「這麼說來，肯定有凶手，不可能是自殺嘍？」

「自殺？」

磯川警部瞪大眼，一臉詫異。

「不，這不是我的看法，而是有人懷疑賢藏拿刀刺穿自己的心臟，再把刀子從高窗往外扔。」

「實在愚蠢，這是誰的看法？只要看過命案現場，便不會產生這樣的懷疑。從插著凶器的現場來看，絕不可能。況且，說到弦柱，一定是雪停以後凶手才擱置在那裡。以發現弦柱的地點判斷，就算有人打開防雨門，從屋內往外丟也辦不到。話說回來，這麼愚蠢的看法，到底是誰提出的？」

「是妹尾。如果是自殺，他就要謝天謝地了，因爲這樣便不必支付保險金。」

「保險金……？哦，你說的妹尾，是保險公司的業務員吧。賢藏到底向他投保了多少錢？」

「五萬圓。」

「五萬圓？」

難怪警部聽得瞠目結舌。當時在鄉下地方，五萬圓確實是一筆大數目。

「什麼時候投的保？」

「聽說是五年前。」

「五年前？可是，賢藏沒有妻小，爲何需要這麼高額的保險？」

「賢藏不是有個叫隆二的弟弟嗎？五年前隆二結婚時，三兄弟各分到一些財產。不過，老么三郎在親戚之間似乎不討喜，分到的財產很少。賢藏或許感到不公平，於是投保五萬圓，打算留給三郎。」

「那麼，保險受益人是三郎？」

磯川警部突然一陣心神不寧。

婚禮當晚，三郎送叔公回川村，然後在他家過夜。換言之，在所有相關人士當中，三郎擁有最確切的不在場證明。或許這樣的事實，暗藏什麼重大的意義……

磯川警部突然使勁地拈起鬍鬚。

金田一耕助

十一月二十七日，即一柳家發生可怕殺人案的隔天。

一名青年在伯備線的清站下車，朝川村信步走來。此人年約二十五、六歲，體型中等——甚至比中等還矮一些，身穿白點碎花短外褂及和服，底下是細條紋裙褲。短外褂及和服都皺巴巴的，裙褲則是鬆垮得連皺褶也看不出來，藏青色布襪幾乎快綻開，木屐磨損嚴重，帽子變形……換言之，以當時年輕人的標準來看，算是不修邊幅。他的膚色白皙，長相卻平凡無奇。

青年越過高川，來到川村。他左手插在懷裡，右手拄著手杖。鼓起的懷裡應該是塞滿了雜誌、記事本之類的東西。

在當時的東京，像他這種類型的青年並不罕見。早稻田一帶的宿舍，多的是像他這樣的人，位於都市近郊的一些劇作家工作室也經常出現類似打扮的人。他就是久保銀造發電報找來的金田一耕助。

比較熟悉這起案子的村民們，至今仍對這個神祕青年印象深刻。

「當時，人們對他誇讚有加，都說像他這麼不起眼的年輕人，竟能發揮連警部也望塵莫及的辦案能力，東京人果然不一樣……」

從這句話不難明白，這名青年正是在一柳家妖琴殺人事件中，扮演破案者的重要角色。不過，綜合村民的形容，幾經思考後，我覺得這名青年飄逸灑脫的模樣，與安東尼．吉林漢姆（Anthony Gillingham）頗爲雷同。安東尼．吉林漢姆——突然提到一個外國人名，想必各位嚇了一跳吧，其實這是我最喜愛的英國作家艾倫．亞歷山大．米恩（註一）寫的推理小說《紅屋的祕密》（*The Red House Mystery*）中登場的主角，是一名業餘偵探。

米恩的小說中，第一次介紹安東尼．吉林漢姆時，這麼寫著——此人在故事裡扮演重要角色，所以在進入故事之前，必須先介紹一下。我決定仿效米恩，先介紹一下金田一耕助的爲人。

提到「金田一」這個罕見的姓氏，各位應該會聯想到愛努族（註二）的知名學者。這位學者出身於東北或北海道，金田一耕助似乎也在這一帶出生。據說他操著濃重的鄉音，講話

註一——Alan Alexander Milne，小熊維尼的作者。

註二——最早居住在日本北海道的民族，也就是日本的原住民。

還有點口吃。

十九歲那年，自故鄉的中學畢業後，他懷抱鴻鵠之志前往東京，接著考上某私立大學，寄宿於神田一帶。短短不到一年，他便覺得日本的大學窮極無聊，於是飄洋過海，隻身前往美國。後來，他認爲美國的生活同樣無趣，一邊洗盤子打零工，一邊四處流浪時，在好奇心的驅使下碰了毒品，逐漸越陷越深。

若這樣的生活持續下去，金田一恐怕將淪爲毒蟲，成爲日僑中的麻煩人物。值得慶幸的是，舊金山的日本僑民界發生一起離奇命案，案情陷入迷霧中，這時候挺身而出的，正是吸毒成癮的金田一耕助。他漂亮破解命案，而且手法明快，始終站在一個「理」字上。當地的日僑驚訝不已，之前因毒癮而被視爲麻煩人物的金田一耕助，立刻搖身一變，成爲英雄。

那時候，久保銀造恰好在舊金山。由於以前在岡山經營的果園相當成功，他打算發展另一項事業。相信各位一定記得，在戰前，有一種印有香吉士商標的葡萄乾食品很常見，製造商都是旅居加州的日本人，於是銀造打算在日本栽種葡萄。再度前往美國取經期間，在某次的日僑宴會上，他巧遇金田一耕助。

「你應該適時戒毒，認眞念書了吧？」

「我也這麼想，畢竟吸毒沒什麼意義。」

「如果你有意願，我可以幫你出學費。」

「那就請您多多關照了。」

耕助搔著一頭亂髮，乾脆地低頭懇求。

不久，銀造返回日本，耕助繼續在美國待了三年，終於領到大學文憑。他回到日本以後，馬上從神戶前往銀造位在岡山的住處。當時銀造問他：

「那麼……你今後有什麼打算？」

「我想當偵探。」

「偵探……？」

銀造睜圓了眼，重新端詳耕助，旋即想起三年前的那起案子，心想這樣也不壞，反正他不是一個會從事正經工作的人。

「偵探這一行我不太清楚，若要從事這種工作，會用到放大鏡和捲尺吧？」

「不，我不打算用那些道具。」

「那你打算用什麼？」

「靠這個。」

耕助微微一笑，拍拍頂著亂髮的腦袋。

銀造一臉佩服地點點頭。

「不過，就算用腦袋，也需要一些資金吧？」

「是啊，事務所設備的費用大概需要三千圓。而且，剛開始也需要一筆生活費，不可能一掛上招牌，生意馬上就來。」

銀造簽了一張五千圓的支票，不發一語地遞給耕助。耕助接過支票，僅低頭行一禮，並未開口言謝，旋即返回東京，展開這份特殊的工作。

金田一耕助位於東京的偵探事務所，起初當然沒有生意上門。儘管他不時寫信向銀造報告近況，但總是說生意清淡，整天靠讀推理小說打發時間。也不清楚是認眞的還是在開玩笑。

不過，短短半年以後，來信內容逐漸有了改變。某天早上，銀造意外發現報紙上登出一張耕助的大照片，嚇了一跳，以爲他闖下什麼禍，仔細看過才知道，原來他順利偵破轟動全國的重大案件，立下功勞，報紙特別針對他大肆進行報導。在那篇報導中，耕助這麼說：「搜索腳印和檢驗指紋，都是由警方負責。我是有邏輯地對這些結果進行分類歸納，最後再來推論。這就是我的破案方式。」

銀造看了這段描述，想起之前耕助拍著頭，說自己用的是腦袋，而不是放大鏡和捲尺的情景，不禁莞爾。

一柳家發生那起慘劇時，耕助正巧在銀造家。先前大阪有一樁棘手的案子，耕助特地前往調查，沒想到很快就破案了，於是他趁休息之便，順道拜訪銀造。後來，銀造和克子出門參加婚禮，他打算悠哉地遊玩一陣子，等銀造辦完婚禮回來，卻接到銀造求救的電報。

一柳家所在地的岡村，與銀造經營的果園只有四十公里不到的路程，但交通相當不便，要前往此地，得先搭玉島線，再轉乘山陽線的上行列車，在倉敷站轉搭伯備線，到了清站下車後，還得往回走約四公里。銀造和克子就是走這樣的路線，耕助也依照同樣的路線前來。就在他越過高川，走進川村的大路時，突然傳來一陣喧鬧聲，只見一群人大呼小叫地朝く字形的道路奔去。

不曉得前方發生什麼事，耕助不禁加快腳步。原來，在川村的郊區有一輛公車撞上電線桿，周遭聚集了圍觀群眾。耕助走近一看，人們正從車裡抬出傷患，他向一旁的民眾打聽得知，公車是爲了閃避迎面而來的牛車，一時車速過快才會撞上電線桿。

這輛公車是自剛才耕助下車的清站出發，大部分乘客都和耕助搭同一班火車。倘若他也搭上這班公車，肯定會遭遇相同的災難，他不禁感到慶幸。正當他準備離去時，一名婦人從車裡被抬出來，吸引了他的目光。耕助見過這名婦人。

前面提過，今天一早，耕助從玉島搭乘上行的山陽線列車，在倉敷站轉乘伯備線。這名婦人從倉敷站開始與他搭同一班列車，她就坐在他的對面，似乎是搭下行列車到倉敷站。耕助在婦人對面坐下時，發現她的情緒相當激動。

婦人將在車站買來的一疊報紙擺在膝上，看得頗爲起勁。耕助注意到她在看一柳家殺人事件的報導，忍不住重新打量起她。對方約二十七、八歲，穿著一襲樸素的銘仙綢和服，下半身是紫色裙褲，紮起的頭髮摻有不少鬈毛，而且有嚴重的斜視。就算是客套話，也很難稱她是美女，不過，她散發出知性的一面，彌補了容貌的醜陋，就整體感來說，像是女校老師。

耕助驀然想起此一事件的被害人克子，也是女校老師，於是心想：眼前的婦人該不會和克子有什麼關係吧？果真如此，先和她談一談，或許能問出什麼線索。但婦人感覺不易親近，耕助遲遲開不了口。就這樣，列車抵達清站，耕助就此錯過與她攀談的機會。

此時，那名婦人被人從公車裡抬出來。在兩、三名傷患中，她似乎傷得最嚴重，面無血色，全身癱軟。耕助很想跟上去，但在圍觀群眾中聽到一段對話後，便改變主意，馬上停步。那段竊竊私語如下：

「聽說昨晚那個三指男再度出現在一柳家。」

「就是啊！所以警方一早又忙成一團，還在這一帶設下封鎖線。得多加小心，要是穿著奇裝異服在外頭遊蕩，恐怕會被警察逮捕。」

「別說傻話了，我的五根手指都在呢。話說回來，那傢伙到底躲在什麼地方？」

「可能是躲在通往久村的山上吧，村裡的青年團似乎要總動員到山上搜尋。這可是一件大事。」

「該不會是一柳家受到什麼詛咒吧？上一代當家作衛也死得很慘，分家良介先生的父親，則是在廣島切腹自盡。」

「嗯，今天的早報也提到這件事，說他們是被血詛咒的家族……哎呀，他們家從以前就讓人覺陰森森的。」

關於川村村民之間談論的「被血詛咒的家族」一事，已刊登在今天早上的地方報上，所以耕助也很清楚，詳情如下：

賢藏等人的父親作衛，在十五、六年前，即鈴子出生後不久便去世，而且死狀離奇。他個性敦厚、為人明理，但遇事容易衝動，一旦動起怒來，往往不顧一切。鈴子出生不久，他為田地的事和村民起爭執，雙方吵得面紅耳赤，結果某天晚上，作衛提著那把離鞘的武士刀，衝進對方家中俐落地斬殺了對方，而自己也身負重傷，回家後當晚便斷了氣。

村裡的長輩將那件事和這次的殺人事件扯在一起，甚至以說書人的故事穿鑿附會，將作衛當時砍人的凶刀說成村正（註），指稱如今賢藏夫婦也被「村正」所殺，還表示一柳家就是有「村正」在作祟，講得煞有其事，但實情並非如此。作衛當時拿的那把刀並非村正，而且那把刀在作衛行凶後，已送進菩提寺供奉。此次命案凶手使用的刀是「貞宗」，有明確的資料記載。然而，倒也難怪報紙會以「被血詛咒的家族」大肆報導，因為作衛的弟弟，即良

註——一把有名的斜刀。

介的父親隼人，也是用武士刀結束自己的性命。

隼人自願從軍，日俄戰爭時期，以上尉的身分在廣島執勤。後來，部隊裡發生違法情事，他用武士刀切腹以示負責。在當時的社會，自殺謝罪是很了不起的行爲，但一般人都認爲那件事罪不及切腹。追究原因，部隊內的違法情事算是其中之一，主要是他太敏感，一點點小事也能搞得驚天動地。換句話說，一柳家代代皆是這種剛烈的性格，固執己見，無法包容他人。

此事姑且按下，昨天那個三指男再度出現在一柳家，這還是耕助第一次聽聞，他覺得可能又會有什麼怪事發生，於是急著離開，不敢逗留。儘管心裡掛念著那名傷患，仍決定暫擱一旁，趕往一柳家。不過，他倒是沒忘記確認那名婦人被送往何處，後來得知是木內診所。

貓墳

將近正午時分，金田一耕助抵達位在山谷的一柳家。越接近村落，四周的戒備越森嚴，騎腳踏車的巡查來來往往，很像案發後的景象。

耕助抵達時，一柳家的人全聚集在客廳。坐在角落不發一語的銀造一聽到耕助的名字，旋即恢復神采奕奕的表情。

「哎呀，你來得正是時候。」

銀造前往玄關迎接，與他不甚搭調的懷念之情溢於言表。

「大叔，這次我……」

「這些話待會再說，先跟我來。我向大家介紹一下。」

昨晚，銀造已把金田一耕助會來的消息告訴大家，所以，在客廳裡等候的一柳家族頗為好奇，紛紛猜想他是怎樣的人物。

一看到眼前這個人時，眾人都傻了眼，因爲對方的年紀與三郎相仿，而且一頭亂髮、其貌不揚。鈴子瞪大眼，以天眞的口吻問：

「啊，你就是那位了不起的偵探？」

糸子夫人、三郎、良介，驚詫地不住打量這名青年。只有隆二客氣地感謝他遠道而來。

銀造介紹完畢，立刻帶金田一回到自己房間，詳細告訴他前晚發生的事。其中有些事，耕助已從報上得知，不過還有很多是之前不知道的。銀造說完，又補充道：

「……目前嫌犯是那個來歷不明的三指男，但當中有許多解不開的謎。首先是隆二，在案發後的早上和三郎一起返家，自稱剛從九州回來。實際上，前一天，我和克子從玉島搭火車時，曾在同一班列車上看到他。」

「哦！」

耕助吹口哨般低呼一聲。

「這麼說來，他是刻意隱瞞凶手犯案時，自己就在附近的事實？」

「沒錯。他沒發現我搭同一班車。不過，二十五日晚上到二十六日早上，這段時間他確實就在附近。他為什麼說謊，我實在不明白。而且二十五日晚上，他明明在這裡，為何不參加婚禮？眞教人想不透。」

銀造以嚴峻的眼神望著客廳，接著，悻悻補上一句：

「不光是他，這裡的每個人都很古怪，總覺得他們知道些什麼，卻刻意隱瞞。看起來像是互相包庇，也像是彼此猜忌，氣氛詭譎無比，讓人很不舒服。」

銀造鮮少如此激動，耕助仔細聆聽他的描述，接著想到什麼似地問：「對了，大叔，我剛才在路上聽說那個三指男昨晚又出現了，是眞的嗎？是不是又發生什麼怪事？」

「嗯，這件事有點古怪。實際上，只有鈴子看到那個人，不過有證據可以證明那傢伙來過。」

「證據？怎麼回事？」

「是鈴子說的。你知道她是怎樣的女孩吧？她講話語無倫次，依我看，她可能是夢遊。」

「夢遊？」

耕助不禁睜大雙眼。

「嗯，不然怎會那麼晚了，還跑去貓墳祭拜？」

「貓墳……？」

耕助再度瞪大了眼，噗哧一笑。

「大叔，你到底在說什麼？一會夢遊症，一會貓墳，簡直像是怪談。到底是怎麼回事？」

「啊，抱歉！我自顧自地說得顛三倒四。事情是這樣……」

昨晚——不，應該說是今天一早。一柳家的人又被一陣不尋常的尖叫聲驚醒。由於有前一晚的經驗，銀造一醒來，馬上彈跳而起，打開防雨門。此時，他看到一條人影跌跌撞撞地從別館跑過來。

銀造見狀，立刻赤腳躍下庭院，迎向對方。沒想到，衝進他懷中的竟是鈴子。只見鈴子身穿法蘭絨睡衣，面如白蠟，全身簌簌發抖。仔細一看，她也打著赤腳。

「鈴子，怎麼了？在這種地方做什麼？」

「叔叔，出現了、出現了。妖怪出現了！三指妖怪出現了！」

「三指妖怪？」

「沒錯……沒錯，叔叔，我好怕！他就在前面，就在小玉的墳墓旁邊。」

此時，隆二和良介紛紛趕至。稍後，三郎步履蹣跚地走來。

「鈴子，這麼晚了，妳怎麼還在這種地方鬼混？」

隆二略微強硬地問道。

「因爲、因爲……我去小玉的墳前祭拜。結果……結果三指妖怪衝了出來……」

這時候，前方傳來糸子夫人擔心的話聲，並且不斷叫喚鈴子。鈴子哭哭啼啼地奔過去，留在原地的男人們彷彿要窺探彼此的心思，互相對望。

銀造如此說道，率先邁步往前走。

「先去看看吧。」

「我去拿燈籠過來。」

三郎轉身離開，旋即提著燈籠追上來。

那裡是宅邸的東北角，位於隔開別館與建仁寺的圍牆外側，四周高大的山毛櫸和樟樹枝葉繁茂，散落一地的落葉層層堆疊。在落葉堆中，有個像墳墓般微微隆起的土堆，上面插著一根原木柱子，以難看的毛筆字寫著「小玉之墓」，應該是三郎的筆跡。墓碑上插著兩、三朵白色野菊。

眾人以墳墓爲中心點，在樹下四處搜尋，但沒發現什麼可疑人物。三郎拿燈籠探照地面，這一帶落葉四散，找不到任何腳印。他們甚至分頭在宅邸內搜尋，依舊沒看到可疑的人影。

「因此，眾人返回客廳，圍著鈴子提出各種疑問。她語無倫次，說是去貓墳祭拜，但三更半夜跑到那裡未免太奇怪。所以，我才會認爲她可能是夢遊。從昨天開始，她就一直掛念著那隻死去的貓。大概是半夜迷迷糊糊起身，在貓墳遇到那個怪人，就此驚醒。我猜她當時應該是半夢半醒，而那個怪人蹲在貓墳後面。對方戴著幾乎遮住整張臉的大口罩，但看起來好似底下有張裂開的大嘴。於是，鈴子放聲尖叫，想要逃跑。男子伸出右手想抓住她，可是男子的右手只有三根手指……這是鈴子的描述。之前我告訴過你，那女孩的腦筋不太正常，智商有點低。如果她的話不能採信，也是難怪，但我總覺得，這一家人當中，最可信的就屬那個女孩，至少她不會說謊。因此，既然那女孩說看到了，肯定是親眼目睹。此外，那個三指男曾在這一帶出現的事，也有確切的證據。」

「證據……？我想聽聽看。」

「事情是這樣的。天亮以後，我們又到貓墳附近，希望能找到腳印。遺憾的是，由於落葉太多，並未發現任何腳印，卻意外發現一個更有力的證據。那就是三根手指的指紋。」

「指紋留在什麼地方？」

「墓碑上……貓墳上清楚留下三枚沾滿泥巴的指紋。」

耕助噘起嘴，吹了聲口哨。

「那些指紋確實和命案現場的指紋一樣嗎？」

「嗯，今天早上警方調查後，證實是命案現場的指紋。所以，那個三指男昨晚又來過，這是毋庸置疑的。」

銀造宛如鋼鐵般堅毅的眼神，一直注視著耕助，當中摻雜著深深的疑惑。

「那座貓墳是什麼時候蓋的？」

「聽說是昨天傍晚。不過，前天早上就把貓屍埋進去了，也就是婚禮當天的早上，但還來不及做墓碑。昨天，鈴子拜託三郎製作墓碑，傍晚她便與女傭阿清一起立起那塊碑。警方詢問過阿清，她很肯定地表示，當時確實沒有那樣的指印。因爲那塊墓碑是由原木削製而成，要是沾上泥印，不管是阿清或鈴子，應該都會馬上察覺。」

「這麼說來，那個三指怪人昨晚確實又回來了吧。可是，到底回來做什麼？又爲何把手搭在貓墳上？」

「關於這一點，三郎認爲是凶手忘了帶走什麼東西，想回來拿……然後，鈴子說貓墳曾被挖開，土堆的形狀跟昨天不一樣……於是，警方馬上挖開檢查……」

「查出什麼？」

「沒有，毫無所獲。那個水果箱大的木箱內，只有一具貓屍……此外沒什麼異狀。」

「貓屍是前天早上掩埋的？」

「沒錯。那天晚上不是要舉行婚禮嗎？鈴子的母親訓了她一頓，說貓屍一直擺在屋裡很不吉利，所以她在二十五日一早就埋了。如同剛才說的，我相信那女孩，她應該不會撒謊。」

不久，耕助在別館的命案現場展開調查。

一旦發生命案，除了警方以外，其他人一律嚴禁在現場附近徘徊，金田一耕助卻得以自由進出。關於此事，一柳家及村民們都覺得不可思議，告訴我這個故事的長者也說：

「那個年輕人朝警部耳邊悄聲說了幾句話，警部馬上變得很客氣，態度突然一百八十度大翻轉，對他畢恭畢敬。哎呀，眞讓人刮目相看呢！」

或許就是因爲這樣，這名神祕青年讓村民們印象深刻。不過，聽F先生說，其實是耕助隨身帶著一位大官的推薦函的緣故。

「他來這裡之前，在大阪調查過一樁重大刑案，因而從警保局取得一份類似身分證明的文件。說到來自中央的推薦函，可是比神明的護身符還管用，連局長和司法主任都得對他禮讓三分。」

不過，局長和司法主任特別對這名青年釋出善意，不全然是因爲那份來自中央的推薦函。綜合各方說法，仔細想來，約莫是此人毫不做作、講話略微口吃的形象莫名吸引人，一旦他開口求助，大家自然會傾力幫忙。

負責偵辦這起案子的磯川警部，同樣中了他的魔法。當天上午，他指揮村內的青年團四處搜索，中午過後返回一柳家，遇到金田一耕助，立刻受對方的特質吸引，將到目前為止親手查出的線索全部告訴對方。在這些線索中，耕助最感興趣的，是相簿裡那張三指男的照片和暖爐裡燒剩的日記。聽聞此事，耕助喜不自勝地笑了，五根手指不斷搔抓一頭亂髮。這是他激動時的習慣。

「那……那照片和燒剩的日記，現下放在哪裡？」

「在總町的警局，若是需要，我去借來。」

「那、那就有勞您了。其他的相簿和日記本還放在書房嗎？」

「沒錯。想看的話，我可以帶你去。」

「好、好啊。那、那就麻煩您了……」

於是，在警部的帶領下，耕助來到賢藏的書房。他隨手取出相簿和日記本翻看，旋即放回書架上。

「之後再慢慢調查這邊，可否先帶我到命案現場？」

兩人離開書房。走到房門口時，耕助不知想到什麼，突然停步。

「警部……」

過了一會，他轉頭望向磯川警部，臉上浮現難以形容的詭異表情。

「警部，您怎麼沒告訴我那件事。」

「那件事……？是指哪件事？」

「喏，就是塞滿書架的書啊。這、這不是推理小說嗎？」

「推理小說……？哦，確實沒錯。可是，推理小說和這起案子有關係嗎？」

然而，耕助並未答話。他大搖大擺地走到書房前面，瞪大了眼睛，呼吸變得有些急促，對一整排推理小說看得入迷。

難怪他會如此驚訝，因爲書架上網羅了國內外所有推理小說，從早期的黑岩涙香譯本、《柯南・道爾全集》、《亞森・羅蘋全集》、博文館和平凡社發行的推理小說翻譯全集，乃至於日本的江戶川亂步、小酒井不木、甲賀三郎、大下宇陀兒、木木高太郎、海野十三、小栗蟲太郎等人的著作，全部齊備，一本不少。不僅如此，還有尚未翻譯的原文書，如艾勒里・昆恩（Ellery Queen）、約翰・狄克森・卡爾（John Dickson Carr）、克洛佛茲（Freeman Wills Crofts）、克莉絲蒂（Agatha Christie）等人的作品，數量極爲壯觀，堪稱是一座推理小說圖書館。

「這、這、這到底是誰的藏書？」

「是三郎啦，他是狂熱的推理小說迷。」

「三郎……三郎……你說的三郎，就是你提到的賢、賢、賢藏的保險金受益人，對吧？而、而、而他擁有最、最、最確切的不在場證明，是不是？」

耕助說到這裡，又搔抓起那頭亂髮。

推理小說問答

解決這起案子之後，金田一耕助曾向別人透露他的感想。

「老實說，起初我對這個案子提不起勁。看過報紙的報導，我便覺得那個三指男很可疑。當然，還有其他未解的謎團和疑問，不過，這些可能都是與事件核心無關的偶然，相互重疊所形成。只要將偶然的面紗逐一揭下，最後就會剩下那個三指流浪漢路過此地犯下的凶殺案——這是十分常見的案情。由於大叔對我有恩，我才會過來，如果每一件這麼平凡的案子都找上我，我可受不了。走進一柳家大門時，我就是懷著這樣的心情。直到看過三郎書架上陳列的國內外推理小說，我才湧起興趣。那裡曾上演具備『密室殺人』形態的凶殺案，書房裡又有許多提到『密室殺人』的推理小說。該說是偶然嗎？不，也許這不是之前大家所認爲的案件，而是凶手精心策畫的謀殺。這個計畫的教科書可能就是這些推理小說。當我這麼想時，突然感到一股難以言喻的喜悅。凶手提出『密室殺人』的問題向我們挑戰，以這場鬥智遊戲向我們挑戰。好，我就接受這項挑戰，與你展開鬥智吧。」

然而，磯川警部約莫認爲耕助此時的激昂情緒，既愚蠢又孩子氣吧。

「怎麼啦？這些確實是推理小說沒錯，你不是要看命案現場嗎？再磨蹭下去，天都要黑了。」

「啊，也、也是。」

耕助從書架上抽出五、六本小說，隨手翻看，警部出聲提醒，他才發現時間已晚，於是把書擱下，一副深感可惜的模樣，連好心的警部也不禁覺得好笑。

「看來，你很喜歡推理小說。」

「啊，也、也、也不是啦！當中有許多值得參考的地方，我才想瀏覽一下。那麼，請你帶路吧。」

前面提過，當天警方曾上山搜尋，所以警力都不在命案現場，於是警部自行撕下玄關前的封條，帶耕助走進別館。

防雨門緊閉，別館內光線昏暗，只有從緣廊的鑲格窗射進來的光線顯得特別明亮。十一月已接近尾聲，黃昏時分，在沒有照明的建築物裡，無論身心都略感寒意。

「我打開防雨門吧。」

「不，請暫時保持原狀。」

於是，警部打開八張榻榻米大房間裡的電燈。

「除了屍體，一切都保留案發時的原貌。屏風像架橋般倒向書院的柱子和打開的紙門上，新娘與新郎交疊在一起，倒臥在屏風內側。」

警部詳細說明兩人當時的位置。耕助一邊聆聽，一邊頻頻答腔：「嗯、嗯……」「這樣啊！」

「原來如此，這麼說來，新郎是頭部倒向新娘腳邊吧？」

「沒錯！他的頭枕在新娘的膝上，呈仰躺姿勢死亡。待會我拿照片給你看。」

「那就有勞您了……」

接著，耕助仔細端詳留在金屏風上的三枚沾血指套印。

鮮豔的金漆上，清楚留下三個指套的痕跡，猶如爛熟的草莓，已變色泛黑。從指套痕跡到屏風頂端有一道淺淺的切痕，切痕上微微沾血，可能是凶手揮刀過猛，染血的刀鋒劃到了屏風吧。

接著，耕助檢查那張斷了一根弦的古琴。琴弦上的血跡泛黑，宛如鐵鏽。

「那顆弦柱是後來在外面的落葉堆裡發現的吧?」

「沒錯。從這一點研判,凶手肯定是逃往西側的庭院。」

耕助查看剩下的十二顆弦柱,忽然抬起頭。

「警部,請、請、請過來看一下。」

他結結巴巴地叫喚,警部以爲發生什麼事,急忙朝古琴內側窺望。

「咦,怎、怎、怎麼了?」

「哈哈哈,警部,眞是的,用不著學我口吃嘛!」

「不,不是學你,只是一時受到影響。到底怎麼了?」

「請看這顆弦柱。其他十一顆都一樣,表面有飛鳥和海浪的浮雕,唯獨這顆弦柱沒有。也就是說,這不是同一張琴的弦柱。」

「啊,原來如此!我們都沒發現。」

「對了,在落葉堆裡找到的那顆弦柱呢?應該跟這些一樣吧?」

「沒錯、沒錯,表面也有飛鳥和波浪的浮雕。可是,摻雜一顆不一樣的弦柱,當中有什麼含意?」

「這個嘛……或許有,或許沒有。可能是那組弦柱遺失了一顆,用其他弦柱代替。對了,那座關鍵的壁櫥,是擺在壁龕後面吧?」

在警部的說明下，耕助前往查看壁櫥和廁所。然後，他定睛凝視房間柱子上那三枚沾血的指紋，及留在西側防雨門內的血手印。這些指紋和手印已由紅轉黑，滲進塗了紅漆的木紋裡。

「原來如此，因爲塗了紅漆，一開始才沒發現指紋和手印。」

「沒錯、沒錯，而且那扇防雨門離窗板堆放處最近。打開西側的防雨門時，這扇門位在最內側，要不是每一扇防雨門都關上，根本看不到這枚血手印。」

那扇防雨門上，還留有源七拿斧頭砍裂的痕跡。

「這樣啊，發現命案的人都是從這邊進來的嗎？當時，防雨門被推往窗板堆放處裡面對吧？」

耕助取下門栓，打開防雨門，外頭刺眼的光線頓時湧進屋內，兩人不禁眨眼。

「那麼，屋內就查看到此，請帶我看看院子吧。啊，等等，源七就是從這一扇鑲格窗窺望屋內吧？」

耕助僅穿白布襪，站在窗板堆放處外面的大洗手台上，挺直背脊從鑲格窗窺望。此時，警部自玄關拿來兩人的木屐。

接著，兩人走進院子。警部指著插有武士刀的石燈籠下方，及發現那顆弦柱的落葉堆，逐一說明。

「原來如此。到處都沒發現腳印是吧？」

「沒錯。可是，當我趕到時，這一帶已被踩得亂七八糟。不過，久保銀造先生也認同雪地上沒有留下任何腳印。」

「嗯，原來如此。由於雪地上沒有腳印，先趕到的刑警和警察便毫無顧忌地踩亂。對了，插著鐮刀的樟樹，是那一棵嗎？」

耕助在院子裡不斷移動，觀察四周。

「原來如此。最近似乎有園丁來修整過樹木。」

位於西側圍牆邊的松樹也修剪過，看起來清爽許多。以繩索吊起的樹枝，一旁架著五、六根青翠的綠竹。警部看到耕助跳上庭石，往綠竹內窺望的模樣，一時忍俊不禁。

「怎麼啦？難道你以爲凶手會躲在竹節裡？」

警部的口吻略帶嘲諷，耕助卻開心地搔搔頭應道：

「沒錯，說不定凶手是鑽進竹子裡逃走。因爲裡面沒有竹節，一路直通到底。」

「什麼？」

「園丁明明用來支撐樹枝，裡面怎麼可能沒有竹節？況且還用心地加上兩根竹子支撐松枝本身。從繩結的綁法來看，其中一根確實是專業手法，另一根空心竹則像是外行人綁的。」

警部一驚，連忙跑到耕助身邊，朝空心竹裡面窺望。

「原來如此，竹節完全貫穿了。可是，這麼做有什麼企圖？」

「這個嘛。把鐮刀插在怪異的地方、以打通竹節的竹子支撐松枝，不像是毫無意義的舉動。只不過，我現在還不明白凶手的企圖。啊……歡迎，請進。」

耕助突然高聲道。警部回頭一看，發現隆二和三郎佇立在柴門邊，銀造則站在兩人身後。

「可以進來嗎？」

「當然。警部，沒關係吧？」

耕助轉頭望向警部，迅速對他說了一句：

「竹節的事情，請暫時別告訴任何人。」

耕助旋即步向柴門迎接三人。隆二和三郎走進來，好奇地環顧四周，銀造板著臉尾隨在後。

「案發以後，你們還沒進來過吧？」

「是的，我們不敢打擾警方。三郎，案發後你也是第一次過來吧？」

三郎默默頷首。

「不過，我聽良介提過，所以知道來龍去脈。如何？有什麼新發現嗎？」

「還沒有，因爲這次的案情很複雜。警部，可以打開防雨門嗎？」
耕助從剛才走出來的西側緣廊進屋，打開南邊的兩、三扇防雨門。
「來，請到這邊坐。大叔，你也過來坐吧。」
隆二和銀造在緣廊坐下，三郎仍舊站著，靜靜望向別館。警部則是站在遠處，看著這一行人，像在窺探什麼。
耕助笑咪咪地說：
「三郎先生，怎麼樣？有什麼意見嗎？」
「我……」
往防雨門內窺伺的三郎，有些慌張地望向耕助。
「我……？爲什麼問我？」
「你似乎是狂熱的推理迷。可否運用你的推理功力，破解這起案子的謎團？」
三郎略顯羞赧，眼中卻同時浮現鄙夷之色。
「推理小說不同於眞實情況。推理小說的凶手，只侷限於書中的登場人物，現實可沒這麼單純。」
「要這麼說也行，不過，這起案子的凶手不見得就是那個三指男，不是嗎？」
「這、這我不懂。」

「你也喜歡看推理小說嗎？」

隆二平靜地插話，臉上看不出有特別的情緒。

「是的，我喜歡，因爲對破案很有幫助。當然，小說與眞實情況不同，但書中人物的思考模式、邏輯推理能運用在生活中。尤其這次的案子是『密室殺人』，我正在全力回想，有沒有情節類似的推理小說。」

「你說的『密室殺人』是……」

「就是在一個從屋內反鎖、凶手無處可逃的房間裡發生的命案，推理小說作家稱爲不可能的犯罪。如何將不可能化爲可能，正是作家深深著迷之處。大部分的作家都想寫這樣的題材。」

「哦，聽起來很有趣。那麼，通常是怎麼解決的，能舉出兩、三個例子嗎？」

「這個嘛，不妨請教三郎先生吧。三郎先生，你認爲以密室殺人爲題材的推理小說，哪一本最有意思？」

三郎再度浮現鄙夷的冷笑，接著望向隆二，略微膽怯地說：

「我認爲是勒胡的《黃色房間之謎》。」

「原來如此，果然和我想的一樣。雖然是古典名著，卻是永遠的傑作。」

「《黃色房間之謎》的故事內容是什麼？」

「敘述在一個反鎖的房間裡，屋主的女兒身負重傷，奄奄一息。屋主和僕人在聽見小姐的慘叫聲之後，破門而入，發現滿地鮮血，小姐身受重傷，凶手卻不在房內。就是這樣一個故事。若說到爲何稱這本小說爲傑作，是因爲破案後得知的行凶手法，並非採用機械道具。以密室殺人爲題材的推理小說不在少數，但多半採用機械式詭計，實在令人失望。」

「什麼是機械式詭計？」

「在門鎖或門栓反鎖的密室殺人案當中，最後證實凶手是在行凶後利用鐵絲或繩子扣上門鎖或門栓。這種方式實在教人難以信服。三郎先生，你認爲呢？」

「就是啊，我贊成你的說法。不過，像《黃色房間之謎》那樣的詭計很少見，所以就算是機械式詭計，有些小說我還是會湊合著看。」

「比如？」

「比如，有一位名叫狄克森．卡爾的作家，他寫的幾乎都是密室殺人或密室殺人的變型作品。這些變型作品有著精采的詭計，《瘋狂帽商的祕密》就十分匠心獨具，但若以嚴格的密室殺人標準來看，仍屬於機械式詭計。不過，由於出自卡爾之手，絕不會寫出用鐵絲或繩子鎖門的騙人伎倆。《瘟疫莊謀殺案》也是機械式詭計，但爲了加以掩飾，作者費盡心思，潛心鑽研，令人寄予同情。所以，不能因爲是機械式詭計就瞧不起這些作品。」

三郎得意地侃侃而談，接著猛然驚醒，望向周遭的人說：

「哎呀，我一時說個沒完，天都黑了。每次一聊到推理小說，我就會這麼投入。」三郎突然感到寒冷似地縮起身子，以刺探般的狡黠目光望著待在陰暗處的耕助。

這天晚上，一柳家再度響起琴聲。

兩封信

「耕助！耕助！」

耕助被搖醒，睜開眼睛時，已將近黎明時分。他發現房裡亮著燈，原本與他並躺而眠的銀造，湊過來緊盯著他。那嚴肅的表情令他一凜，於是他立刻從被窩裡起身。

「大……大叔，怎……怎麼了？」

「我聽到怪聲，似乎是撥動琴弦的聲音……搞不好是我在做夢……」

兩人維持同樣的姿勢，豎耳傾聽。不過，並未聽到什麼特別的聲音。在幾乎聽得到心跳聲的靜謐中，只傳來一個規律的聲音——水車的運轉聲。

「大、大叔。」耕助突然牙齒打顫，壓低音量，啞聲問：「前天晚上……命案發生時，你有沒有聽到水車的聲音？」

「水車的聲音……」

銀造心頭一驚，以刺探的眼神望著耕助。

「這麼一提，好像有。沒錯，我確實有聽到。因爲聽慣了，我沒放在心上。可是……啊！」

兩人幾乎同時從床上躍起，換上衣服。

琴聲再度響起。先是撥動琴弦的叮叮聲，接著是某物體在空中旋繞的颼颼聲。可惡，可惡！糟糕！耕助一邊喊叫，一邊急著穿衣服。

昨天，耕助很晚才睡。磯川警部依約送來照片和燒剩的日記本，他自己也從書房裡借出日記本和相簿，逐一清查，一直忙到十二點。之後，他又拿起從書房取來的推理小說翻看，眞正就寢已是凌晨兩點以後。若非如此，他向來淺眠，很容易爲一點風吹草動驚醒。

「大叔、大叔，現在幾點？」

「正好四點半，幾乎和命案發生的時間一樣。」

迅速著好裝，打開防雨門後，眼前一片濃霧，但濃霧中有兩道互相推擠的人影，出現在通往別館的柴門前方。傳來低聲訓斥的男聲，和嚶嚶啜泣的女聲。原來是良介和鈴子。

「怎麼回事？鈴子怎麼了？」

銀造上前詢問，口吻不太客氣。

「鈴子又夢遊了。」

「你亂說、你亂說，人家是去祭拜小玉。什麼夢遊，你亂說！」

鈴子又抽抽噎噎地哭了起來。

「良介先生，有沒有聽到剛才的聲音？」

「當然，所以我才跑過來。沒想到鈴子在這裡遊蕩，嚇我一大跳。」

此時，隆二和糸子夫人穿過濃霧，快步趕來。

「良介嗎？啊，鈴子也在。三郎呢？有誰看到他？」

「三郎？他應該還在睡吧？」

「不，被窩裡沒人。我一聽到怪聲，就先去找三郎，想叫醒他……」

「金田一先生呢？」

聽到隆二這麼問，銀造急忙在濃霧中環顧四周，尋找金田一耕助。此時，從別館內傳來耕助聲嘶力竭的叫喚。

「快找醫生來，三郎他……」

濃霧遮蓋了他接下來說的話，當眾人聽清楚時，頓時渾身僵硬如石。

「三郎被殺了！」

糸子夫人無比悲痛地叫喊，以睡衣的衣袖覆住雙眼。

「娘，到那邊休息一下吧。啊，秋子，娘和鈴子拜託妳照顧一下。我得趕快找醫生過來……」

此時，分家的秋子正好趕到，隆二將糸子夫人和鈴子託付給她，便與良介、銀造一起衝進柴門內。別館的防雨門和之前一樣緊閉，從鑲格窗流瀉而出的燈光，在濃霧中反射出亮晃晃的光芒。

「那邊、那邊……從西側的緣廊進來。」

話雖如此，耕助的聲音卻是從玄關內側傳來。一行人繞往西側，之前源七砍破的防雨門敞開。三人衝進屋內，一路穿過房間，看到耕助蹲在昏暗的玄關，便爭先恐後地奔向他，旋即又像凍結般呆立原地。

只見三郎弓著背，倒在玄關的泥土地上，背部從右肩到肩胛骨一帶，不斷湧出鮮血，右手虛弱地張開五指，抓向玄關門的內側。

隆二彷彿挨了一棍，愣在當場，接著捲起衣袖，躍向泥土地，一把推開耕助，蹲身望向三郎。不久，他抬起頭說：

「良介，不好意思，可否麻煩你到主屋拿我的公事包過來？還有，請村裡的醫生馬上趕來！」

「三郎……他沒救了嗎？」

「不，應該沒事。雖然傷得很深……小心點，別讓我娘受到驚嚇。」

良介馬上離開別館。

「需要幫忙嗎？」

「不，這時候最好別動他，等良介拿公事包過來。」

隆二的聲音聽起來有點冷漠，銀造皺眉望著金田一。

「到底是怎麼回事？」

「這個嘛……我也不清楚。不過，從外觀研判，他應該是在前面屏風那裡被砍傷，一路逃到這裡，正想開門就昏倒了。你看過屏風了嗎？」

銀造和耕助返回那個八張榻榻米大的房間。那扇屏風的位置和案發當晚一樣，呈半傾倒狀態，但從上而下被砍出一道刀痕，光采奪目的金漆上濺滿血花，宛如潑墨。一片血花中留下半乾的指印，好似散落的花瓣。指印依然只有三枚，這次凶手卻沒戴指套，雖然不太清晰，但看得出上面有指紋。銀造皺著眉，視線移向扔在屏風旁的古琴。琴弦又斷了一根，不過，弦柱直接掉落在古琴旁。

「金田一先生，你趕來時，這扇防雨門……」

「門是關著的，我從裂縫處伸手取下門栓。大叔，你看石燈籠旁邊。」

銀造來到緣廊，從剛才進來的防雨門縫隙望向庭院，發現石燈籠右方的不遠處，地上又有一把武士刀，在濃霧中隱隱透著寒光……

畢竟紙包不住火，而且鄉下地方消息傳得特別快，一柳家發生第二起慘劇，在村裡早就傳開了，連鄰村的村民也都在天亮前得知這個消息，一時謠言滿天飛，鬧得沸沸揚揚。然而，紛亂之際，又有一個新消息傳至一柳家，幾乎導致案情大翻轉。

事情是這樣的，早上九點左右，一名男子從川村騎腳踏車趕來，表示想見承辦這起案子的負責人。當時，磯川警部剛到，便答應與男子見面。此人的說法如下：

目前，川村的木內診所有一名女傷患，她昨天在川村出車禍受傷，被送往診所。聽聞今天早上一柳家發生的案子後，她情緒非常激動，似乎曉得一些內幕。她堅持要與這次案件的承辦人見面，好像知道凶手是誰……

當時，耕助在警部身邊，聆聽男子的陳述，內心越來越激動。沒錯，她一定是那個婦人，從倉敷和耕助搭同一班火車的婦人。雖然他一直掛念著這件事，但這場紛亂占去大半思緒，一不小心就忘了。

「警部，我們去一趟吧。對方一定知道些什麼。」

於是，兩人跨上腳踏車，趕往川村的木內診所。對方果然就是昨天那個婦人。她的手腳和頭部都纏著繃帶，躺在診所的薄床墊上，傷勢看起來沒那麼嚴重，氣色不錯。

「您是承辦這起案子的警察先生嗎？」

她口齒清晰，字正腔圓，姿色欠佳的容貌帶有一股威嚴。這股威嚴予人一種女校舍監的感覺。

警部回答「我就是」之後，她自我介紹叫白木靜子，在大阪的S女校任教，與遇害的久保克子是同窗好友。

「原來如此。那麼，對於這次的案件，您可有什麼線索？」

白木靜子用力頷首，從放在枕邊的手提包中取出兩封信，將其中一封交給警部。

「請您過目。」

警部接過一看，是久保克子寫給白木靜子的信，日期是十月二十日，即一個月前。他與耕助互望一眼，微微一驚，旋即取出信紙。信中內容大致如下：

親愛的靜子姊：

在我寫這封信時，有件事得先向您道歉。您曾對我提出忠告，要我守住婚前的祕密，若是向丈夫坦言一切，婚姻生活絕對不會幸福。然而，我辜負了您的好意，向一柳道出自己與T那段可恨的過往。但您毋須爲我操心，我並不後悔這麼做。一柳初聞此事，似乎頗爲震驚，最後還是溫柔地原諒我。當然，我早已不是處子之身的祕密，肯定在一柳心中留下陰影。但我認爲，與其藏著這個祕密愧疚終身，或許這麼做反而才能得到眞正的幸福。不論他心中留下何等陰影，我都會靠自己的努力和愛情化解一切，也請您不必替我擔心。

妹克子　敬上

警部和耕助看完這封信，靜子馬上遞出第二封信。日期爲十一月十六日，即婚禮九天前所寫。

姊姊：

我現在思緒無比紛亂。昨天和叔叔前往大阪的三越百貨（請原諒我沒順道去拜訪姊姊，因爲與叔叔同行），我們去採買婚禮用品，但您猜猜，我在那裡碰到誰？我竟然遇見T！想必姊姊也明白我有多驚訝。當時看到他，發現他變了許多，顯得好頹廢……還與兩名一看就知道是無賴的青年同行。我嚇得臉色發白，心頭冷得像結冰，全身不住發抖。當然，我根本不想和他說話。可是……可是，T卻趁叔叔不注意，湊向我身邊，嘻皮笑臉地在我耳邊說——妳要嫁人了，對吧？恭喜妳啊。唉，您可以想見，我感受到何等的屈辱和羞愧。姊姊，我該如何是好？自從六年前與他分手，我就沒見過他。對我來說，他就像是已入土的人。我向一柳提過這件事，一柳原諒了我。我們發過誓，再也不會提到T的名字，可是我又遇見T……當然，我們在三越百貨的接觸僅止於此，而T也就此離去，並未回頭。姊姊、姊姊，我到底該如何是好？

克子　敬上

看完這兩封信，警部顯得相當激動。

「白木小姐，這麼說來，您認爲T就是凶手？」

「當然，除了T之外，誰會做出這麼可怕的事？」

白木靜子以平時在講台上訓斥學生的嚴厲口吻說道。後來，她回答警部的詢問，道出以下這段故事——

T——本名田谷照三，家住須磨，家境非常富裕。他與克子相識時，還穿著某醫科大學的制服。事實上，他並非那所大學的學生，只不過是報考那所大學三次，三次都落榜的重考生。克子是個冰雪聰明的女孩，但對於許多隻身從鄉下上京求學的女學生經常遭遇的陷阱，卻沒能識破，才會被田谷趁虛而入。

「當時，克子絕不是抱持玩玩就好的心態，她是眞心愛著對方，打算日後與對方結婚。可惜，她的美夢維持不到三個月，T便露出馬腳，而且克子也得知他做了許多荒唐事，所以到了第四個月，她不得不與T分手。當時，主要由我替克子出面與T交涉。不過，他最後與克子見面時，倒是展現出十足的男子氣概，對克子說：『既然我的醜事敗露，那也沒辦法。好啊，就分手吧。克子，妳不必擔心。我絕不會利用我們的關係一直糾纏妳，放心吧！』他表現得神色自若。之後，克子就像信中所寫的那樣，沒再和T見面，也沒聽到任何T的消息。不過，我耳聞過兩、三次有關T的事。T越來越放蕩，從公子哥變成狠角色，加入幫派，從事威脅恐嚇之類的勾當。他就是這樣的男人，多年後遇見克子，並得知克子即將嫁人，他絕不可能默不作聲。沒錯，殺害克子和她丈夫的人，肯定就是T。」

耕助聽得津津有味，待靜子說完，他出示一張照片。那是昨晚磯川警部託人送來的照片，即從賢藏的相簿剪下的那張照片，上頭寫著「終生敵人」，也就是那個三指怪人。

「白木小姐，您說的T，該不會就是這個男人吧？」

靜子略感驚訝，接過照片仔細端詳，但她馬上搖頭否認，並斬釘截鐵地說：「這不是T。T比他俊美多了。」

開墳

白木靜子敘述的這段故事，似乎帶給金田一和磯川警部莫大的衝擊。不過，兩人對靜子這番話產生的印象完全不同，直到後來他們才明白，當中暗藏破案的重要關鍵。

此事暫且按下，不久後，兩人步出木內診所，陷入沉思。若是一旁有人目睹，應該可以發現，儘管兩人都在沉思，但表情截然不同。磯川警部愁眉苦臉，相反地，金田一耕助眉開眼笑。看他一手握著腳踏車車把，另一手頻頻搔抓那頭亂髮的模樣，便可明白他有多興奮。

兩人沉默不語，腳踏車一前一後，行經河邊的市鎮，來到通往岡村的那條筆直道路。此時，耕助突然喚住警部。

「等、等、等一下，警部。請稍停片刻。」

警部一臉訝異地停車，轉頭一看，耕助已走進轉角的一家香菸攤，買了一包CHERRY香菸，並向香菸攤老闆娘詢問：

「老闆娘，要去久村，走這條路就能到吧？」

「是啊。」

「走這條路……然後呢？一直走就行了嗎？」

「這個嘛，沿著這條路走到岡村前方，便會看見村公所，您不妨在那一帶問一下山谷的一柳家要怎麼走。那是一座大宅，很快就能找到。只要順著一柳家大門前那條路走，便能到達久村。雖然還得翻越山頭，但只有一條路，不會迷路。」

專注於編織的老闆娘，頭也不抬地回答。

「哦，這樣啊。謝謝您。」

耕助離開香菸攤時，臉上難掩喜色。警部納悶地盯著他，但他並未解釋，逕自跨上腳踏車說：「久等了，我們走吧。」

警部試著思索耕助剛才問那些話的用意，卻始終想不透。他不明就裡地跟著耕助，回到一柳家。

這段期間，三郎被抬進主屋的某個房間，由二哥隆二和隨後趕來的F醫生替他診療。他的傷勢頗嚴重，而且引發破傷風，一度有生命危險。不過，警部和耕助從川村趕回來時，他的病情已穩定許多，可接受問訊。於是，警部將腳踏車擺在一旁，旋即走進房間，但不知爲何，耕助不打算陪同。

耕助一下車，隨即抓住現場的一名刑警，頻頻與對方交談。對方一臉訝異地望著他。

「您的意思是，去久村詢問嗎？」

「是的、是的，要辛苦您了，請挨家挨戶查訪。反正總共也沒幾戶。」

「是沒錯啦，可是警部……」

「我會先跟警部說一聲，因爲這件事很重要……那麼，這就交給您保管了。」

耕助交給刑警的，是之前出示給白木靜子看的那張三指男的照片。刑警放進口袋，疑惑地跨上腳踏車離開。耕助目送他遠去後，返回玄關。銀造早已在那裡等候。

「耕助，不聽聽三郎怎麼說嗎？」

「不用了，反正待會再問警部就行。」

「你請刑警去久村一趟，那裡有什麼問題？」

「是啊，有點事……遲早會告訴你。」

銀造凝視著笑咪咪的耕助，滿意地吁了一口氣。

銀造心知耕助的摸索期已過。他的腦袋——之前他拍著頭，說要用來代替放大鏡和捲尺的腦袋裡，象徵邏輯和推理的積木越疊越高。他眼中的光芒透露出謎底快揭曉了。

「你在川村問出什麼？」

「哦，關於這件事，我有話跟大叔說。但不能在這裡，我們到那邊去吧。」

兩人一前一後地走進客廳。一柳家的人聚集在三郎枕邊，客廳空無一人。以耕助和銀造來說，這是最好的時機。

要說出接下來的話，耕助相當痛苦。他很清楚銀造有多疼愛克子、多信任克子，如今吐露克子的祕密，可能會粉碎銀造原本的美夢，他的良心備受苛責，但還是非說不可。

銀造聞言，果然大爲震驚，露出失魂落魄的眼神。那怯懦的表情，宛如遭人毒打的喪家犬。

「耕助，這……這是眞的嗎？」

「應該是眞的。對方沒必要撒謊，而且還有克子小姐的親筆信。」

「克子爲什麼不向我坦白，反而告訴朋友……」

「大叔，」耕助輕拍銀造的肩膀安慰道：「年輕姑娘傾訴心事的對象，往往不是父母兄弟和親人，而是朋友。」

「嗯。」

銀造一副頹喪的模樣，消沉好一會。不過，這位精力充沛的老先生，不喜歡拘泥於同一件事。半晌過後，他重振精神，抬起頭問：

「然後呢……？這是什麼意思？難道T……田谷照三就是凶手？」

「警部似乎這麼認爲，白木靜子也如此聲稱。」

「這麼說來，他就是那個三指男？」

「然而，事實並非如此。我料到有這種可能，才準備那張照片。但白木靜子斷定不是

T，警部也認爲案情又陷入死胡同，傷透腦筋。」

耕助露出天眞爛漫的笑容，銀造以試探的眼神望著他。

「耕助，你的看法呢？你覺得那個男人和這件案子無關嗎？」

「不，沒這回事。他和這起案子有很重要的關聯。啊，有什麼事？」

女傭阿清從紙門的門縫中露出臉，又慌張地縮回。

「哎呀，眞對不起，我以爲小姐在裡面……」

「不，沒看到鈴子小姐。啊，請等一下，阿清小姐。」

阿清被喚住，於是停步應道：

「是，有什麼吩咐？」

「嗯，有些事想請教妳。那天晚上，也就是新婚之夜，出席別館交杯酒儀式的，只有村長夫婦、老夫人，和分家的良介夫婦嗎？」

「是的。」

「那天晚上，老夫人穿的是有家紋的和服吧？幫她整理衣物的是妳嗎？」

阿清一臉納悶地回答：

「不，不是我。」

「那會是誰？」

「沒人負責整理。老夫人非常珍愛自己的衣服，不准別人觸碰，向來都是親手摺衣服。這次發生那種事，她可能抽不出時間，那套和服還擱在對面的房間裡。」

耕助突然從榻榻米上彈跳而起。

「對、對、對面的房間？妳、妳、妳快帶、帶、帶我去看。」

耕助神情急迫，與其說女傭阿清愣住，不如說嚇傻了。只見她後退兩、三步，直盯著耕助，一副快哭出來的模樣。銀造也驚訝地起身，望著阿清安慰道：

「阿清小姐，別擔心，我會一起去，替我們帶路吧。老夫人的房間在哪裡？」

「在這邊。」

「耕助，怎麼回事？老夫人的衣服哪裡不對勁？」

耕助用力點頭。要是開口，他可能又會口吃。

果真如阿清所言，糸子夫人那件印有家紋的和服仍以塗漆的衣架掛著，垂吊在橫板上。耕助仔細按壓衣袖，臉上突然浮現難以形容的歡欣之色。

「阿、阿、阿清小姐，妳可以離開了。」

耕助目送阿清疑惑地離去後，手伸進老夫人的衣袖。

「大叔，我來說明一下魔術的手法吧。舞台上的魔術師將懷表放進箱子裡，懷表就此消失，然後，那只懷表出現在觀眾的口袋裡。這種魔術誰都知道吧？那名觀眾是串通好的，打一開始，懷表就在他的口袋裡。換句話說，現場有兩只懷表，關鍵在於舞台上的魔術師如何表演把懷表丟進箱子的動作，以及如何藏好懷表。你看，懷表就在這裡。」

耕助的手從和服衣袖裡伸出來，張開掌心，出現一顆刻有飛鳥和海浪圖案的弦柱。

「耕助，這……」

銀造雙眼圓睜，呼吸急促。耕助面帶微笑地說：

「大叔，不是告訴過你嗎？我會說明魔術的手法，而且是從最基本的步驟說起。那天晚上……啊，請進、請進！」

銀造回頭一望，身穿振袖和服的鈴子站在緣廊，眼神充滿畏怯不安。

「鈴子，來得正好，我有些話想問妳。瞧瞧，這是古琴的弦柱吧？」

鈴子戰戰兢兢地走進來，朝耕助的手掌望了一眼，默默頷首。

「那張琴掉了一顆弦柱吧？是什麼時候掉的？」

「我不知道。這次抬出來的時候，弦柱就不見了。」

「琴是什麼時候抬出來的？」

「新娘抵達的那天早上，才從倉庫裡抬出來。因爲弦柱少了一顆，我用練習琴的弦柱替代。」

「啊，這麼說，那張琴原本放在倉庫裡？任何人都能進出倉庫嗎？」

「不，平時不能進去。由於要迎接新娘，傭人才從倉庫裡搬出許多用具。那陣子，倉庫一直是開著的。」

「這樣啊，所以大家都可以隨意進出？」

「是的，大家都進進出出。像盤子、碗、坐墊、屏風等等，各種物品都得搬出來。」

「謝謝，鈴子很聰明呢！對了，鈴子，我問妳……」

耕助的手溫柔地搭在鈴子肩上，笑咪咪地注視著少女的雙眸。

「爲什麼妳那麼在意死去的貓？」

日後，金田一耕助透露，當時萬萬沒想到這個問題會引出如此重大的意義。他原本只想知道，這名智力發展遲緩的少女究竟有何悲傷的祕密，使得她每天晚上在貓墳旁徘徊。

然而，聽到這個問題，鈴子臉上明顯浮現怯色。

「你是指小玉嗎？」

「沒錯，正是小玉。妳對小玉做過什麼不好的事嗎？」

「沒有，才沒那回事。」

「那是爲什麼？鈴子，小玉是什麼時候死的？」

「婚禮的前一天早上。」

「哦，所以妳在隔天早上埋葬小玉，對吧？」

鈴子靜默不語，接著突然抽抽噎噎地哭了起來。耕助與銀造互望一眼，像是猛然想到什麼，急著問道：

「鈴子，這麼說來，妳不是在婚禮當天早上替小玉舉行葬禮？妳之前都在說謊嗎？」

鈴子哭得益發大聲。

「對不起、對不起，因爲小玉太可憐了。牠孤零零地躺在冰冷的墳墓裡，眞的好可憐，所以我把牠放進箱子，藏在壁櫥裡。結果……大哥就被殺了……」

「嗯、嗯，妳大哥被殺了……然後呢？」

「我很害怕，三郎哥嚇我，說死去的貓要是一直放著，會變成妖怪，發生不吉利的事。所以，趁大家在忙大哥的事情，我偷偷把小玉埋了。」

這就是鈴子可憐的祕密，也就是這個祕密在折磨她，導致她在夜裡夢遊。

「鈴子，用來裝小玉的箱子，在舉行婚禮時，以及妳大哥遇害時，都擺在妳房間裡吧？」

「對不起、對不起，要是說出這件事，我就會挨娘的罵。」

「大叔！」

耕助突然離開鈴子身邊，但旋即又考量到她的心情，安慰道：

「鈴子，沒事了、沒事了。妳老實說出來，就不必再擔心。喏，把眼淚擦掉，到那邊去吧，剛才阿清在找妳。」

見鈴子一邊拭淚，一邊從緣廊上奔離，耕助猛然抓住銀造的手臂。

「大叔，走吧。到貓墳那裡看看。」

「可是，耕助……」

耕助對銀造的話置若罔聞，提起鬆垮的裙褲下襬，衝向玄關。銀造只好趕緊跟上。

兩人迅速走到庭院角落的貓墳。幸運的是，昨天早上挖墳用的圓鍬留在原地。耕助拿起圓鍬，立刻動手開挖。

「耕助，到底是怎麼回事？」

「大叔，那女孩天真的謊言完全騙倒我了。凶手殺人時，那隻貓的棺材明明還在鈴子的房間裡。」

「所以，凶手在棺材裡藏了某樣東西嗎？可是，昨天挖開過一次了。」

「沒、沒、沒錯。所、所以，這裡才是目前最安全的藏匿處啊。」

那座小小墳墓馬上被挖開，洞口出現一口原木箱子。昨天曾被撬開的箱蓋，釘子已鬆脫，很容易就打開。箱子裡有隻身軀尚未腐爛的小貓，鈴子還用心地以暖和的蠶絲被裹著。

耕助以一旁的木棒輕戳蠶絲被，彎腰查看後，從蠶絲被底下拿起一樣東西。那東西以油紙包覆，外頭用麻繩纏成十字結，和小貓差不多大。

銀造不禁瞪大眼，昨天明明沒有這個東西。

耕助撕開油紙的一角，窺望裡面，接著把那東西湊向銀造的鼻尖。

「你、你、你看，大叔，果、果、果然有吧。」

銀造也從油紙的破洞處往內窺望。此時，他彷彿感到腳底下的泥土突然崩塌，嚇了一大跳。

在他有生之年，恐怕永遠也忘不了當時的驚訝。實際上，這件事發生以後，又有一個更令人震驚的發現，不過都不及當時的驚訝。

磯川警部的驚愕

「咦，兩位去哪裡？」

見耕助與銀造迎面走來，磯川警部在緣廊叫喚他們。

「沒什麼，只是去散步。」

「在庭院散步？」

「嗯，沒錯。」

警部以試探的眼神來回望著兩人。尤其是面色如土的銀造格外引人注意。

「你怎麼了？發生什麼事？」

「沒什麼，只是……」

「到底是怎麼回事？你手上拎著什麼？」

「哦，這個嗎？」

耕助晃動以手帕包覆的東西，微微一笑。

「這是禮物。」

「禮物？」

「沒錯。對了，警部，你從三郎那裡打探出什麼？別老是問我，你也說來聽聽。」

「這件事啊……來，這邊坐吧。久保先生，你是不是哪裡不舒服？臉色很難看……」

「大叔不要緊。因爲我告訴他克子小姐的事，他心情十分低落。三郎到底是怎麼說的？」

「哦……還是沒結論。不過，金田一先生，這次你要負一半責任。」

「咦，我嗎？此話怎講？」

「你昨天不是和三郎討論推理小說嗎？那件事刺激到他。你提到密室殺人吧？三郎說，為了揭開這個謎團，他昨晚偷偷潛進別館。」

「原來如此。然後呢？」

「他一走進別館，就把所有門都關上，刻意營造出與案發時一模一樣的環境。然而，他覺得壁龕後面的壁櫥裡有人。雖然沒聽到聲音，卻有這種感覺。有人躲在裡面，彷彿聽得到呼吸聲，於是他按捺不住，打開壁櫥確認……」

「嗯、嗯，然後呢？」

「三郎打開壁櫥的門，裡頭衝出一名男子，還揮舞著一把亮晃晃的刀。三郎大叫一聲，拔腿就跑。就在他衝向房間時，對方從他背後連同屏風一刀砍下，於是他不醒人事，什麼都記不得了，連自己逃到玄關的過程也搞不清楚。」

「原來如此。那他記得凶手的長相嗎？」

「由於太過突然，光線又暗，加上他當時嚇壞了，沒看清楚對方的長相。這也難怪啦。不過，他覺得對方戴著一個大口罩……就是這麼回事。」

「那麼，他應該沒看到對方的手指吧？」

「當然，哪有閒工夫注意那個部位。不過，既然對方留下染血的指紋，肯定只有三根手指。」

耕助和銀造互望一眼。

「然後呢？三郎只說了這些嗎？」

「是的，大致如此。我以爲可以聽出什麼更確切的線索，滿心期待，沒想到希望落空，眞有點沮喪。金田一先生，我的壓力越來越大了。還有，關於田谷那個男人，三指男和田谷之間到底有沒有關係？可惡，想到這一點我就頭痛。」

「放輕鬆，用不著那麼沮喪，快要有好事發生了。」

耕助從緣廊上起身。

「對了，忘了跟你說。剛才這裡有一位刑警，我請他去久村辦事。」

「是木村嗎？去久村幹什麼？」

「只是想調查一下。大叔，我們走吧。」

「你們要去哪裡？」

警部以偵訊般的語氣問道。

「去散步，到那邊走走。警部，你還會在這裡待一陣子吧？」

警部以試探的眼神望著耕助。

「可否請你順便問一下隆二先生？隆二先生自稱在命案發生的當天早上才抵達。可是在前一天，也就是舉行婚禮的二十五日下午，有人目睹他在清站下車。此一消息應該屬實，不知隆二先生爲何要撒謊？」

「你、你、你說什麼？」

「哈哈哈，警部，不要學我嘛。大叔，走吧。」

耕助與銀造留下目瞪口呆的警部，沿著宅邸繞一圈，從後院的木門走出去。

後院的木門位於宅邸西側，婚禮當天傍晚，那名可疑男子就是從這裡進出。門外有一條小河流經，河上有一座土橋。兩人過河，順著對岸的道路往北而行。

「耕助，要去哪裡？」

「我也不知道。四處看看，搞不好會有什麼發現。我們到那一帶走走吧。」

耕助拎著那個用手帕包覆的東西，沿著小河往北走。一柳家的矮牆盡頭有一座水車倉庫。水車目前已停用。

路面在水車附近逐漸變窄，沿著山崖往東形成一個陡彎。他們順路而行，眼前突然出現一座大水池。

這一帶在岡山縣素有「穀倉」的美譽，水田遍布，到處都有灌溉用水池，所以這類景致十分常見。不知耕助想到什麼，一看到水池便停下腳步，頻頻往池裡觀望，似乎感到很稀奇。一名農夫正巧路過，他立刻喚住對方，問道：

「請問，每年都會抽乾池水吧？」

「是的。」

「今年抽過了嗎？」

「不，還沒……事實上，每年固定在十一月二十五日抽乾水池。今年一柳家辦喜事，大家都得去幫忙，所以延到下個月五日。」

耕助似乎略顯失望。

「啊，那一柳家的人也知道這件事？」

「是的。這座水池原本就是一柳家上一代當家作衛先生出錢挖鑿的，要抽乾水池得先徵求一柳家的同意。雖然只是形式上的徵詢，但已成爲一項規定。」

「這、這、這樣啊，謝謝你。」

告別了這名農夫，兩人沿著山崖的小路信步而上。銀造沒有多問，但他似乎知道耕助想找什麼，只是一直默默跟著。不久，山崖小路又逐漸蜿蜒，他們走到轉角處，耕助突然停步喊道：「啊，那是什麼？」

繞過山崖，前方是一塊狹窄的平地，有一座以黏土堆砌而成的半圓形土窯，只比一張榻榻米略大。那是炭窯。

這一帶居民的本業通常不是燒製木炭。由於離市鎮和村莊很近，與其燒製木炭販賣，不如砍柴兜售。不過，一些手頭比較寬裕的農民，也會燒製木炭供自家使用。這些人自行疊瓦、堆土，建造炭窯。由於僅供自家使用，規模較小，頂多燒製六、七袋至十二、三袋的木炭。這些炭窯的規模只比一張榻榻米略大，高度差不多到成年人胸部。

此刻耕助發現的就是其中一座炭窯。燒製過程似乎剛結束，有人頻頻從炭窯中取出條狀木炭。耕助急忙衝到炭窯旁，蹲身從狹窄的入口往內窺望。炭窯內有個以手巾罩頭的男子，趴在裡面撿拾木炭碎片。看來，木炭大致都丟出炭窯外了。

「先生、先生！」

耕助如此叫喚，男子嚇了一跳，在昏暗的炭窯內轉頭望向他。

「有事想請教，方便出來一下嗎？」

男子鑽動了一會，才抱著裝滿木炭碎片的竹簍，從炭窯裡爬出。他的臉和雙手都沾滿黑色炭粉，一對骨碌碌的大眼炯炯有神。

「有什麼事？」

「請問你是什麼時候點燃炭窯裡的火？這件事非常重要，希望你能如實告訴我。」

鄉下只要一有怪事，立刻會傳遍全村。昨天，全村村民已知道這個體形矮小、長相平庸，穿著一件鬆垮裙褲的青年，是個遠近馳名的偵探。所以，燒炭男一聽他如此詢問，便手忙腳亂地屈起指節粗大的手指，數了起來。

「我應該是在二十五日傍晚點火。沒錯，因爲那天剛好是一柳家舉行婚禮的日子。」

「那麼，這是用來燒製木炭的木頭吧。你是什麼時候放進炭窯內？」

「是指炭材嗎?我在點火的前一天放進去,也就是二十四日。那天我只放一半就天黑了,所以先回家。隔天傍晚,我把剩下的木頭放進去,然後點火。」

「這段時間有沒有發生什麼怪事?或者,讓你覺得不太對勁的事?」

「這個嘛,其實我在二十五日傍晚點火後,不時來巡視。沒錯,那天眞的是二十五日,因爲下了一場大雪。不過,我聞到一股怪味,像是皮肉燒焦的氣味。我懷疑有人把死貓之類的動物屍體丟進窯裡,其實是有人惡作劇,將破爛的西服和皮鞋從煙囪塞進窯裡。瞧,我丟在那邊。」

那件西服已燒得看不出原貌,皮鞋雖雖燒成黑炭,卻還留有本來的形狀。耕助以手杖撥了幾下。

「我可以進去嗎?」

「可以啊,只是裡面什麼也沒有。」

耕助不在乎裙褲下襬拖地,彎身進入窯內,在黑暗中蠕動身軀前進,接著突然大叫。

「先生、先生!」

「什、什、什麼事?」

「哈哈哈,怎麼大家講話都學我呢。不好意思,可否請你跑一趟一柳家,請警部過來?如果其他警察和刑警在場,也請他們過來。對了,另外再麻煩帶兩、三把圓鍬。」

「偵、偵、偵探先生，裡面有什麼嗎？」

「到時候就知道了，快去！」

燒炭男顧不得頂著一張黑臉，飛奔離去後，耕助從炭窯裡爬出，鼻頭都沾黑了。

「耕助，裡頭是……」

耕助沉默不答，只是用力點頭。光是如此，銀造已相當滿意，雖然有些詫異，但並未再多問。耕助一直安靜不語。萬里無雲的秋日晴空，傳來陣陣鳥鳴。

不久，警部帶著三個肩扛圓鍬的員警和刑警一起趕來。他們神情驚訝，氣喘如牛。

「金田一先生，發、發現了什麼？」

「警部，請挖開窯底，裡頭埋著一具屍體。」

「屍、屍體……」

燒炭男發出一聲山羊般的尖叫，刑警和員警看也不看一眼，便要衝進炭窯，銀造連忙制止。

「請等一下，不能直接開挖。先生，這座炭窯是你的嗎？」

「是、是的。」

「那麼，事後我會補償你。我們可以破壞這塊龜甲嗎？」

龜甲指的是炭窯頂端。

「好、好，沒關係。居然會有屍、屍體，怎會發生這種事？」

燒炭男一臉泫然欲泣。刑警和員警立刻動手敲毀半圓形的龜甲。這是外行人以黏土堆砌而成的炭窯，兩、三下便敲開。隨著龜甲遭到破壞，陽光逐漸照進漆黑的炭窯中。不久，龜甲完全鑿開，刑警和員警紛紛跳進窯內，警部、耕助和銀造，由上往下俯看警察以圓鍬挖掘的地方。

翻土一陣，赫然出現一隻男子的腳，呈現難以形容的駭人顏色。

「哎呀，還是一具裸屍呢！」

「金田一先生，這到底是誰？跟這次的案子……」

「別緊張，仔細看吧。馬上就知道了。」

屍體呈仰躺姿勢，不久，瘦削的腹部到胸口一帶露出地面。刑警一看到屍體的胸膛，再度大叫。

「哇，這、這是被殺害之後才掩埋的。你們瞧，胸前有一道好深的傷口。」

「什、什……什麼？」

這次換耕助口吃，他驚訝地跳了起來。

「耕助，這男人被殺，有什麼不對嗎？」

「我、我、我……我沒想到……」

「喂，快把臉挖出來。」

在警部的命令下，死者臉部四周的泥土立即被清除。此時，刑警第三次發出驚呼。

「警部，他、他是那個男人。你看，臉上那道大傷疤，是那個三指男！」

「你、你、你說什麼？」

警部踮起腳尖，窺望死者的臉，驚詫得連眼珠子都快掉出來。啊，是他沒錯。死者那難以形容的駭人面容，從右嘴角到臉頰一帶有道長長的疤痕，就像嘴巴裂開。

「金田一先生，到底……到底是怎麼回事？啊，對了，喂，快把右手挖出來！」

挖出死者的身軀後，警部、刑警、員警紛紛發出尖叫。居然沒有右手！死者的右手，從手腕一帶被切斷。

「金田一先生！」

「沒關係、沒關係。警部，這麼一來，就有合理的解釋了。來，這份禮物送你。」

警部充血的雙眼緊盯著耕助，幾乎要在他身上瞪出洞。接著，警部將視線移往耕助遞過來的東西。這是耕助剛才一直拎的那包東西。

「請打開來看吧。那是我在貓墳裡發現的。」

警部憑著觸感，肯定知道裡頭是什麼。只見他大吃一驚，倒抽一口氣，以顫抖的手指解開手帕和麻繩，打開油紙一看，裡面有一隻男人的右掌。這隻手掌只有三根手指——拇指、食指、中指。

「警部，這是用來按捺指紋的印章。」

耕助的實驗

那天晚上，耕助透過完美的實驗，一口氣解開那起離奇的密室殺人案之謎。關於此事，當時特地請來一同列席的F醫生，在他的備忘錄中有詳細記載，所以我決定在此借用。從這份備忘錄的其他部分來判斷，我猜F醫生本人深具職業特性，處事冷静，不受外物影響，但在當時，他仍難掩內心的震驚，從備忘錄中看得出他激昂的情緒。我決定盡可能平靜地描述，這樣才適合做爲這起案子的結尾。此外，以下提到的「我」，指的是F醫生，想必不須我再贅述。

F醫生的備忘錄摘要

那個來到一柳家的奇妙青年——金田一耕助，在挖出可怕的三指男屍體後，便邀我今晚為他的實驗做見證。

屍體挖出時，最先驗屍的是我，金田一先生對我說：

「不論你在這具屍體上發現多麼意外的事實，希望在我結束實驗之前，暫時不要公布。」

金田一耕助為何會這麼說，我大致明白。檢查過那具可怕的屍體，我發現一個意想不到的事實，大為震驚。但為何不能馬上公布？為何必須等到以後才能說？一直到晚上，我始終想不透。

儘管如此，我還是對金田一耕助那神祕的洞察力深感佩服。後來才知道，那具屍體並非碰巧挖出，而是在金田一先生的指示下尋獲。這樣看來，就算他不曉得正確的陳屍地點，也早就曉得那個三指男已死。而驗屍的結果，是我第一次知道的意外事實，但他彷彿瞭然於胸。也難怪這個其貌不揚、首如飛蓬、說話結巴的青年，在我眼中竟是如此與眾不同。所以，我才會完全照著他的話去做，並且對那天晚上的實驗滿懷期待。

那場實驗按照以下的步驟展開。

當天晚上九點左右，我依約造訪一柳家，隨即被帶往別館。木村刑警守在別館的柴門口，一見到我，立刻領我至玄關。別館的防雨門緊閉，我走進那個八張榻榻米大的命案現場，裡面已有四個男人圍坐在火盆旁，不發一語地抽著菸。四人分別是金田一先生、磯川警部、久保銀造先生，及一柳家唯一出席的隆二先生。他們的臉色都因緊張而略顯蒼白，我察覺這起案子終於來到最後的關鍵時刻。

金田一先生見我出現，便在火盆裡摁熄菸蒂。

「這麼一來，大家都到齊了，馬上進行實驗吧。」

金田一神采奕奕地站起。

「本來，這項實驗應該等到案發時間，即凌晨四點左右進行比較自然，但這樣會讓各位等太久，所以我把時間略微提前，勢必會有一些刻意的人爲操作，請各位體諒。」

語畢，金田一先生豎起兩根手指抵著唇際，吹出一聲刺耳的口哨。同一時間，防雨門外傳來由東往西奔去的腳步聲。在場的人面面相覷，金田一依舊面帶笑容。

「沒什麼，那是木村刑警。我剛才提到的人爲操作，就是請他幫忙。」

耕助一邊說，一邊伸手搭向豎立於壁龕前的屛風。當我進屋時，這面屛風已背對眾人而立。金田一先生拉開屛風，眾人不禁瞠目結舌。只見屛風後方，立著一具眞人大小的稻草人偶。

金田一笑咪咪地說：

「這是我請長工源七先生做的。事實上，案發時有兩個人，不過實驗只需要一個人就夠了。現在，房間裡的情況與那天晚上相同，這一點各位都同意吧？請看，西側紙門打開的寬度……還有這面屛風立在此處，屍體就位在屛風的這一側，對吧？」

金田一先生請警部幫忙，重新將屏風擺到那天晚上的位置。接著，他突然以手勢要求我們安靜。一時之間，我不懂他的用意，旋即發現他是要我們注意聽水車的運轉聲。之前靜止的水車，忽然轉動起來，發出「卡咚、卡咚」聲響。我們不禁互望一眼。

「因爲木村刑警放出導水管裡的水。想必大家都知道，那水車並非一直轉動。平日導水管都拆下，只在需要時，導水管裡的水才會排放出來，以轉動水車。最近，由於農民白天忙於農事，周吉都是在凌晨四點左右到水車那裡搗米。換句話說，每天一到凌晨四點左右，水車就會轉動。」

金田一先生迅速解釋，並衝向走廊，旋即又返回原位。此時，他手上多了一把離鞘的刀，還拉著兩條線。

「這把刀當然是藏在壁龕後面的壁櫥裡，還有這條線……喏，是琴弦。」

金田一先生從走廊一路拉著線，繞過屏風上方，牽往房間裡。仔細一看，那不是兩條線，而是由一條線折成兩條。他將線繞成圓，前端綁兩個繩結，讓刀柄從中穿過，在刀鍔處綁緊，牢牢地懸吊著這把刀。

「警部，請把那個稻草人拿過來。」

警部依言取來稻草人。金田一先生左手抱稻草人，右手握刀，站在屏風內側。我們屏息看著他。纏住刀柄的琴弦，起初從屏風上垂落，不久，似乎有人在屏風後面拉扯，琴弦逐漸往前移動。銀造先生目睹這一幕，陡然瞪大了眼。

「啊，水車……」

此刻，琴弦已綳緊，刀鍔被移到屏風上方。接著，金田一先生將稻草人往前一推，刀刃插進它的胸膛。

「啊……」

警部、銀造先生、隆二先生，皆緊握拳頭，喘息不止。

不久，金田一先生算好時間鬆手，稻草人當場倒地，武士刀就此拔出，仍懸吊在屏風上。才一轉眼，這把刀立即消失在屏風後面。同一時間，發出刀鋒敲打防雨門的聲音。

我們立即追上去，衝向西側的走廊。那兩條琴弦懸吊在鑲格窗上，隨著水車的運轉，逐漸被拉向外頭。武士刀的刀鍔卡在鑲格窗的窗角，刀身反射性地往上彈起兩、三次，最後還是順利地穿越鑲格窗，往外移動。同一時間，傳來「啪」一聲，某物體從鑲格窗掉落。金田一先生拾起，拿給銀造先生看，一邊說：

「喏，這是你那天晚上衝進屋內時，掉在走廊上的手帕……換句話說，這是事先擺在鑲格窗上，以防刀子撞擊留下痕跡。」

金田一先生打開防雨門，眾人紛紛衝出屋外。大家都打著赤腳，由於太過驚訝，根本無暇顧及此事。

當時，明月高掛天際，院子不至於太昏暗。定睛一看，那把刀就吊在我們眼前。纏繞在刀鍔上的琴弦，分成左右兩邊，左邊一條穿過石燈籠的點燈孔，往西延伸，另一條則是往廁所屋頂而去。金田一先生以手電筒照向廁所屋頂。

「啊，弦柱！」

警部如此大叫。向外延伸的屋簷，角落裝有一顆弦柱。琴弦就是從弦柱中間穿過，隨著水車轉動，兩條線逐漸自左右兩側拉緊。不久，在弦柱與石燈籠的點燈孔之間，形成一條緊繃的直線，不用說，那把刀就吊掛在中間。

「水車的力量、石燈籠，及弦柱之間形成的穩定狀態，會從三者中最脆弱的部分開始崩毀。」

水車發出傾軋聲，琴弦越來越緊繃，接著，弦柱陡然彈飛，緊繃的琴弦鬆弛。

「警部，麻煩你去找那顆弦柱，應該會落在枯葉堆那一帶。」

警部立刻去尋找，果眞在落葉堆附近找到弦柱。

此時，一度鬆弛的琴弦又開始繃緊，金田一先生以手電筒照向樟樹樹幹。

「鐮刀……」

只見一把鋒利無比的鐮刀，插在樹蔭下的樹幹上。琴弦從鋒利的刀刃與樹幹之間形成的角度穿過，金田一先生拿手電筒照向樟樹前方。

「請各位看看琴弦的前方。」

穿過刀刃下的琴弦，一路往西而去。隨著琴弦越來越緊繃，從後面垂下的五、六根竹子，也在它的壓迫下彎曲。不久，琴弦又在鐮刀與石燈籠的點燈孔之間，形成一條緊繃的直線。這段時間，武士刀依舊懸吊著，但比之前更靠近石燈籠。

「水車的力量、石燈籠、鐮刀，三者形成的穩定狀態，這次再加上琴弦的強韌度，會從四者當中最脆弱的部分先崩毀。」

這時候，受琴弦壓迫的五、六根竹子往後反彈，撥動了琴弦，發出「叮叮叮」的聲音，而後鐮刀切斷琴弦。緊接著，傳來某物體在空中旋繞的颼颼聲。那把刀在空中旋轉兩、三圈，插入石燈籠底部。

「大叔，你覺得呢？那天晚上，這把刀也插在附近吧？」

然而，現場沒人答腔。黑暗中，只聽到急促的呼吸聲。眾人瞠目結舌，注視著那把還在劇烈晃動的武士刀。

「接著，我們來確認琴弦的下落吧。」

在金田一先生的叫喚下，眾人猛然清醒般抬起頭，經過刀子旁，走進院子裡。只見斷成兩截的琴弦，逐漸被拉向前方，在樹枝間穿梭。不久，兩條琴弦都被吸進前方支撐松樹的綠竹中。

「看到這裡就夠了吧。琴弦接下來會穿過竹子，纏繞在水車的轉軸上。水車的轉軸上已纏有麻繩，就算多了兩、三條琴弦，短時間內也沒人會發現。」

銀造頻頻發出低吟，警部則是暗罵一句「可惡」。我們走向防雨門，這時，隆二先生忽然停步，如此低語：

「可是，那顆弦柱呢？是用來做什麼的？」

「哦，那個啊。那是爲了避免武士刀在地面拖行。你看，從樟樹到鑲格窗之間，距離遠了些，如果途中不設支架，從鑲格窗掉出來的武士刀會落地，留下拖行的痕跡。想出這個機關的人不希望留下痕跡。不光是弦柱，那面屏風和綠竹也是避免武士刀和琴弦拖地，在榻榻米和地面留下痕跡的機關。不論屏風、鐮刀、石燈籠，還是綠竹，設計這套機關的人，利用現場原本就有的物品，或是在現場被發現也不會顯得突兀的物品，可見多麼聰明過人。雖然只有弦柱不太自然，但它反而被利用，成功強調了神祕效果，這一點更證明此人絕非泛泛之輩。」

實驗終於結束。我們一行人又返回那個八張榻榻米大的房間，眾人在燈光下互望。除了金田一先生，每個人皆面如白蠟。

本陣的悲劇

「那麼……」

眾人圍著火盆而坐，相對無語。半晌。不久，銀造先生低聲打破沉默。那聲音就像石頭落入古井般陰沉。

「怎樣？」

金田一先生微笑望著銀造先生。此時，警部移膝向前，開口道：

「你的意思是……賢藏先生是自殺？」

「沒錯。」

「他是先殺死克子，然後再自殺吧……」

銀造先生呻吟般地低語道。隆二先生頹然垂首。

「正是，所以我才請來F醫生。最早替他們驗屍的是醫生你吧？當時，賢藏先生陳屍的位置和身上的傷勢，與我剛才的實驗相互比對，可有矛盾之處？」

「你是指，他傷害自己身體兩、三處，再一劍貫穿心臟？當然，如果賢藏先生設計出剛才那樣的裝置，也不是辦不到。」

「那就是沒有矛盾嘍？」

「應該沒有吧。問題是，賢藏先生爲何要這麼做？」

「就是啊。金田一先生，賢藏先生爲何要做這種事？在婚禮當晚先殺死新娘，然後自殺，這不太可能吧。賢藏先生究竟爲何要這麼做？」

「警部，你也知道那件事吧——白木靜子今天早上告訴我們的那件事，即克子小姐並非處子之身的祕密，是造成這起命案的直接原因。」

警部雙眼圓睜，以緊迫盯人的態度注視著耕助，呼吸急促地說：

「可是、可是，只爲了這種事……女方不是處子之身，如果他不滿意，只要退婚不就得了？」

「你的意思是，就算淪爲親戚之間的笑柄也無所謂嗎？沒錯，若是一般人，或許還能忍受。正因賢藏先生無法忍受這種屈辱，才會釀成悲劇。」接著，金田一先生緩緩說道：「警部，剛才爲你解釋的魔術，其實只是雕蟲小技。大部分的魔術，只要看穿手法，就沒什麼意思了，反倒像是騙三歲孩童的伎倆。因此，這起案子眞正的可怕之處，不在於如何犯案，而是爲何非得犯案不可。爲了釐清原因，最重要的是，必須瞭解賢藏先生的個性及一柳家的家庭氣氛。」

金田一先生轉頭望向隆二先生。

「隆二先生恰好也在，你應該最清楚賢藏先生的爲人，如果我有說錯的地方，還請指正。昨晚，我詳讀賢藏先生的日記，最令我感興趣的，不是日記中記載的事，而是他書寫日記的方式。一般來說，日記這種東西，一年三百六十五天，每天都會翻開一次，不論多麼一板一眼的人寫的日記，多少會有裝訂鬆脫、頁角折損，或偶爾沾染墨水的情況發生。但賢藏先生的日記完全沒有上述的情形，簡直像是剛裝訂成冊，工整乾淨。要是哪天沒寫，他一定會標明原因。而他寫的字，一筆一劃沒有半點馬虎，字體無比精細。看到那樣的字體，會讓人覺得難受，幾乎快喘不過氣。光憑這一點，就能看出賢藏先生是何等神經質又帶有潔癖。這只是其中一例，女傭阿清曾告訴我另一件事。每當宅邸有訪客上門，傭人會端出火盆供客人取暖，只要客人稍微碰觸火盆，賢藏先生事後便會用酒精消毒客人觸摸過的部分。與其說是潔癖，不如說是一種病態。換言之，賢藏先生認爲除了自己，其他人都骯髒污穢。賢藏先生這種個性，及他另一項明顯的特徵，看過日記便可明白，那就是他的情緒起伏很大，個性相當極端。人們常說『愛恨分明』，但賢藏先生的情形更嚴重，實在無法用這句話來形容。從他如此輕易使用『終生敵人』這樣的字眼，便能看出他的個性。還有，他具有強烈的正義感。一般來說，這算是優點，然而一旦套用在賢藏身上，卻變成缺點。由於正義感太強烈，他無法輕鬆處世。遇上不正當或欺瞞之事，他會嚴厲苛責自己，對別人也往往過於嚴格。正因他的正義感如此強烈，不免對自己身爲大地主的地位心生質疑，極度憎恨封建色彩濃厚的思想和習慣。令人匪夷所思的是，儘管他厭惡這一切，但說到一柳家的成員中，誰最封建保守，答案卻是賢藏先生本人。他擁有大當家的權威，及身爲本陣後代、同時也是大地主的身分造就的暴君性格，一旦有人冒犯，便會惹惱他。換言之，賢藏先生的個性充滿矛盾。」

隆二先生垂首不語，看來是默認金田一先生的說法。我很瞭解賢藏先生的爲人，金田一先生的這番話，似乎更清楚刻畫出賢藏先生原本的形象。

金田一先生接著說：

「這樣的人當然只能孤獨一生。與其說他除了自己，不信任其他人，不如說他敵視自己以外的所有人。而且，越是面對近親，這種情緒越強烈。提到賢藏先生常接觸的近親，首先是母親，再來是堂弟良介先生、弟弟三郎先生、妹妹鈴子小姐。不過，兩個弟妹年紀還小，問題自然出在前面兩人，特別是良介先生。這位良介先生眞的是很有意思的人，我認爲他的個性與賢藏先生完全相反。外表看來溫順隨和，待人處世也不差，骨子裡卻和賢藏一樣剛烈。從賢藏先生的日記即可明白，爲了良介先生與母親，他是如何傷透腦筋。賢藏一直沒與良介先生發生衝突，是因爲始終被『教養差異』這份自尊壓抑著。我甚至認爲，良介先生可能也很明白，還假裝毫不知情，刻意做出惹惱賢藏先生的行徑。在這樣的情況下，引發了克子小姐的問題。關於這樁婚事，周遭的人是何等反對，想必各位都十分清楚，不必我再多言。賢藏先生力排眾議，終於得以迎娶克子小姐。然而，就在此時，他竟得知克子小姐不是處子之身。她曾有男友，而且最近遇見對方，雖然只是偶然……但賢藏先生聽聞此事，心中會有何感想？」

金田一先生說到這裡，停頓了一會。現場沒人開口，警部、銀造先生、隆二先生，全都臉色凝重。

「我猜，克子小姐吸引賢藏先生的地方，約莫是聰明開朗又帶有文靜的性格。這些特質是很重要的因素，但真正最吸引他的，應該是克子小姐予人一種潔淨的形象。潔淨——正是賢藏先生最重視的一點，但就在最重要的時刻，得知她已非處子之身，體內留著其他男人的血。我前面也提過，賢藏先生連別人摸過的火盆，都得用酒精消毒。在這種情況下，以粗俗的言語形容最貼切不過了。對於一個曾讓其他男人（在賢藏先生眼中，其他人都一樣污穢）抱在懷中的女人，有可能把她當成妻子，與她相擁而眠嗎？賢藏先生光是這麼想，就渾身直打哆嗦。那麼，要退婚嗎？對賢藏先生而言，絕對不可能。

要是這麼做，等於向那些他瞧不起的親戚低頭認輸。那麼，將克子小姐視爲名義上的妻子，欺瞞那些親戚嗎？這一點，賢藏先生同樣辦不到。就在婚禮前幾天，克子小姐在大阪的百貨公司巧遇田谷。田谷是怎樣的人，我們並不清楚，賢藏先生也和我們一樣。或許田谷並不會以昔日與克子小姐的關係向他敲詐，但他無法得到田谷的親口保證。如果他把克子小姐當成有名無實的妻子，對外做表面工夫，到時候田谷突然出現，不知會造成何等難堪的局面——一想到這裡，賢藏先生實在不敢冒險。不過，眞正引發他殺機的，並非這種現實的問題，而是他更深沉的個性。克子小姐害他陷入進退維谷的窘境，想必他內心充滿怨恨。如此污穢不堪的身軀，竟敢厚顏當我的妻子——賢藏先生應該是抱著這種無法言喻的憎恨吧。況且，以他的個性，一定很怕克子小姐發現他內心的憎恨。賢藏先生的父親和叔叔，喜怒形於色，他卻習慣把情緒深深埋在心中，轉爲以陰險的殺人計畫呈現。一般而言，這個動機極不自然。若以賢藏先生的個性，及身爲本陣後裔的這家人呈現的氣氛來看，卻一點也不會不自然。不，毋寧說是避免不了的動機。最後，他只能採取這樣的手段，表面上卻得佯裝是堅持自己的主張，所以婚禮還是非辦不可。不過，他無法接受兩人有夫妻之實，於是選在那一刻動手。」

「這麼說來，是殉情嘍？」

「殉情？不，恐怕不是。這是充滿惡意與憎恨的殺人事件，因爲目的不是自殺。對於讓他陷入進退維谷局面的克子小姐，內心強烈的恨意逐漸演變成殺人計畫。不過凶手十分聰明，明白無論何等巧妙的犯罪，終究會敗露。不，就算事跡沒敗露，當事人的良心和正義感也無法長期忍受自己是殺人犯的事實，這一點他心知肚明。所以，他想趁警方還未著手調查，良心尚未不安之前，先了結自己的性命，應該這樣說才正確。換言之，只是與一般殺人案或推理小說的順序有點顚倒罷了。以一般的情況來說，第一步是發生命案，第二步是警方與偵探出面調查，第三步是凶手被捕，或者自殺。在這起案子中，卻是第二步與第三步顚倒。若因爲凶手自殺便輕忽這起案子，就大錯特錯了。自始至終，凶手只是將克子小姐的命案掩飾成與他無關，連自殺也僞裝成他殺，要說他行徑惡毒，確實夠惡毒了。」

「不想讓人認爲他是自殺，是不願向親戚認輸，也不想被親戚或良介先生嘲笑，對吧？」

「沒錯、沒錯，這起案子的謎團全源自於此。總之，這就是本陣的悲劇。」

預行演練

我們沉默了好長一段時間，空蕩蕩的別館裡只擺著一個火盆，教人覺得寒氣襲身，但似乎沒人想早點結束這場討論。警部用火盆裡的灰燼寫字，一會抹掉，一會又寫，接著驀然抬起頭。

「這麼一來，我大概明白爲何會發生那樣的事，不過還是希望你能解釋一下案情。」

聽到警部這麼說，金田一先生高興地搔抓那頭亂髮。

「說到重點了。這起案子的主謀已喪命，所以聽不到他的自白，我們只能憑想像力。不過，相關人員大致都在場，我們就從頭開始研究吧。」

金田一先生從懷裡取出小筆記本，擺在膝上。

「這起案子最初給我的印象，是帶有濃厚的推理小說色彩，因爲已具備密室殺人的條件。此外，還有三指怪人、琴聲、相簿裡的照片、燒剩的日記頁面，活脫脫是一部推理小說。這些要素如果只出現一、兩項，還有可能是偶然，每樣都齊備，就是有心人刻意安排了。而且，這個有心人是推理小說迷。當我如此思考時，恰巧看到三郎先生的藏書。警部，你應該知道我有多高興吧。」

警部不發一語地頷首。

「其實，這起案子的詭計，也就是將自殺佯裝成他殺的詭計，在推理小說中屢見不鮮。最具代表性的，是『夏洛克．福爾摩斯系列』中的《雷神橋之謎》（*The Problem of Thor Bridge*）。主謀爲了將自殺僞裝成他殺，必須盡可能遠離凶器。《雷神橋之謎》中使用的凶器是手槍，主謀事先將繩子綁在手槍上，再把繩子的另一端綁在鉛錘上，然後站在橋上以手槍射擊自己的腦袋。此時，他一鬆手，手槍便因爲鉛錘的重量沉入河底。就是這樣的設計。賢藏先生會想到這樣的手法，想必是從小說中得到啓發。證據就是三郎先生的藏書中有這本小說，而且有翻閱過的痕跡。」

「原來如此，我明白了。不過，三郎在這起案子裡扮演什麼角色？」

隆二先生一臉擔憂地問道。此時，金田一又開始喜孜孜地搔抓那頭亂髮。

「不，請等一下。三郎先生在這次的案子中扮演的角色，我非常感興趣，但請容我稍後再說。我認爲，至少賢藏先生一開始擬定這套殺人計畫時，與三郎先生無關。以賢藏先生的個性，絕不可能借助他人之力來推動如此重大的計畫。這套計畫是因賢藏先生的殉情而逐漸完備，請各位先記著，讓我們再來重新看看這起事件吧。」

金田一低頭望向筆記本。

「此案在十一月二十三日揭開序幕。在婚禮的大前天傍晚，那名神祕的三指男出現在村公所前的川田屋——事件就是從那一刻展開。」

「沒錯，那個三指男和一柳家究竟有什麼關係？」

警部猛然想起似地移膝向前。

「警部，那個人和一柳家根本毫無關係，他只是碰巧路過。」

「可是，耕助……」銀造先生蹙起眉頭，「那男人不是問過飯館的老闆娘，一柳家要怎麼走嗎？」

「沒錯。只是，大叔，那男人眞正的目的地，其實不是一柳家，而是久村。關於此事，今天早上我已在川村實驗過。」

警部瞪大了眼。金田一先生笑咪咪地說：

「那男人似乎來自遠方，這一點大家的看法應該一致吧？因此，可認定他是搭火車過來，在清站下車。接著，他逢人便問久村該怎麼走。在這種情況下，被問到的人通常會怎麼回答？從清站附近到久村有八公里，路程並不是三言兩語就能說清楚。所以，人們往往會先報出一個附近的地點，請對方到那一帶再問人。於是，男子來到川村後，繼續問路。今天早上，我做過這項實驗。告訴我久村怎麼走的香菸攤老闆娘，是這麼說的——只要沿著這條路，就會去到岡村的村公所前方。您不妨在那一帶問一下一柳家要怎麼走。一柳家的房子很大，很快就能找到。順著一柳家大門前那條路直走，翻越山頭，便能抵達久村。那個三指男也在這樣的提示下，來到村公所前。然後他在那裡向飯館老闆娘打聽，一柳家該怎麼走。」

警部、銀造先生與隆二先生不禁發出低吟。

難怪他們會有這種反應。之前，三指男與一柳家的關係令警方人員頭痛不已，沒想到竟是如此微不足道？

「就是這麼回事。在那之前，那名男子和一柳家根本毫無瓜葛。但過不了多久，他便突然被捲入這起案子中。說得更正確一點，應該說他落入賢藏先生的計畫。他從村公所前離開後，馬上來到這座宅邸前。一看果然是座大宅院，而且屋主正準備和年輕姑娘結婚。聽聞此事，他想一窺究竟，會有這種好奇心是人之常情。此時，附近的人發現他，爲了掩飾難爲情，他才開口詢問久村該怎麼走，這是很自然的行爲。所以，當時他詢問久村怎麼走，或許是出於想掩飾尷尬的動機，不過並不是信口胡謅，他確實想去久村。各位也都發現，那條路從此處開始轉爲陡坡。而那名男子的模樣相當憔悴，大家都有同感吧？他想在上坡前先歇一會，偏偏那副德行容易讓人起疑，得找隱密的地方休息，於是爬上屋後的山崖。這也是很自然的行爲吧？」

「然後，他就在那裡被賢藏先生殺了嗎？」

警部提問的同時，我在一旁低調地清咳幾聲。金田一先生注意到我，轉頭望向我，微笑道：

「關於這一點，F醫生會爲我們說明。事實上，我就是爲此請醫生過來。醫生，請說明一下驗屍結果吧。」

我這才明白，金田一先生請我延後宣布驗屍結果的用意，莞爾一笑。這個乍看平凡無奇的青年，沒想到也會裝模作樣。在達到最有戲劇效果的目的之前，他不想宣布那項事實。

「那麼，我簡單說明驗屍的結果。那具屍體並非他殺，而是自然死亡。詳情得等待解剖報告出爐，不過依我判斷，可能是極度衰弱和過勞，造成心跳停止。至於他胸部的傷口，至少是死亡後過了二十四小時才出現。」

眾人不約而同發出驚呼。隆二先生突然雙眼一亮，移膝向前。

「這麼說來，那男人不是我大哥殺的？」

「沒錯，打一開始我就這麼認爲。賢藏先生再怎麼投入這次的計畫，也不會做出濫殺無辜的惡行。」

「可是……那道傷痕……胸口的傷痕要怎麼解釋？」

「警部，那是賢藏先生實驗留下的痕跡。我之前做的實驗，賢藏先生也做過。他擬定計畫，接著進行實驗，確認是否能順利進行、得花多少時間，也就是預行演練。他以那具屍體來實驗。大叔，你說鈴子小姐在命案的前一天晚上曾聽見琴聲，對吧？實驗就是在那時候進行。」

我們不禁面面相覷，隆二先生臉上再度失去血色。雖然不算殺人，卻和殺人相當，甚至比殺人更恐怖。我的背後竄起一股寒意。

「再回到剛才的話題。那個三指男爬上山崖，不久便斷了氣。第一個發現他的是賢藏先生，時間應該是在二十三日晚上或二十四日早上。賢藏先生認定這是絕佳的實驗素材，於是偷偷將屍體搬到別館。藏匿處應該是壁龕後面的壁櫥，所以，那裡會留下三指男的痕跡一點都不奇怪。以上是二十三日發生的事，接下來是二十四日，即婚禮的前一天。那天下午，一柳母子在客廳裡發生爭執，想必各位都知道。賢藏先生和母親爲彈琴的事起衝突，良介先生帶著做好的貓棺進來。接著，三郎先生從理髮店返家，提到在外頭聽說有個三指男在打探家裡的事。於是，鈴子小姐從三根手指聯想到彈琴，也難怪她會如此聯想。當時她做出彈琴的動作與整起案件有很大的關聯，就是這個動作，突然給了賢藏先生某種暗示。」

我們望著金田一先生，試圖在探尋他的想法。

「賢藏先生已擬定綿密的計畫。不過，對於計畫中使用的繩索，他還沒有頭緒。那條繩子必須又細又長，而且夠強韌。他正在不知所措，鈴子小姐恰巧以三根手指做出彈琴的動作。我希望各位注意的是，當時三指男已死，被藏在別館的壁櫥裡。原本打算拿來做實驗，沒想到三指男突然成了大問題，賢藏先生肯定十分錯愕。同時，鈴子小姐的手勢忽然給了他暗示——三根手指和古琴……認定這是一種因果關係的賢藏先生，注意到了琴弦。想想實在奇妙，那位天真無邪的小姐一個不經意的動作，竟給了這項殺人計畫重要的提示。此事說來駭人，卻實際發生了。於是，賢藏先生進倉庫取出古琴。這座宅邸裡有好幾張琴，所以不缺琴弦，即使從中取出幾條琴弦，也不會有人發現。然而，前去取琴弦的賢藏先生，卻被倉庫裡的弦柱吸引。他應該不是從一開始就決定用弦柱充當架設在廁所屋頂上的支點，或許本來打算用分叉的樹枝。但他一看到弦柱，便發現它呈拱橋狀，很適合支撐琴弦，才想加以利用。因此，這起案子自然與古琴產生緊密的關聯。」

「嗯……」警部發出一聲低吟。

「他是在那天晚上進行實驗的吧？」銀造先生問道。

「沒錯。可是，賢藏先生在實驗過程中遇到兩個意外的結果。一是竹子撥動琴弦，發出叮叮叮的琴聲。只要竹子不砍除，隔天晚上還會發生同樣的狀況。然而，賢藏先生不打算砍掉竹子，決定保留那聲音，想辦法掩飾。於是，他在殺人後及自殺前製造琴聲，以掩飾不久後又從竹林裡傳出的琴聲。」

「嗯……」警部再度沉吟。

「另一個意外的結果呢？」

銀造先生催促他繼續說下去。

「就是三郎先生發現實驗的現場。不過，這只是我的猜想，因爲除了那個時間，三郎先生根本沒機會參與那項計畫。」

我們不禁再度驚呼，彼此互望。隆二先生的臉色益發蒼白。

不得已的密室

「假設我猜得沒錯，三郎先生眞的發現了實驗現場，那麼，現場到底發生什麼情況，只有當面問他才知道。這起案子有許多細節只有他設計得出來，顯然他中途才參與。據我推測，賢藏先生只想將這起案子佯裝成他殺，並未想到要塑造出另一名凶手。不過，這時候推理迷三郎先生參與了計畫。在他眼中，沒有凶手的殺人案實在過於奇怪，所以他塑造出一名凶手，而已死的三指男是最適合的人選。賢藏先生和三郎先生或許都不知道對方是何方神聖，又爲何要打聽一柳家的消息，但對方以可疑的樣貌出現，並問及一柳家的事，光是這些條件就很適任那個虛擬的凶手。三郎先生也注意到男子獨特的三根手指，對方在川田屋的水杯留下指紋，這一點肯定激起了他的創作慾望。只要是推理迷，任誰都會想利用那三枚指紋。光是這樣還不夠，他利用相簿裡的照片和幾頁日記，捏造賢藏先生與三指男之間曾有某種關聯，只有身爲推理迷的三郎先生才構思得出這些詭計。有了賢藏先生聰明的裝置，加上三郎先生想出的詭計，這起案子才會變得如此複雜。換言之，這是兩人聯手完成的作品。」

「對了，那張照片爲何會貼在相簿裡？」

「警部，你是把那張照片連同相簿紙一起剪下吧？如果事後從相簿紙撕下照片，仔細看清楚，應該會發現動過手腳。你看！」

金田一先生取出撕下的照片和相簿紙。

「這張照片的背後有黏貼在其他紙張上又撕下的痕跡，而且相簿紙也留有貼過其他照片的痕跡。由此可見，那本相簿之前貼過其他照片，後來被撕下，改貼這張照片。也就是說，賢藏先生的終生仇敵，確實真有其人，但不是這張照片上的人。」

「可是，他是怎麼弄到這張照片的？」

「當然是從三指男身上找到的。」

「那就怪了，一般人不會隨身攜帶自己的照片吧？」隆二先生蹙眉道。

「沒錯，你說得沒錯，一般人確實如此。但某些行業的人，通常會隨身攜帶自己的照片，例如司機……」

「啊！」警部突然大叫一聲。「我也想過此事，總覺得這種照片很常見。這是貼在駕照上的照片，對吧？」

「沒錯、沒錯。」

金田一先生喜不自勝，頻頻搔頭。

「只要明白這一點，便可得知他臉上的大傷疤和只有三根手指的原因。我順便公開那名男子的身分吧。此人名叫清水京吉，後月郡人，從小移居東京，長大後從事汽車駕駛工作。最近出了一場車禍，身體才變成那樣，已無法開車。而且，他的健康狀況越來越糟，想休養一陣子，於是捎信給住在久村的姑姑，詢問能否暫住姑姑家。姑姑回信表示，既然如此，什麼時候過來都行，男子卻音訊全無，姑姑還一直在等他呢。這是我今天請木村刑警到久村調查的結果，據說清水京吉從未去過久村的姑姑家。接著，木村刑警出示那張照片，但對方只見過小時候的清水，不太清楚他成年以後的長相，不過照片裡的人和清水的父親，即這名婦人的兄弟長得很像，所以應該是他。換句話說，三指男是名叫清水京吉的汽車司機，在前往久村拜訪姑姑的途中，在一柳家後方的山崖結束了不幸的一生。」

「然後被我大哥利用了吧？」

隆二先生沉痛地說道，但警部並未顧及他的心情，繼續問：

「那些燒剩的日記又該怎麼解釋？」

「哈哈哈，那也是三郎先生動的手腳。賢藏先生多年來一直規律地寫日記，必定記下不少事。從中挑出一些片段加以拼湊，想編出什麼劇本都不成問題。你們看！」

金田一先生從筆記本中取出五張燒焦的日記頁面。

「其中之一，『……前往海濱途中，行經常去的地方，發現阿冬小姐今天仍在彈琴。最近，每當我聽到那琴聲便心如刀割……』，這與第三張的『……是阿冬小姐的葬禮。今天是個寂寞、悲傷的日子。今天島上一樣下著細雨。關於那場葬禮……』，還有第五張的『……離開這座島之前，我再次前往阿冬的墳前上香，我供上野菊，在她墳前磕頭跪拜。這時，彷彿聽見某處傳來琴聲，我突然……』，以上三張日記不論是從使用的鋼筆粗細、墨水的顏色，還是文章中出現『阿冬小姐』這個名字判斷，很明顯是同時寫的。可是，第二張的『……都是那傢伙，我恨那個男人……，我恨他一輩子……』，以及第四張的『……我差點就要找他決鬥，我胸中滿是難以形容的憤怒。一想到她孤伶伶地死去，我巴不得將那男人碎屍萬段。他是我終生的敵人，我恨他，我恨他……』，這兩張與前三張的筆跡、墨水顏色完全不同。還有，一、三、五這三張，寫的時候正在旅途中，不太可能準備好幾隻鋼筆。二和四肯定不是同時寫的。況且，從字體來看，第二張和第四張不像是其他人代筆，反而像先前寫的內容。換言之，可能是賢藏先生在大學任教時寫的日記。隆二先生，關於這一點，你難道心裡完全沒底？賢藏先生在大學任教期間，是否發生過類似事件，你眞的一無所知？」

隆二先生聽聞，爲之一愣，略微仰頭望著金田一先生，接著愧然垂首，略微猶豫地說出以下的事——

「關於此事，我也覺得很不可思議。沒錯，大哥在大學任教時，曾因爲某起事件非常憎恨一位同事。對方原本是他摯友，但在一場與恩師之女的感情糾紛中，大哥一直認爲遭到摯友背叛，吃了悶虧，結果陷入窘境，不得不主動離開學校，而那位恩師的千金也因此病逝。

雖然我不清楚眞相，可是大哥似乎堅信是那個摯友一手策畫。大哥性格剛烈，對那個人恨之入骨。在這個案子裡，當我得知大哥使用『終生敵人』這個字眼時，馬上想起那個人。不過，仔細聽才知道，『終生敵人』其實是大哥在島上遇見的某個男人。我覺得應該不是大哥那個朋友，而且顧及對方是偉大的學者，我怕一說出名字，各位馬上就知道了。我不認爲他會做這種事，之前才一直沒說。」

「原來如此。那麼，你見過那個人嗎？」

「沒有。照片倒是看過幾次，但那也是最近的事。所以，相簿裡的照片是否眞的是他年輕時的照片，我並不清楚。」

「不，這樣就很清楚了。三郎先生把這件事和賢藏先生在島上經歷的插曲，巧妙拼湊在一起，加上三指男的照片，創造出一個虛構的事件和人物。眞厲害！哈哈哈，挑選島上的經歷，應該是日記中提到古琴的緣故。以賢藏的爲人，絕不可能讓別人看他的日記。不過，遇到三郎先生這樣的人，他也沒轍。三郎先生約莫是覺得有趣，才會偷窺大哥的祕密。而且，他馬上想到在哪裡寫什麼、該怎樣安排，看起來才與這起案子有關，足見他聰明過人。依我推測，自從三郎先生參與這項計畫後，都是他在出主意，賢藏先生倒成了聽命行事的傀儡。三郎先生基於興趣，盡情發揮從推理小說中得到的知識，連賢藏先生也自嘆弗如。」

聽到金田一先生這麼說，我一點都不覺得有什麼不自然之處。我心裡明白，一柳家只有隆二先生還算正常，其他人都十分古怪。

「這麼一來，等一切安排妥當，兄弟倆砍下那具屍體的手掌，再合力把屍體埋進炭窯。那是二十五日黎明前的事。到了當天傍晚，即婚禮開始前，三指男再度出現在廚房，那應該是賢藏先生喬裝的。就算事先在相簿和日記本上動手腳，要是沒人發現，等於白忙一場。於是，他們爲了吸引警部的注意，以及讓人以爲三指男當時還活著，才故意那麼做。賢藏先生在廚房交付紙條後，就從西側的小路繞往屋後的山崖，再從那裡滑下，進入別館，換裝等候。接著，秋子前來轉交那張紙條。賢藏先生撕碎放進衣袖內，走出別館，並請秋子關好防雨門。不過，秋子返回主屋，卻始終不見賢藏先生。難怪她找不到人，因爲賢藏先生還在別館忙著留下腳印，並以自己的血在柱子和防雨門後面留下三指男的指紋。最後，他將手提包和衣服等證物丟進炭窯的煙囪，把事先準備的琴弦一路拉向鑲格窗。」

警部不禁瞪大眼。

「金田一先生，這麼說來，那三根手指的指紋從晚上就一直存在嘍？」

「沒錯。除了那個時段，賢藏沒有適當機會留下指紋。這也是我察覺眞相的第一階段。因爲其他地方雖然也留有那三根手指的指印，不過留在明顯處的指印，即屛風上的血指印，都戴著指套。相反地，那些指紋清晰的指印則留在不易被發現的地方，究竟有何含意？我推理出兩種含意——兩處的指紋都很晚才被發現，或許在凶手的算計中。若是太早被發現，反而不利於凶手。雖然被發現也不礙事，但若是馬上被發現就糟了。這可推測出以下的理由：血跡乾涸和變色的狀態，會與其他血跡不一樣。在這樣的情況下，發現得越晚，越不容易分辨其中的差異，可能就是凶手期望的結果。這是第一種含意。至於第二種含意，指紋如果留在那種地方，就算交杯酒儀式正在進行，也不會有人發現。不過在此之前，大家應該都想過，連行凶都記得戴指套、行事謹慎的凶手，居然到處留下血指紋，怎麼看都不對勁。因爲這些指紋是故意印上去的，而且早在行凶之前就已留下。」

「嗯……」

警部再度沉吟。金田一先生笑咪咪地說：

「完成舞台布置，賢藏先生帶著三指男的手掌回到主屋。現在有一個疑問，賢藏先生既然在前一晚把手提包和衣服都丟進炭窯內，爲什麼不一併處理掉那隻手掌……？這只能當成是三郎先生下達的指示。三郎先生覺得這起案子非常有趣，禁不住誘惑，想利用這隻手掌來演一齣戲。於是，三郎先生請賢藏先生將手掌藏在他拿得到的地方。他早就料到，案情爆發後，警方會上門搜索，所以他沒辦法保管。於是，他利用貓的棺材，在犯案之後，由不知情的鈴子小姐加以掩埋，而掩埋處就成了絕佳的藏匿地點。」

「接著，他就再走進書房，燒毀日記吧？」

「沒錯。那本日記應該是三郎先生事先安排好的。在此必須提醒各位一點，如果賢藏先生打算燒毀日記，當然也會將衣袖裡的碎紙片一併燒毀吧！不過，他並未這麼做，紙屑好端端地放在衣袖裡，一片不少。像賢藏先生這麼謹慎的人，不可能沒發現，所以怎麼看都覺得他是故意留下，對吧？不久，婚禮正式展開，席間有兩件事值得注意。一是將那張琴帶至別館。所幸當時有村長提議，若是沒人提，賢藏先生應該會主動開口。證據是，他對克子小姐說：『這張琴就由妳收下吧。』另一件事，就是賢藏先生請三郎先生送叔公回川村。這是爲了提供三郎的不在場證明。對了，我想請教隆二先生。」

隆二先生微挑雙眉，望著金田一先生。

「剛才警部應該問過你，你二十五日傍晚就回來了，爲何不出席婚禮？隔天又爲何謊稱自己才剛到？」

隆二先生，黯然垂首，解釋道：

「關於此事，經由你剛才提到三郎的那一席話，我才明白大哥眞正的想法。大哥一再叮囑我，絕不能回來參加婚禮，可能是不希望我惹上麻煩，並替我製造不在場證明。不過，我當時並不明白，而且他在信中使用極爲強硬的語氣，我很不安，總覺得必須回來一趟。於是，我提早一天結束學會的行程，到川村打聽情況，但我覺得最好還是別出席婚禮，於是待在川村。隔天發生那場騷動，叔公、三郎和我討論過，我決定向警方謊稱當天早上才回來。」

「令兄十分疼你吧？」

「不，與其說大哥疼我，不如說只有我瞭解他。」

「我明白了。與其說令兄怕你蒙受不白之冤，不如說是怕你看穿眞相。」

隆二先生頷首，應道：

「或許吧。那天早上聽聞此事，我直覺是大哥所爲。但我不知道他的動機……他是用什麼方法……」

「不，很感謝你。這麼一來，你的部分就算解決了，接著要進入犯罪現場。交杯酒儀式結束，賢藏先生偷偷把一顆弦柱藏在母親的衣袖內。之前聽警部陳述，我立刻注意到這件事。因爲，在落葉堆發現的那顆弦柱，除了三根手指的指紋外，並無其他人的指紋。倘若那顆弦柱當晚還附在琴上，明顯並不合理。那天晚上，鈴子小姐和克子小姐都彈過那張琴，而且都會先調音，並以左手調整弦柱的位置吧？因此，若是從這張琴上取走一顆弦柱，自然會留下鈴子小姐和克子小姐的指紋。凶手總不可能將他人的指紋擦掉，再留下自己的指紋吧？所以，那不是當天晚上附在琴上的弦柱。此外，染血的指紋是故意留下的。這是我的推論。」

銀造先生叼著菸斗，緩緩點頭。警部略感羞愧地搔著頭，隆二先生則是再度垂首。

「之後，我發現那顆賢藏先生藏在母親衣袖裡的弦柱。三郎先生本該在事後處理，可能是討論得不夠詳細，或慌亂中一時忘了，弦柱才會一直留在那裡。這麼一來，一切便準備妥當。接下來，即將進入悲劇發生的瞬間……」

此時，連金田一先生也變得臉色凝重，我不禁倒抽一口氣。

「說來還眞可怕。正因是精心策畫，更讓人覺得可怕。賢藏先生躺在床上靜靜等候水車轉動。聽見聲音的瞬間，他猛然起身，佯裝上廁所，卻從壁櫥內提著離鞘的武士刀返回，將克子小姐亂刀砍死。接著，他戴上指套彈琴，在屏風留下染血的指套印。留下指套印這件事，我覺得很有趣，與其說是爲了掩飾賢藏先生自己的指紋，毋寧說此舉呈現出他一板一眼的個性。他可能認爲，既然琴弦和弦柱都用了，不如指套也一併用上吧。接著，他將指套丟在洗手台，順便將事先拉至鑲格窗的琴弦牽過來，以我剛才的實驗方式自殺，成功完成這樁離奇的本陣殺人事件。」

在場眾人保持沉默。一股寒意襲來，我不自主地打了一個哆嗦。其他人可能被我感染，紛紛蜷身直打顫。不過，隆二先生突然開口：

「但大哥爲什麼不事先打開防雨門？要讓人誤以爲凶手闖入屋內，這麼做比較自然吧？」

就在我聽見隆二先生如此低語時，金田一先生搔抓起那頭亂髮，以嚴重的口吃說：

「這、這、這、這就是重點……也是我、我、我對此案最、最、最感興趣的地方……」

他急忙喝口冷茶，情緒稍稍和緩。

「賢藏先生原本是這麼打算，卻發生意想不到的狀況，導致計畫泡湯。突發狀況不是別的，就是那場大雪。各位知道嗎？爲了讓人以爲凶手逃脫，他不單在玄關留下鞋印，在西側的庭院也留下同樣的鞋印。然而，那場大雪完全掩沒鞋印。那麼，是否該重新留一遍？不，不可能。用完那雙破鞋，他便丟進炭窯的煙囪裡。雪地上已不見鞋印，這時候打開防雨門也沒有意義了。好吧，既然這樣，乾脆變更爲密室殺人吧——雖然不確定他是否眞的這麼想，不過，這應該是他沒打開防雨門的原因。也就是說，這不是凶手原本策畫的密室殺人，而是在無可奈何的情況下，不得已才變成密室殺人的命案。」

曼珠沙華

以上是F醫生的手札。備忘錄上記載三郎之後的情況，不過，此事我另有所聞，以此做參考，在這裡略微簡述。

三郎在破傷風痊癒後，接受警部嚴厲的偵訊，坦白招供。果然如同金田一耕助的推測，三郎參與大哥的計畫，是因爲撞見那場實驗。針對此事，三郎做了以下的描述：

「至今，我仍忘不了大哥當時可怕的怒容。那天晚上，我發現別館亮著燈，於是偷偷潛入。那兩、三天，大哥一副心神不寧的模樣，一會茫然沉思，一會因為一點小事受到驚嚇……特別是那天下午，我從理髮店返家，提到三指男時，他的神情更是古怪。我一直掛心此事，所以，一看到別館亮著燈，我便好奇地偷偷去一探究竟。當然，柴門從裡頭反鎖，根本打不開，所以我翻牆而入。正準備從西側的防雨門縫隙往屋內窺望，突然間，從鑲格窗飛出一把武士刀，請想像一下，我有多驚訝。」三郎又說：「我差點尖叫出聲。之所以沒有，並不是我忍住，而是驚訝得叫不出來。我目瞪口呆，望著那把懸吊在半空中的武士刀。不久，我聽到叮叮叮、颼颼颼的聲音，只見那把刀已掉在石燈籠旁。接著，防雨門打開，大哥走出來，我嚇呆了，忘了躲起來。大哥發現我呆立原地，表情可怕極了，我始終無法忘記。大哥揪住我的衣領，把我拖進八張榻榻米大的房間。我仔細一看，是那個三指男的屍體，胸口還有恐怖的傷痕……」

三郎想起那一幕，不禁打了一個寒顫。

「我以為大哥瘋了，深怕自己會像那個男人一樣被他殺死。大哥將我按倒在地，情緒頗為激動，一時無法言語。不久，他恢復冷靜，就像顆洩了氣的氣球，垂頭喪氣。我第一次看到他露出如此頹喪的神情。大哥很小心眼，個性像女人，凡事斤斤計較，平常總是隱藏這樣的自己，擺出冷峻高傲的姿態。如今變得垂頭喪氣，完全將面子和名聲拋到腦後，我看了既同情又痛快。大哥隨即重新振作，說出一半的計畫，泫然欲泣地拜託我保密。只說出一半，是因爲大哥絕口不提克子小姐的事，只表示想自殺，但不願讓人認爲他是自殺。我聽了之後當然馬上拒絕，但他反問我拒絕的原因。」

三郎的回答相當古怪，正好展現此人的眞面目。他的回答如下：

「於是我告訴他，命案發生時，第一個受到懷疑的，往往是被害者死後獲利最多的人。這種情況下，應該是隆二哥，但他不在家，所以會從疑犯名單中排除。這麼一來，所有嫌疑肯定落在我身上……我這樣回答，結果大哥說——你爲什麼會受到懷疑？就算我死了，你也得不到任何好處啊，一切財產將歸隆二所有。我反駁他：才沒這回事，你死了，我就能領到五萬圓的保險金。」

三郎如此回應時，賢藏的表情應該頗爲耐人尋味。聽說他注視著三郎，彷彿在看一隻神奇的動物，不久後他朗聲大笑，對三郎說：

「三郎，你這小子實在精明，頭腦眞好。好吧！既然這樣，你愛說就去說。儘管告訴別人，你大哥是自殺。不過，你恐怕會領不到保險金。被害者如果是自殺身亡，保險公司是不會理賠的，你不在乎嗎？五萬圓付諸流水，你不覺得可惜嗎？」

弟弟不是泛泛之輩，哥哥也不是省油的燈。一柳家個個都是異類，尤其是三郎，性格最奇怪。大哥這句話讓三郎陷入兩難，爲了避免遭到懷疑，三郎希望大哥替他製造不在場證明，接著便興致勃勃地展現推理知識，積極參與這項計畫。

我猜，三郎會如此熱中協助大哥，一來是爲了那五萬圓，另一個原因，應該是有生以來第一次贏過大哥的優越感，讓他覺得樂趣無窮。如同金田一耕助所說，自從三郎參與這項計畫，盡情發揮豐富的推理知識，兄弟倆的地位頓時互換。賢藏變得唯唯諾諾，完全聽命於三郎。而三郎又陸續想出許多點子，賢藏面對這些奇妙的詭計，儘管苦笑，也只能唯命是從。三郎肯定是樂在其中。

從三指男身上的照片、相簿的詭計，及延伸而出的拼湊日記手法，全是三郎的點子。此外，砍下死者的手掌，利用其指紋犯案，也是他的傑作。不過，讓三指男頂替凶手，據說是賢藏想出的點子，只是不知道怎麼執行。他神不知鬼不覺地藏好三指男的屍體後，突然靈光一閃，想到或許能把一切罪嫌都推到三指男身上，再由三郎修飾補強，才完成這齣精采大戲。

世上不時會出現這種才子（三郎確實是這方面的天才）。儘管不能當主角，卻能替別人的故事主軸加以修飾補充、提供建言，最後完成一部有趣的劇本。有人在這方面具有神奇的才華，三郎算是其中之一。

不過，三郎在這起案子中，不甘心只當一名修飾者。他可能過於得意忘形，也想扮演主角。從他以下的陳述，即可明白這一點——

「我留著那隻手掌，如果有人懷疑大哥是自殺，打算加以利用，所以才會和貓屍埋在一起。案發的隔天晚上，我偷偷挖出來。不料，鈴子又在夢遊，搖搖晃晃走過來，於是我拿出只有三根指頭的手掌嚇她。不過，我原本完全沒想到要這麼做，是狂妄的金田一耕助讓我起了這個念頭。那小子若是一本正經、儀表堂堂的偵探，我應該不會做出這種事。可是，那小子年紀和我相差無幾，長得其貌不揚，一副窮酸相，還擺出名偵探的架子，我看了一肚子火。他居然向我挑釁，說什麼……即使是密室殺人，只要使用機械式詭計就很無趣。如今回想，這是他的伎倆，我不小心上了當。當時，我心想『好，就讓你看清楚這個詭計吧！』打算再次展現密室殺人的手法。因此，我利用前一晚挖出的那隻手掌，在屏風留下血指紋，再藏在貓墳裡，之後演了那齣戲。當然，我無意讓自己傷得這麼重，只預備受點擦傷。我完全依照大哥的做法，把武士刀插進屏風，用背部衝撞，但一時力道過猛，才會受了這麼重的傷。你去檢查那棵樟樹，應該會發現我架設的剃刀，我用來代替鐮刀。」

簡言之，三郎肯定有嚴重的人格缺陷。連死亡這麼嚴肅的事，在他眼中也只是一種遊戲。聽說，他始終堅稱不知道大哥想殺害克子。或許眞如他所言，但就算他知情，又有誰能保證他不會做出相同的事？

三郎當然遭到起訴，但法院尚未判決，便因為戰事越演越烈，從法院被徵召，最後戰死於中國漢口。惹人憐惜的鈴子，也於隔年過世。對她來說，死亡或許是一種幸福。良介去年前往廣島旅行，卻死於原子彈轟炸。村裡的長老認爲，那孩子在父親命終之地，同樣命喪戰禍，或許冥冥中早有安排。

戰爭期間，隆二一直留在大阪，一家人並未遷離避難。他從以前就不喜歡鄉村生活，發生那起案子後，似乎更嫌棄傳統守舊的本陣生活。如今住在一柳家寬敞宅邸裡的，只有糸子夫人與剛從上海返回、錢財散盡的長女妙子一家，以及分家的秋子和其子女。不過，聽村民說，他們經常起爭執，風波不斷。

我鉅細靡遺寫下本陣殺人事件的始末。在這篇紀錄中，我從未欺瞞讀者。一開頭我提到：「對於那個凶殘冷血、以可怕手法砍殺兩名男女的凶手，或許該致上由衷的謝意。」這裡提到的人，指的當然是清水京吉與克子，克子是遭殺害，但京吉不是，所以我並未刻意寫「殺死兩名男女」。如果將那兩名男女想成是賢藏與克子，就是讀者自己太早貿然斷定。此外，我在同一章節描寫命案現場時，提到「兩名男女渾身是血，倒臥在地板上」，我並未寫成「渾身是血，慘遭殺害」，因為賢藏並非他殺。推理作家就得採用這種寫法，這是我從阿嘉莎·克莉絲蒂女士的《羅傑·艾克洛命案》（*The Murder of Roger Ackroyd*）學來的心得。

完稿後，我又去了一趟一柳家。

之前造訪的時候，仍是春寒料峭的季節，還沒看到田埂上的筆頭菜冒芽，如今夏去秋來，放眼望去盡是結實纍纍的稻田，金黃色稻穗起伏如波浪。我行經那座損毀的水車，爬上區隔出一柳家北側的山崖，走進竹林中。面向南方，眺望一柳家的宅邸。聽說，經歷財產稅和農地改革，一柳家恐怕難逃沒落的命運。不知是否這個緣故，主屋那號稱保留本陣原貌的巨大建築物，似乎蒙上一層濃濃的頹廢暗影。

我轉移視線，望向鈴子埋葬愛貓的宅邸一隅，發現開滿了紅黑色的花。那是俗稱「彼岸花」的曼珠沙華，花朵彷彿沾染了可愛鈴子所流的血……

水井怪聲

與本位田一家有關的備忘錄

附註，本位田大助與秋月伍一長得一模一樣

本位田家的墓園位於環抱K村的丘陵山腹。

由黑木柵欄圍成，約百坪大的墓園，總是打掃得一塵不染，本位田家歷代祖先的墳墓整齊羅列於此。容我做個奇怪的比喻，每當我看到那些頗具威嚇效果的墳墓，總覺得像是重視門面的本位田家一族，身穿傳統禮服端坐在我面前。對於子孫此次的不肖行徑，墳內的列祖列宗想必正一臉凝重地討論著。或許是我如此思忖的緣故，位於末座的墳墓看起來有些羞愧，可能是我的心理作用吧。

大三郎的墓碑上刻有「慈雲院賢哲義達居士，俗名本位田大三郎，昭和八年三月二十日歿」等文字，而他就是二十多年前種下禍根、引發此一事件的人。我意外取得一連串訴說這起恐怖事件始末的文章，在發表之前，想略微提及身爲這起事件遠因的本位田大三郎，以及本位田家的地位。

原來，本位田家和小野、秋月兩家，合稱K村三大名門，在舊幕府時代，每年輪流擔任

名主（註）。隨著時代更替，名主失勢後，小野、秋月兩家逐漸家道中落，唯獨本位田家一如往昔，甚至更勝以往。其中有許多原因，不過，簡言之，本位田家歷代子孫皆有傑出人才，並不像其他兩家只是平庸之輩。

特別是明治維新時期的當家彌助，行事極為幹練，據說他趁時局混亂，以公有地轉賣的名義，將不少舊藩主的領地改至自家名下。

彌助的繼承人庄次郎，個性務實，似乎善於理財，四處放高利貸，利息高得嚇人，只要借款人還錢稍有延遲，馬上沒收對方的房產、田產或山林，毫不留情。

有一說指稱，小野、秋月兩家之所以沒落，自然是歷代當家無能的緣故，但加速他們衰敗的主因是吃了庄次郎放高利貸的虧。大正初年（一九一二年），大三郎繼承家業時，這兩家的田產已轉至本位田家名下，傳家之寶也被本位田家收藏在倉庫裡。

大正三年，庄次郎逝世，大三郎繼承家業時，年僅二十八，雖已成親，仍膝下無子。本位田家奉彌助為中興家業之祖，至今已是第三代。而大三郎也頗有第三代當家的威儀，是一位氣度恢宏的大老爺。他喜好熱鬧，在娛樂活動及跑江湖的藝人身上花了大把銀子，不過畢竟留有先人的血脈，從未做出變賣家產之類的蠢事。換言之，在他海派的個性中仍有精明的一面。

當時，小野家已家道中落，舉家遷往神戶。至於秋月家，雖然淪落至這番田地，依舊勉強保有一絲體面。

說到秋月家的當家善太郎，比大三郎年長七歲，卻是個十足的落難貴族，完全沒有謀生能力。他自號「草人」，喜好吟詩詠歌，畫一些不入流的文人畫，經常把畫作或詩籤帶往大三郎家。大三郎若是爽快買下，平常少言寡語的善太郎便以笨拙的言詞加以吹捧。然而，一回到家中，他立刻板起臉孔，以難聽的字眼痛罵大三郎，遷怒妻子阿柳。阿柳對他這樣的行徑感到頗爲羞愧。

阿柳是個端莊嫻熟的女子，容貌不凡。她把村裡的女孩聚在一起，教她們裁縫、茶道、插花。人人都說秋月家的老爺配不上她，此事令善太郎心生不滿。

妻子對我有諸多不滿——她瞧不起我。

一想到此，善太郎體內的殘暴之血沸騰，經常無端找事毆妻，動不動拉扯妻髮，拖行妻子。阿柳不想被外人知道，不敢放聲大叫。善太郎總說她是一頭倔驢，斥責她是在嘔氣。

夫妻倆有個名叫阿鈴的女兒，留著一頭鬈髮、長相不討喜、個性陰沉。

大正六年，阿鈴六歲，善太郎因中風而半身不遂。之前儘管家道中落，還勉強維持基本的家計，但苦撐多年，生活變得拮据。家中有病人，讓阿柳感到身心俱疲。

大三郎看了於心不忍，不時前來探望，每次都會塞點錢給他們。善太郎見到大三郎總是

註——江戶時期，在領主之下掌管各村里政務的村長。

眉開眼笑，淨說些肉麻話討他歡心，等大三郎一離開，便馬上破口大罵。儘管如此，善太郎從未差人把錢還給大三郎。

善太郎中風的隔年，即大正七年，大三郎之妻與阿柳同時有了身孕，隔年春天幾乎同時產下男嬰。秋月家的孩子提早一個月出世，善太郎卻在孩子出生後的第七天晚上，拖著行動不便的身軀爬離床鋪，投井自殺。

只要看過阿柳生下的那名男嬰，就能明白善太郎投井自盡的原因。那男嬰的眼睛是雙瞳，而本位田大三郎同樣擁有罕見的雙瞳。大三郎出生時，仍在世的祖父彌助還喜不自勝地說：

「這孩子有雙瞳，日後一定能讓本位田家名揚天下，得好好栽培才行。」

年紀輕輕便繼承本位田家的大三郎，儘管向來獨斷獨行，卻從未吃過虧，並成功扮演好當家的角色。一來歸功於他與生俱來的才幹，二來是這個傳說帶來的威嚇作用，替他塑造出一種與眾不同的形象。

新生兒有雙瞳，加上善太郎中風後夫妻之間應該無法行房，兩種跡象顯示阿柳生的孩子應該是大三郎的種。妻子過於明顯的不貞證據，善太郎全看在眼裡，也難怪最後會含恨而終。

在鄉下，人們對於這種外遇問題通常不當一回事，特別是外遇的男人，往往不會被追究，女人卻得接受嚴苛的責難。尤其是阿柳的丈夫爲此含恨而終，人們對她的指責自然更爲苛刻。阿柳身處這樣的風暴中，忍辱過了一年，等到伍一（男嬰的名字）斷奶，便把他和滿八歲的阿鈴託付給一個遠親的老太太，在丈夫週年忌當晚，跳入同一口井自盡，沒有留下遺書。人們都說阿柳是在贖罪。

大三郎之妻所生的兒子，取名大助。他與伍一到了五、六歲，人們一看就覺得兩人是兄弟，儘管不是同一個母親所生，卻長得極爲相像。唯一的差異是伍一有雙瞳，大助沒有。因此，兩人在小學五、六年級時，大家僅能以瞳孔來辨別。

然而，一過了那段時期，兩人的相似度越來越低，年過二十以後，兩人已不再那麼相像，可能是際遇與環境使然吧。小學畢業後，大助一路從國中升上大阪的專科學校，身爲本位田家的嫡長子，被教養得落落大方，而且體格壯碩、膚色白皙，是個風采迷人的俊美青年。

相反地，自幼與姊姊阿鈴一起拿鋤頭下田工作的伍一，骨瘦嶙峋、膚色黝黑，個性也不易親近。

鄉下人向來口無遮攔，總愛拿別人的醜聞當茶餘飯後的話題，伍一早就知道自己的身世。此事逐漸讓他變得更難以相處。

儘管是同父異母，大助過著富裕幸福的生活，我卻如此貧困與不幸……一想到這裡，伍一便憤恨不平。以出生順序來看，我比大助早一個月。若眞的要說，我才是本位田家的長男，就算拿走全部的財產也沒什麼不對，他們爲何把我當成路邊的一塊石頭，對我不聞不問？大助愉快地享受求學生活，爲什麼我非得流血流汗地辛苦工作不可？

面對伍一難以化解的怨懟，阿鈴甚至在一旁火上澆油。自懂事起，父親善太郎便不斷對阿鈴灌輸詛咒本位田家的想法。阿鈴像一名刺青師傅，逐一把從父親那裡聽來的詛咒植入伍一的皮肉中。對本位田家的復仇、對大三郎的詛咒——伍一自幼從姊姊那裡聽來的，全是這些瘋狂的詛咒。

不過，阿鈴忘了一件事，就是伍一是大三郎的兒子，身上流有本位田家的血。因此，不論是對本位田家的詛咒，還是對大三郎的復仇，對他來說不僅無關緊要，甚至讓他對本位田家和大三郎產生更強烈的憧憬。只有一件事，他與姊姊的想法一致，就是對大助的恨意。每次想到大助，伍一便感到渾身血液化爲熊熊火焰，對大助恨之入骨。

本位田家繼大助之後，又生了兩個孩子——分別是大正十三年出生的次男愼吉，以及昭和五年（一九三〇年）出生的女兒鶴代。其實，在愼吉和鶴代之間還有兩個孩子，但兩人都早夭，所以不算在內。

鶴代是個相當令人同情的孩子，由於患有先天性心臟病，稍微走點路便上氣不接下氣，幾乎不曾離開家門。當然，即使已屆學齡，家人也從未打算讓她上學，她都在家裡上課，主要由祖母阿槇負責教授。她跟著祖母學習讀寫，由於天資聰穎，十二、三歲時，已讀過《遊仙窟》、《源氏物語》等古書的註釋本。

如同墓碑上所刻的那段文字，大三郎於昭和八年，即鶴代四歲那年辭世。大三郎的妻子不才，一家的重擔全落在幹練的祖母阿槇肩上。阿槇在丈夫庄次郎的調教下，表現得精明能幹，穩穩撐起本位田家族。

昭和十六年，大助一畢業馬上結婚。由於戰況越來越吃緊，家境好的人家都會讓兒子盡快成婚。大助的妻子名叫梨枝，是鄰村某戶沒落士族的女兒。有人說梨枝原本是伍一的女友，後來本位田家的繼承人大助意外向她求婚，她二話不說立刻投懷送抱。若傳聞屬實，伍一對大助的仇恨肯定是雪上加霜。

昭和十七年，大助和伍一同時受到徵召，進入同一個部隊。起初兩人駐守揚子江畔，可能是身在異邦的緣故，伍一忘了昔日宿怨，兩人相處融洽。根據當時大助寄給妻子梨枝的信來看，兩人在部隊裡被當成雙胞胎吉祥物，備受尊寵，信裡還附上一張兩人的合照。這張照片爲日後發生的那起案子蒙上了陰森的暗影。

我看過那張照片，聯想到那起案子，不禁寒毛直豎。

兩人的外貌又重現以往的相似度。也許是同處戰地，兩人的體態變得差不多。大助在被徵召前，體型較豐潤，膚色也較白皙。然而，戰地的艱苦環境，讓他消瘦了些，臉孔精悍不少，膚色黝黑許多。

相對地，伍一則是比受徵召前強壯，黝黑的膚色轉白，兩人走在一起，簡直像同一個模子印出來。唯一的差異，就是伍一那對雙瞳始終散發出陰森駭人的光芒……

昭和十八年，本位田家的次男愼吉，以學生身分從軍，不到半年便因肺病退役，在家休養一年多，戰爭結束不久，便被送往離K村約二十四公里的H肺結核療養院。

可能是兩個兒子陸續被徵召入伍，愼吉的母親情緒低落，於昭和十八年秋天溘然長逝。所以，在愼吉住院後，本位田家廣大的豪宅裡，只剩下祖母阿槇、孫媳婦梨枝、孫女鶴代，及服務多年的老女傭阿杉、有點智能不足的長工鹿藏，總共五人。

愼吉住進療養院以後，每個月總會返家一、兩趟，每次住兩到三天。K村與療養院雖然僅有二十四公里的路程，但因爲交通不便，得先搭班次很少的支線列車，再轉搭輕鐵，改乘巴士。一大早出門，傍晚才能抵達。無法當天往返。

愼吉很疼妹妹。他是一名文藝青年，日後想成爲文學家。不過，他認爲妹妹的才能遠勝於自己，甚至想將她培養成《咆哮山莊》的作者艾蜜莉．勃朗特（Emily Brontë）那樣的作家。

鶴代天生患有心臟瓣膜疾病，體質孱弱，從未步出家門一步，總是躲在倉庫的一個房間裡看書，不過她具有豐富的感性和敏銳的觀察力。

愼吉要求妹妹有事沒事就寫信給他，用意是想磨練妹妹的文筆，同時鍛鍊她的觀察力。鶴代謹遵哥哥的吩咐，認眞寫信。

從昭和十九年底到二十年初，日本各地的村落發生不少變化，K村也不例外。隨著敵軍對都市空襲越來越密集，前往城市工作的村民們，紛紛返回老家避難，其中包括小野一家。

小野家的當家名叫宇一郎，在神戶經營文具店，由於店面慘遭祝融，只好回到暌違三十年的家鄉。宇一郎離開村子時才二十出頭，如今已是白髮蒼蒼、步履蹣跚的老翁。妻子阿咲是續弦，夫妻倆育有五子，最大的十六歲。

所幸，小野家的屋舍一直請親戚代爲看管，保養得宜，至少沒有漏水。之前交由佃農耕種的一小塊地，如今已收回。宇一郎和前妻育有一子，名叫昭治，當時投身軍旅，音訊全無。

昭和二十年八月，戰事結束不久，伍一的姊姊阿鈴從都市返回村落。阿鈴已三十五歲，還是單身，戰時曾在附近城市的軍需工廠擔任廚工，戰敗後，她離職返回老家，住在牛舍般的小屋裡，開墾彈丸般的水田和旱田。阿鈴自幼就不討喜，面對接二連三的不幸遭遇，她越來越寡言，宛如一個怪人。

主要人物差不多到齊了。昭和二十一年初夏，本位田大助毫無預告地返鄉。當然，就本位田家來說，他的歸來是莫大的喜事，只是他也帶回一股難以言喻的森然鬼氣，與令人戰慄的氛圍。

我再度環視本位田家的墓園。仔細一看，井然羅列的先祖墳墓外圍，一棵開滿紅花的紫薇樹底下，有一座可愛的小墳，墳上豎立著一根新的木柱。柱子表面寫著「珠蓮如心童子」，繞到後面，只見寫著「本位田鶴代，昭和二十一年十月十五日歿」。

這是惹人憐愛的鶴代之墓，而奪走她性命的，不消說，當然是那起可怕事件帶來的衝擊。

她在過世之前，將自己對這起案子的所見所聞、感想及臆測，鉅細靡遺地寫信告訴愼吉。當然，這些信並非一開始就是爲了報告此一事件而寫。如同我前面所提，她只是聽從愼吉的建議，將身邊發生的事一五一十地寫下，寄給哥哥。然而，自從事件發生後，便成了信中主要的內容，鶴代針對震驚世人的案情、血腥的經過，以及將在最後奪走她性命的震撼發現，娓娓道出她的看法。

每次回頭看她寫的信，總忍不住對這名十七歲少女遭遇的駭人經歷感到恐懼。這名少女的苦悶與絕望的悲戚，彷彿陣陣草葉笛的聲響，暗藏在字裡行間。

各位接下來要看的故事，是一疊鶴代所寫的書信。不過，這是我從金田一耕助手中取得的。除了這疊書信，金田一耕助還提供我一些剪報，及另一個人的手札。當時，金田一耕助露出陰沉的眼神對我說：

「先告訴你一聲，這起事件我完全沒插手。不，應該說我曾想插手，但就在看出眞相，正想與凶手接觸時，另一個聰敏的人已指出眞相，我只好默默退到一旁。既然我與此一事件無關，爲什麼會有這些手札？等你看到最後就會明白。手札已事先附上編號，但還沒整理。這些就交給你全權處理了。」

我依照金田一耕助的意見，從鶴代的書信中僅取出與事件直接相關的部分，進行整理。爲了讓內容更容易閱讀，我略加潤飾。在此先向各位說明，那麼，我們依序來翻閱鶴代所寫的信吧。

第一封信是在昭和二十一年五月，也就是案發前五個月所寫。

葛葉之怨

附註，葛葉屛風上沒有瞳孔

○

（昭和二十一年五月三日）

昨天發生了一件討厭的事。哥，你曉得小野一家返鄉避難吧？小野叔叔昨天上門找碴呢！

你知道家裡有一面葛葉（註）屏風嗎？我之前都不知道。因爲一直放在倉庫裡，自我懂事，從未搬出來過，我甚至不知道有這面屏風。

小野叔叔昨天就是爲了那面屏風而來，希望我們歸還。他這樣說：

「那面屏風是三十年前我去神户時，我爹託你們保管之物，並沒有要讓渡的意思。那是小野家的傳家寶，就算失去一切，也絕不能拱手讓人。如今我重返祖先的故土，想將那面屏風留在身邊，每天欣賞。」

他叨叨絮絮地反覆同樣的話，眞教人沒轍。起初是大嫂去見他，但一直沒完沒了，最後是祖母親自接見。祖母大發雷霆，對他訓斥：

「宇一郎，你到底在說什麼？那面屏風的事，我記得很清楚。那是你要離家前往神户時，說要做生意，但資金不夠，所以用那面屏風抵押，向我們借了二十圓，不是嗎？你當時是怎麼說的？『儘管祖先非常珍惜這面屏風，但我無法背著它到那麼遙遠的地方，請收下吧。』你的這番話，我還記憶猶新呢。你現在翻臉不認帳，要我們歸還，未免太不像話了吧！」

小野叔叔聞言，完全無動於衷，還是重複同樣的話，最後甚至說了一句「那麼，我把當時借的那筆錢還給你們好了」，擺出兩張十圓鈔票。目睹他離譜的行徑，我嚇了一跳。

小野叔叔難道不知道目前通貨膨脹的情形嗎？戰前和現在的物價相差數十倍，甚至數百倍，更何況是大正初期的二十圓，他眞以爲等同於現今的二十圓？那種作弄人的態度，連我看了也大爲光火。

事後祖母說：

「人窮則無智，宇一郎似乎改變不少，說出這種敲詐般的話，實在不像他的作風。都是阿咲不好，她一定在哪裡聽到屏風的事，才唆使宇一郎這麼說的。若非如此，他們返鄉一年多，不可能現在才想到此事。以前的老友返鄉，的確值得高興，但連阿咲這種來歷不明的女人也跟著回來，實在教人無法忍受。自從戰爭發生後，人心益發難測，梨枝，妳要是不精明一點，我可就辛苦嘍。」

並不是祖母說什麼，我都一味盲從，但阿咲小姐確實風評不佳。聽說她以前在神户是酒家女，嫁給小野叔叔之後，還會虐待繼子昭治，讓他沒辦法待在家裡。於是，昭治先生自甘墮落，入伍從軍後，不知被關了幾次禁閉。說到昭治先生，戰爭結束不久，他回到家中，但不到三天，便和阿咲小姐大吵一架，離家出走。據傳小野叔叔曾一度想賣掉房子，是昭治先生出錢才作罷，所以村民都認爲昭治先生很可憐。有人說他現下在K市當搶匪，如果是眞的，實在令人同情。

註——日本傳說裡由狐狸化身爲人的女子，據說是陰陽師安倍晴明的母親。

○

（昭和二十一年五月四日）

昨天寫著寫著，一時偏離了主題，因爲覺得疲憊，便中途停筆。今天決定繼續昨天的話題，就是關於葛葉屏風的事。

小野叔叔談的都是同一件事，連我這樣的小孩聽了也火冒三丈，極不耐煩。但不管他說什麼，祖母都不予理會，最後他只能放棄，打道回府。他叨絮不休、重複同一件事的時候，我很生氣，見他垂頭喪氣離去，又覺得他很可憐。他身上纏著皺巴巴的男用腰帶，繩結有一邊拖得特別長，看起來十分窮酸，與多年前回來掃墓的模樣相比，眞的蒼老許多，看得我都快流淚了。

不過，要是只有我和大嫂在家，會是什麼結果？他如此糾纏不休，換成是我，恐怕會放聲大哭。要不是有祖母坐鎭，這個家眞的很灰暗。儘管祖母精神矍鑠，個性又強悍，但她畢竟已高齡七十八歲，未來的歲月令人擔憂。現在還沒有大助哥的消息，一切只能仰賴你了。哥，請一定要早日恢復健康。

哎呀，一時離題了，抱歉。我總是寫得雜亂無章，實在不敢想像日後能成爲小說家。

小野叔叔回去以後，祖母可能也累了，閉目養神好一會。接著，她睜眼望向大嫂說：

「梨枝，去吩咐阿杉一聲，把屏風搬出來。」

大嫂嚇了一跳。

「您說的屏風是……」

大嫂如此詢問，祖母應道：

「就是那面葛葉屏風。阿杉一定知道，妳也去幫忙，搬過來這裡。」

我感到納悶，於是問祖母：

「奶奶，這麼說來，您要把這面屏風還給小野先生嘍？」

「不。」

祖母簡短應一句，便不再言語。

稍頃，大嫂和阿杉合力搬出那面葛葉屏風。老實說，自從聽了小野叔叔的那番話，我對這面屏風充滿好奇。因爲之前不知道屏風的存在，聽到小野叔叔那麼說，我不禁覺得似乎有些與眾不同。

因此，一搬出這面屏風，我不由得雀躍不已，屏息望著她們拆下那層包覆的油紙。

哥，你看過那面屏風嗎？不，聽祖母說，屏風已塵封多年，想必你也不知道。目睹屏風的那一刻，我心頭一震。不知爲何會有這種感覺，彷彿寒意襲身，一顆心撲通撲通直跳。

這是一面雙褶屏風，左半邊繪有葛葉的人像。這圖案應該是她與安倍童子（註一）告別，拋下丈夫保名，回歸信田森林的情景。葛葉雙袖往前合抱，略微低頭、伸長頸項的模樣，是由攙有貝殼粉的淡色調線條繪成，相當柔和，下襬則位於秋草間，呈現柔暈效果。至於右半邊的屏風，只畫著一枚如細絲般的新月，背景撒上雲母粉，雲母暈染的顏色充分表現出安倍野（註二）的落寞孤寂。

屏風上並未畫出狐狸的形體，葛葉也沒露出尾巴。不過，畫中女子娉婷而立的身影，看起來很像由狐狸變成，眞是不可思議。在秋草中拖著長長的下襬，經過柔暈處理，她彷彿正開始從下半身變回狐狸的原貌，我不禁嘖嘖稱奇。重新仔細端詳葛葉的身影，想找出令我感到驚奇的原因。不久，我才猛然察覺。

葛葉雖然一臉愁容地低著頭，卻睜著雙眼。而且，她睜開的雙眼竟然沒有瞳孔。有句話叫「畫龍點睛」，看過這幅畫，就能明白瞳孔在人的形體中究竟有多重要。一個柔美白皙的美女，有眼卻無瞳，感覺眞是古怪。看著這幅畫，我驀然想起文樂（註三）的人偶。在文樂中，像〈朝顏日記〉的深雪，便是扮演盲人的人偶，她被設計成眼珠往後翻，僅呈現眼白，而葛葉屏風裡的葛葉就是這種感覺，散發出一股難以形容的妖氣。

繪製這幅畫的師傅，是忘了畫上瞳孔嗎？還是，他早知道會有這種效果，才故意不畫？我總覺得是後者。

大嫂屏息端詳屏風上的葛葉，不久，她微微顫抖著低語：

「這幅畫感覺好陰森。」
祖母納悶地望著她問：
「哦，爲什麼？」
「因爲盲眼的葛葉……鶴代，妳有什麼看法？」
大嫂突然問了我一句，我一時慌了手腳。哥，這件事我只告訴你。其實，每次大嫂和我說話，我都會這樣，也不知道爲什麼。大嫂是個溫柔的人，我喜歡她的程度，筆墨無法形容。但每當我和她獨處時，總會很緊張，她一跟我說話，我便不曉得怎麼回應，約莫是大嫂長得太美。當時，我一樣緊張得要命。
「嗯，眞的……我也這麼認爲。」
我簡短應道。祖母不發一語，凝望著屏風上的畫。
「妳們是指畫裡的女人沒有瞳孔，對吧？不過，繪製這幅畫的師傅會這麼做，一定有很深的用意。畫裡的葛葉並不是眞正的葛葉，她是由狐狸精變身而成，而且正露出原形，意志消沉地返回信田森林。這位師傅並未畫出狐火或狐尾，而是藉由省略瞳孔來暗示葛葉不是普

註一——安倍晴明的幼名。
註二——地名，爲安倍保明所住的地方。
註三——結合說唱敘事、音樂和人偶的表演藝術。

通人。每次我看這幅畫，總會對他的這份用心深感佩服。」

祖母瞇著眼，仔細端詳屏風正面好一會。不久，她轉頭望向我們說：

「屏風就擺在這裡吧。這並不表示我多麼喜歡屏風，不過，既然宇一郎上門找碴，繼續放在倉庫裡，反倒會讓人覺得我們心虛。所以，得刻意擺在人們看得見的地方。」

於是，葛葉屏風擺在客廳裡當裝飾。哥，下次回來時，你就能看到那面屏風。那面陰森森的葛葉屏風……

大助歸來

附註，小野昭治逃獄

○

（昭和二十一年六月十日）

今天向你報告兩、三件村裡的傳聞。

聽說，昨天有三名陌生人怒氣沖沖地跑到小野叔叔家。那三人是O市監獄的獄警，聽他們說明來意後，才得知昭治先生的消息。

昭治先生行竊被捕，在O市等候判決。但不清楚他是怕身分洩漏，還是犯有其他重罪，始終謊報姓名，自稱「大島」。可能是審判日將至，他擔心用假名行不通，於是夥同五、六名囚犯，拆下地板，企圖逃脫。其他人當場被逮，只有他成功逃脫。

接著，獄方向大島供稱的出生地發布通緝，卻查無此人，才發現「大島」是假名。獄方轉爲向其他囚犯調查，從大島透露的話語中，得知他待過Y島的受刑人工廠。獄方立刻打電話到Y島，詢問是否有姓大島的男子待過那家工廠。結果，工廠的人聽聞長相的描述後，表示此人一定是小野昭治，終於確認他的眞實身分。據說，昭治先生在某隻手臂上刺有「毋須意見，性命廉售」的文字。

因此，獄警來到小野叔叔的住處。一旦犯人逃獄，四十八小時內都由獄方負責，直到今天上午十點左右，他們都在小野叔叔家監視，之後才撤離。

我覺得昭治先生很可憐。聽說三個月前，Y村來了三名強盜，就是昭治先生那一夥人。其他兩人已被捕，只有昭治先生脫逃，於是警方發布通緝。可能就是這個緣故，他行竊被捕時，才會謊報姓氏吧。不過，再怎麼會躲，也不能躲一輩子，罪上加罪，最後會怎樣呢？昭治先生很早以前就被太太阿咲趕出家門，在村裡的親戚家寄宿兩、三年，村民都很同情他。以前他並不是這樣的人，大家都說他原本是多愁善感、體貼的孩子，全怪阿咲不好，對阿咲多所不滿。對了，記得他和你同年，以前是你的好朋友，對吧？昭治先生的事，你應該比我更清楚。

說到他的太太阿咲，也曾爲了葛葉屏風的事，來過家裡兩、三次。但祖母都不予理會，大概是拗不過我們，最近沒再上門。聽說她表示，要是發現昭治先生，會用繩子套住他的脖子，將他拖往派出所。這個人很可惡吧！

秋月家的阿鈴小姐還是一樣，會偷砍我們家山上的樹木，實在令人困擾。伍一先生至今尚未返家，與我們相比，阿鈴小姐更值得同情，所以，我們對她的行徑盡量睜隻眼閉隻眼。然而，她最近越來越囂張，不僅偷砍柴自用，甚至對外兜售。長工鹿藏不甘心，昨晚暗中監視，當場人贓俱獲，但她說的話，聽了更教人氣憤。

「你們家的山林和女人都是偷來的。況且，這座山原本就屬於我家，是本位田家騙走的。」

阿鈴小姐竟如此大放厥辭。她住在墓地旁一幢牛舍般的屋子，一個人住在那麼冷清的地方也不害怕，眞不簡單。

吉田家的銀先生終於要娶媳婦了。你猜新娘是誰？是他的嫂嫂加奈江。由於丈夫安先生自從去了南方，便音訊全無，最近得知他戰死在緬甸一帶，加奈江小姐才改嫁小叔。她比銀先生大三歲，村裡的人嘴巴說可喜可賀，背地裡又不懷好意地嘲笑，要是安先生沒死，事情就麻煩了。

我聽了之後，心裡覺得怪怪的。祖母聽聞此事，卻陷入沉思，並在我們獨處時，喃喃自語：「慎吉今年幾歲？」

「哥哥大我八歲，今年二十五歲。」我回答。

「這樣啊……就是大梨枝一歲嘍。」祖母應道。

我嚇了一跳，疑惑地望著祖母，她猛然驚覺，嚴厲地囑咐：

「鶴代，奶奶剛才說的話，千萬不可以告訴任何人。」

接著，祖母像是突然想到什麼，點亮佛堂的佛燈，在神明前合掌膜拜良久。

不知道祖母在想什麼？

○

（昭和二十一年七月三日）

大・助・返・回　速・來・迎・接

○

（昭和二十一年七月六日）

哥，身體怎麼樣？聽送你回去的鹿藏說，你一到療養院便發燒，身上還起了紅疹，祖母非常擔心。

哥，請別太激動，要是好不容易調養好的身子又惡化，我們該如何是好？請替年事已高的祖母著想，如今一切只能仰賴你一個人了。

話說回來，那天發生的事眞是驚人！此刻回想，仍有一股寒意直竄背脊。

大前天傍晚，我在倉庫裡的房間看你寄給我的書，隔壁房間的祖母則戴著眼鏡拆衣服上的縫線。正值梅雨季，天涼的黃昏，細雨時下時停。

我不時從書本中抬眼，轉頭望向隔壁房間，祖母拆線的雙手頻頻停下動作，似乎陷入沉思。或許你會覺得我在說大話，但祖母在想什麼，我心裡很清楚。因爲那天下午，吉田家的銀先生帶著新娘加奈江小姐來向祖母問安。

銀先生皮膚黝黑，穿著借來的家徽禮服。不知是天熱還是害羞，他滿頭大汗，但顯得喜孜孜。加奈江小姐臉上塗的白粉簡直像牆壁一樣厚，雙手也抹滿白粉，不清楚是不是害羞，始終不見她抬頭。加奈江小姐的臉蛋白皙豐潤，非常可愛，雖然比銀先生年長三歲，看起來卻沒什麼不自然的地方。銀先生幼時曾罹患小兒麻痺，一隻腳有點跛，因此免除兵役，不過從事農務完全沒有影響。而且他身體強健，是村裡最能吃苦的人，所以加奈江小姐日後一定會很幸福。

兩人僅在玄關處問候幾句便告辭，大嫂和阿杉接著閒聊起來。

「加奈江小姐原本就長得俊，化過妝彷彿變了個人，眞漂亮。看銀先生樂成那樣……」

「可是，眞的挺奇怪。哥哥的妻子改嫁給弟弟……男方還小女方三歲……」

「有什麼關係，人家互相看對眼呢！」

大嫂若無其事地說道。這時，祖母接過話：

「沒錯，這也是個辦法。只是對死者有點過意不去……」

說著說著，祖母朝大嫂的側臉不住打量。

祖母一定在想這件事。我聽見她不時噘起嘴唇，長聲嘆息。

忽然，傳來阿杉的驚叫聲。

「老夫人，不得了啦、不得了啦。少爺他……」

哥，我滿心以爲阿杉說的是你，以爲在療養院的你，病情又惡化了，但我馬上發現是誤會。緊接著，阿杉跌跌撞撞地走進房間說：

「老夫人，您快出來看啊，從軍的少爺和他的同袍……」

原來她說的是大助哥，我立刻彈跳而起。不經意地窺望祖母，只見她臉上血色盡失，表情如石頭般僵硬，至今我仍感到匪夷所思。

大助哥是祖母最疼愛的孫子。以前一提到大助哥，祖母總是樂不可支。正因如此，祖母現在似乎很不想提及大助哥，她早設想到大助哥若有什麼萬一，自己會有多失望，所以不斷告訴自己「大助已死，不可能活著回來」，甚至暗中想好到時候要如何處理。這是她比任何人都疼愛大助哥的緣故。可是，當時祖母蒼白的臉色及嚴峻的表情，到底是怎麼回事？

不過，祖母的臉色旋即好轉，彷彿爲剛才的躊躇感到懊悔，慌張起身。

「冷靜一點，妳說大助回來了？人在哪裡？」

「在玄關，他和同袍一起回來。」

「爲什麼不進來？梨枝呢？」

「我已通報過少奶奶。老夫人，您快出去看看吧。」

「鶴代，妳也來。」

我們步出倉庫，穿過幽暗的走廊來到玄關。在照進方形玄關的光線裡，兩名身穿軍服的男子默默佇立。我環視四周，尋找大嫂，卻看到她跪在昏暗的玄關榻榻米角落，一臉泫然欲泣。站在前頭的人聽見我們的腳步聲，轉頭望向我們，仍舊維持立姿。

「啊，這位是祖母吧？我姓正木，我帶本位田回來了。」

「大助他……他怎麼了？」

祖母踮起腳尖往正木身後張望，如此問道。她的話聲微微顫抖。

「本位田受傷了……無法獨自行走，所以……本位田，你祖母來嘍。」

正木先生說著，跨步移向一旁，大助哥惴惴不安地從他身後往前走兩、三步。此時，我感到一股寒意，彷彿有個冷冰冰的東西碰觸我的心臟。

大助哥憔悴許多，臉上有道像被火燒傷的傷疤。但眞正令我發毛的，不是那道傷疤。大助哥面向我，睜大雙眸，眼珠子卻完全不動。儘管久別重逢，他眼中卻沒有一絲神采。臉部肌肉和嘴唇表現出他的感動，雙眸仍動也不動，一副與己無關的冷漠眼神，看起來活像是靈魂出竅的空洞。

「本位田他……」

這時，正木先生插話：

「在戰場上受傷，失去了雙眼，所以現在裝著義眼。」

正木先生的聲音彷彿從很遠的地方傳來，感覺他和我一點關係也沒有。隔著正木先生和大助哥的身影，我茫然望向玄關外。昏暗的天空依舊飄著細雨，我驀地想起，以前也發生過這樣的事。在下雨的日子，大助哥回到家中，雙眼裝著義眼……我當時就是懷著這種莫名其妙的心情。

我不經意地瞥向屋外，發現門外有五、六名村民圍觀。他們竊竊私語，還不時對望。我發現秋月家的阿鈴小姐也在人群中，她的鬈髮沾滿水珠般的細雨，但她毫不在乎，彎著腰頻頻往玄關內窺探。

我順著阿鈴小姐的視線望去，突然有種驚醒的感覺。原來她始終緊盯著大助哥的背後，像支錐子想鑽進他體內。

替身繪馬

附註，鶴代想確認大助的眞實身分

○

（昭和二十一年七月十二日）

哥，近來一切安好？你身上的紅疹消褪了，祖母相當高興。天氣突然變得炎熱許多，你要多多保重身體。

家裡逐漸恢復平靜。聽聞大助哥歸來的消息，上門祝賀探望的客人，最近越來越少，看來，不久就能回歸寧靜。大助哥說他很累，一直待在房裡，一天總睡上好幾回，幾乎不見客。但前天他說要告知伍一先生死前的情況，特地將阿鈴小姐找來。對了，你應該還不知道，秋月伍一先生已戰死。

過了很久，阿鈴小姐才出現。大助哥詳盡地描述伍一先生死前的情形。我、祖母和大嫂也在一旁聆聽，內容大致如下——

部隊前往叫蒙多的地方打仗時，大助哥和伍一先生與部隊走散了。這時，他們遭受敵軍砲擊，伍一先生當場喪命。大助哥從他身上取出遺物戴著，到處徘徊，偏偏再度遭受敵軍砲擊，碎片飛向他的臉，導致他失去雙眼，倒地昏厥，碰巧被路過的友軍發現，才平安獲救。

「基於這個緣故，伍一沒有留下任何遺言，我已將他安葬。這是我從他身上取下的遺物。」

大助哥說到這裡，取出沾滿黑血的筆記本。阿鈴小姐一直默默聆聽。大助哥說完後，她也沒進一步追問。阿鈴小姐眞是個怪人，唯一的弟弟喪命，一般人遇到這種情況，好歹會落淚吧？阿鈴小姐卻露出冷酷的慍容，不發一語地聽著。不過，她始終緊盯著大助哥，彷彿要撲上前咬人。

阿鈴小姐可能是看大助哥平安歸來，伍一先生卻魂斷異邦，因而感到氣憤吧。仔細想想，難怪她會有這種反應，連我不禁有點同情她。不過，我還是無法原諒她的無禮。大助哥一番好意，特地告訴她這些事，她連聲謝謝也沒有，一把抓起伍一先生的遺物起身，擺出一張臭臉。

然而，接下來發生一件事。由於祖母和大嫂都愣住了，我急忙送她到玄關。接著，阿鈴小姐以爲沒人看見，在暗處露出詭異的冷笑。

好詭異的笑容！我感到背脊發涼。她的表情十分邪惡，似乎在算計著什麼，眞是說不出的可怕。

阿鈴小姐注意到我，急忙斂起笑容，惡狠狠地瞪我一眼，板著臉離去。話說回來，阿鈴小姐爲何會露出那樣詭異的冷笑？

我果然還是討厭她。

〇

（昭和二十一年八月一日）

哥，好久不見。我應該更常寫信給你，但我現在心頭無比紛亂。爲什麼？我也不清楚。不過，總覺得好害怕。沒錯，我眞的非常害怕，隱約覺得本位田家即將發生不好的事。哥呀，哥呀，我該怎麼辦？

〇

（昭和二十一年八月八日）

哥，請你原諒。之前寫了那封怪信給你，害你瞎操心，實在對不起。至於這封信到底該不該讓你看，我猶豫很久。不過，既然之前寫了那種信，若含糊帶過，反而會讓你更擔心，所以我決定把一切都告訴你。哥，請仔細聽我訴說煩惱。如果是我錯了，希望你嚴厲指正。

自從大助哥回來以後，家裡的氣氛完全變了，沒有更好，而是更糟。大助哥以前是個爽朗、體貼、充滿朝氣的人。只要有他在的地方，總是笑聲不斷，每個人都很喜歡他。

不知道爲什麼，大助哥回來以後，彷彿變了一個人，感覺十分陰沉。不，不止陰沉，該怎麼說？簡直像渾身被森然鬼氣包覆。大助哥返家至今已一個多月，我還沒見他笑過。

不，別說是笑，除了有事會以寥寥數語吩咐外，他幾乎不開口，靜得像隻貓，在家中四處遊蕩，似乎想查探什麼。每次在昏暗的走廊上遇見穿白浴衣的大助哥，睜著那對玻璃義眼緩步而行，我都會感到一股寒意。

在倉庫裡念書寫字時，我驀然想起那對沒有生氣的眼睛，不禁渾身發寒，宛如一把冰冷的刀刃緊抵著心臟。大助哥用那對玻璃眼珠，在家中某處靜靜監視我們。不，這不是我胡思亂想或有被害妄想症。不論大助哥在哪裡，都很清楚家中成員的一舉一動。我們之間說了什麼，話中暗藏什麼含意（明明沒有特別的含意），他都想查清楚，默默以那雙看不見的義眼監視我們。大助哥到底想探查什麼？

最可憐的就屬大嫂了。

「不，我不要緊，只是夏天太熱稍微變瘦而已。」

大嫂這樣對我說。但我心知，她變得憔悴許多，不全是天氣炎熱的緣故。最近，祖母悄聲告訴我一件事。（最近家裡的人說話時壓低音量，已成爲一種習慣。）

「鶴代，大助和梨枝啊……」

「怎麼了？」

我也像怕被別人聽見，小聲回答，並注視著祖母的嘴角。祖母突然蒼老許多，教人看了不忍。她躊躇一會，才下定決心說：

「他們一點都不像夫妻，兩人分床睡。都這把年紀了，沒生孩子又分床睡，奶奶實在搞不懂。」

我聽了之後，滿臉羞紅。祖母眞是的，怎能對我這樣的小女孩說這麼露骨的話！但仔細一想，也許這是目前最嚴重的問題。正因嚴重，無法和其他人挑明著講，只能對我這樣的小女孩吐露心中的擔憂。想到這一點，我決定認眞聽祖母怎麼說。

「奶奶，夫妻分床睡不行嗎？大哥剛回來，不是很疲憊嗎？所以他可能暫時想一個人睡。」

「如果是這樣……分床睡倒是沒關係，我只是覺得……」

祖母有些支支吾吾。

「大助回來後，他們可能還沒行過房。」

「啊！」

我又臉紅了。

「奶奶，您眞壞。可是，這種事您怎會知道？」

「當然知道。等妳到奶奶這個年紀就會懂。不過，到底問題出在誰身上？大助不可能討厭梨枝，而且他很久沒碰女人了。」

「大嫂也不討厭大哥吧？」

「沒錯，所以才奇怪啊。總之，大助整個人變了。」

祖母說到這裡，長嘆一口氣。聽到最後這句話，我驟然感到一股寒意，忍不住顫抖了起來。

○

（昭和二十一年八月十五日）

哥，藉由上次那封信，你應該知道我在想什麼了吧？你的指正信我已看過。當然，我也認爲自己的想法很愚蠢，不會有這麼駭人的事，也不可能有。

不過，哥，感到恐懼的不光是我，大嫂也一樣，她只是極力隱藏內心的驚恐罷了。

昨天，我看到大嫂茫然地站在客廳。如同我之前告訴你的，這一個月以來，大嫂瘦了一圈，宛如一縷幽魂。

「大嫂，妳在做什麼？」

我悄悄從她身後靠近，低聲問道。不料，聽在她耳中，彷彿爆炸的巨響，嚇得她彈跳而起，轉頭望過來。一看是我，她旋即露出柔弱的微笑說：

「壞孩子，突然冒出來，嚇我一大跳。」

「啊，對不起，我不是故意要嚇妳。大嫂，妳在這裡做什麼？」

「我？」

大嫂歪著修長的脖子，靜靜端詳我，露出猶豫的微笑。

「我在欣賞這面屏風，妳看畫中的葛葉……」

我朝大嫂身後的屏風望去，心頭一驚。之前祖母從倉庫裡取出的葛葉屏風，至今仍擺在客廳。昏暗中，屏風上的葛葉彷彿與大嫂的身影重疊，看起來楚楚可憐。

「大嫂，屏風上的葛葉怎麼了？」

我來回細看大嫂與葛葉，想窺探她的心思。

「鶴代，妳會不會覺得葛葉是凶兆？瞧，葛葉沒有瞳孔，妳大哥也……」

大嫂的聲音微微顫抖，接著喃喃自語：

「妳大哥爲什麼沒有瞳孔？在嵌入玻璃眼珠之前，他的瞳孔不知道是什麼模樣。難道……」

「大嫂！」

我不禁呼吸急促。儘管如此，我仍沒忘記壓低聲音。

「這麼說來，莫非大嫂也想到什麼？妳覺得大哥哪裡不對勁嗎？」

大嫂嚇了一跳，杏眼圓睜，重新正視我。當時，我還以爲會被她的目光吸進去。大嫂執起我的手說：

「鶴代，我不知道妳在指什麼，但不能亂講話。由於感到痛苦，而道人是非，這樣是不對的。不過……」

大嫂再度悲戚地長嘆一聲。

「全是這屏風的錯，害我胡思亂想，深陷在痛苦中。這個葛葉是狐狸吧！她不是眞正的葛葉小姐。不過，信田森林裡的狐狸化身爲葛葉，與安倍保名結合，並非出於惡意。保名是男人，雖然把對方誤認爲妻子，與之結合，卻無損他的顏面。可是……換成女人呢？如果丈夫並不是眞正的丈夫，而是陌生人，那會怎樣？若眞的發生這種事，女人一定沒臉再活下去。」

哥，你明白了嗎？其他人和我一樣心懷恐懼，而且是最瞭解大助哥的大嫂。不，不僅是我和大嫂，祖母應該有同樣的疑慮。如今回想，大助哥歸來的那天，門外的阿鈴爲何露出緊迫盯人的眼神，我終於明白。還有，大助哥述說伍一臨終前的情形，及阿鈴回去時浮現的冷笑……也許她早看穿那個義眼人的眞實身分。換言之，阿鈴知道對方不是大助哥，而是她的親弟弟伍一。

哥，請救救我！這種情形要是一直持續下去，我一定會死掉。不，大嫂可能會比我早發瘋或喪命。我想查明眞相，待在家裡的那個男人，眞的是受傷失去雙眼嗎？還是，他故意消除唯一能辨別大助哥和伍一的特徵？在蒙多戰死的，該不會是大助哥吧？

啊，眞可怕！光是思考這些事，我也許就會發瘋。哥，請讓我借助你的智慧。那個人到底是大助哥，還是冒牌貨？查明一切之前，我們恐怕逃離不了這個地獄。

○

（昭和二十一年八月二十三日）

哥，謝謝！你果然是聰明人，這麼簡單的事，我們爲什麼都沒發現呢？

沒錯，我記得那東西叫替身繪馬（註）。男人在上戰場前，會在繪馬上按下右手的手印，供奉在御崎神社。這是一種以繪馬當替身的信念。大助哥在出征前，也曾供奉替身繪馬，我記得很清楚。當時，他在原木繪馬上印下右手，開墾新田的叔叔還寫下「武運長久」四個字，我記憶猶新。

沒錯，那塊繪馬想必放在御崎神社的繪馬堂。繪馬背面寫有大助哥的名字，所以不會弄混。秋月伍一是否也曾供奉繪馬，我不知道。但這一點都不重要，取回大助哥的繪馬，應該能派上用場。

沒錯，我在某本書上看過，每個人的指紋都不一樣，而且指紋永遠不會改變。就算沒有伍一的繪馬，只要有大助哥的繪馬，就能終止我們那些可怕的猜疑。

今晚，我會拜託阿杉去御崎神社的繪馬堂，把大助哥的繪馬拿回來。你放心，我會另外找藉口，絕不會說出實情。要是我能去就好了，可惜這副身體不可能爬上御崎神社的陡坡。哥，放一百二十個心吧，查明眞相之前，我不會告訴大嫂和祖母。

另外，我會找機會弄到大助哥的指紋，絕不會搞砸，請放心。下次再敘了。

〇

（昭和二十一年八月二十四日）

哥，救命！

阿杉死了，從御崎神社的山崖墜落。昨天，她聽從我的吩咐前往御崎神社的繪馬堂，卻一去不回。

今天早上，田口家的實先生在山崖底下發現阿杉的屍體，馬上過來通報。沒人知道她去

註——將畫有圖案的木板供奉在神社或寺院，做爲祈願之用。

繪馬堂取繪馬，所以搞不懂她爲何到那裡。

不知道那塊繪馬在哪裡？還掛在繪馬堂嗎？或是阿杉已取回，卻在路上遭人奪走，而她也被推落山崖？

哥，我好怕呀！

阿杉的葬禮將在後天舉行。哥，請你以此爲由，回家一趟吧。

我快瘋了。

大慘劇

附註，鶴代的猜疑與日俱增

〇

（昭和二十一年八月二十九日）

哥，你會不會累？不過，看見你氣色出奇得好，我不知道有多安心。哥，你眞的要好好保重身體。請在秋天前康復，回家與我們團聚。只要有你在，整個家的氣氛頓時明朗了起來，透過這次的葬禮，我深切感受到明顯的差異。

我現在已平靜許多。不過，你勸我別胡思亂想，唯獨這件事我辦不到。在問題解決之前，我實在無法不去想。本來打算等你回來之後，跟你促膝長談，但家裡人多，無法如願，於是，我最近又變成愛胡思亂想的女孩。

這樣也許會挨你罵，但憋在心裡很難受，而且我能吐露心聲的人只有你。請別罵我，聽我訴說凌亂的想法吧。

阿杉眞的是失足墜崖嗎？不，未免太巧了。我依舊認爲，阿杉是遭人推落山崖。

那麼，凶手會是誰？又爲了什麼目的？第一個問題我不知道答案，但第二個問題我隱約猜得出來。阿杉是因爲那塊繪馬被殺。就凶手而言，阿杉帶回那塊繪馬，將會對他不利。爲什麼會對他不利？這就不必多說了。要是以繪馬上的手印，與家裡那個義眼人進行手印比對，對方肯定會頭痛不已。這樣看來，那個義眼人恐怕不是大助哥，而是秋月伍一。

哥，你常說我身爲女孩子，卻那麼愛講道理，過度沉迷於推理遊戲實在不妥。所以，我盡量保持低調，不犯這個毛病，但眼下這種情況，我實在憋不住。不過，這絕不是遊戲，我是認眞的。這是攸關生死的問題。

若依照我上述的方式思考就不難理解，一旦帶回那塊繪馬，最頭痛的會是誰。除了那個義眼人，也就是冒充大助哥的伍一之外，還會有誰？如果是他，就有可能知道阿杉去取繪馬，以及需要那塊繪馬的原因。

我曾在信中告訴你，那個人不論身在何處，都知道家裡的人談話的內容，眞的是這樣。我拜託阿杉去取繪馬，他一定偷聽到了，而且他馬上明白這麼做的用意。問題在於他是盲人，就算想尾隨阿杉並加以殺害也辦不到。盲眼的他沒人攙扶，根本無法離開屋子半步。

可是……

我突然想到某件事。沒錯，阿杉喪命的前一天，也就是我拜託她的那天傍晚，我發現那個人在庭院，隔著樹籬和某人交談。他壓低聲音，怕被聽見，所以我不清楚他說了什麼。當我發現對方是秋月家的阿鈴時，我莫名心神不寧。

就是那時候，義眼人拜託阿鈴殺害阿杉。

對了……他與阿鈴結束交談，轉身走回屋內時，表情極爲駭人。

啊，太可怕了。

將阿杉推下山崖的肯定是阿鈴。阿鈴與伍一聯手，想強占本位田家。小時候我聽人提過，阿鈴的父親因怨恨爹而投井自盡，一年後阿鈴的母親也在同一口井自盡。阿鈴與伍一這對姊弟繼承父親的遺願，打算向我們報仇，我卻什麼都不能做。哥，請振作一點，我們現在只能依靠你啊。

不過，那塊重要的繪馬到底在哪裡？

○

（昭和二十一年八月三十日）

昨晚到今天早上這段時間，發生兩件可怕的事。

一是昨晚深夜有竊賊潛入，是我先發現的。祖母一向睡得淺，容易醒來，但最近上了年紀，白天也常打瞌睡。所以，我比祖母早一步醒來。

當時，我正在做惡夢。我夢見葛葉從客廳的那面屏風走出，不知不覺間，變成大助哥的模樣，用那對駭人的玻璃眼珠緊盯著我。

我猛然驚醒，聽見防雨門被撬開的聲音。起初，我以爲是老鼠在亂咬，旋即發現是防雨門被打開的聲音，嚇了一跳，從床上坐起。

「奶奶！奶奶！」

我朝鄰房叫喚，祖母沒有回應，只傳來微微鼾聲。我很害怕，於是拉開紙門，進入祖母的房間，隔著棉被搖晃祖母。幸好她一下就醒了。

「奶奶，外面有怪聲，從主屋傳來的……」

在祖母開口前，我附在她耳邊悄聲道。祖母立刻從床上坐起。

「怪聲？怎樣的聲音？」

「好像有人撬開防雨門，聲音是從客廳那邊傳來的。」

祖母豎耳聆聽，不過那怪聲沒再出現。

「鶴代，不會是老鼠吧？」

「不，不是老鼠。我一開始也這麼以爲，但的確是防雨門被打開的聲音。」

祖母想了一會後說：「這樣啊，那去看看吧。」

最近，祖母的身體狀況大不如前，個性卻一樣強悍。她俐落地綁好腰帶，悄悄拉開紙門。我雖然害怕，但一個人留在房裡更可怕，於是跟在祖母身後。

我們穿過迴廊，從倉庫的房間走向主屋，發現廁所旁有一扇防雨門被打開。我心臟狂跳，緊握祖母的手。祖母眞是女中豪傑，一般人遇到這種情況，應該會馬上大呼小叫，祖母反倒躡手躡腳湊近客廳，隔著紙門上的玻璃窗往內窺望。我也學她往客廳裡張望。

客廳一片漆黑，但防雨門和紙門各被打開一扇，月光從屋外照了進來，隱約看得到模糊的形體。哥，你應該知道客廳裡的那面蔦葉屏風，有個人就站在屏風前。我當然不知道對方是誰，可是從模糊的背影看來，感覺是年輕男子。令人匪夷所思的是，他呆立原地，專注地凝視屏風，彷彿被屏風上的蔦葉迷住。

「誰？是誰在那裡？」

祖母突然出聲叫喚。聲音雖低，但強勁有力。站在屏風前的男子嚇得彈開，猛然轉頭，接著從半開的紙門衝向緣廊，再從防雨門逃往屋外。由於太慌張，男子的小腿撞到客廳的和式桌，發出巨響。男子似乎相當疼痛，跑起來一跛一跛的，模樣相當滑稽。

睡在隔壁的大助哥和大嫂似乎也被這陣聲響驚醒，只聽見啪一聲，燈光從門上的鑲格窗縫隙射入，不久，大嫂走出來。

「啊，原來是奶奶。剛才的聲響是怎麼回事？」

「有竊賊。」

「竊賊？」

「嗯，竊賊撬開防雨門闖入，幸好鶴代醒來，好像沒有東西被偷。鶴代，去開燈。」

開燈一看，沾滿泥土的腳印從緣廊一路綿延至此，應該沒有東西遺失。

「好可怕，我完全沒發現……」

「妳得小心一點才行，對方似乎在偷聽你們的鼾聲。」

「哎呀，眞噁心。」

「不過沒事了，竊賊已逃走，約莫不會再回來。關緊門窗，回去睡吧。」

令人不解的是，在這樣的混亂情況下，大助哥醒了竟沒出來關切。我從紙門的縫隙窺看鄰房，發現微微搖晃的白色蚊帳中，大助哥已坐起，正在傾聽我們的談話。那對可怕的玻璃眼珠，隔著蚊帳望向我們……地板上，兩張床鋪靠在一起。

這是昨晚發生的第一件怪事。不到半小時，便發生第二件怪事。

由於竊賊的騷動平息，我們返回房間。但我情緒激動，始終睜著眼，遲遲無法入睡。就在我輾轉反側時，又聽見一個怪聲。這次同樣來自主屋，聽起來像是極力壓抑的痛苦呻吟。我心頭一驚，從床上起身。鄰房的祖母發現我的動靜，向我喚道：

「鶴代，妳也聽到那個聲音嗎？」

「是的，奶奶，那是什麼？該不會竊賊回來了吧……」

「去看看。」

我們再度悄悄前往主屋。防雨門沒任何異狀，但確實有呻吟聲從客廳那邊傳來，應該是大助哥的房間。我們輕輕拉開客廳的紙門一看，那個房間似乎點著燈，雲朵般的光線從鑲格窗縫隙投射在天花板上，呻吟聲好像是大嫂發出的。

「大助、梨枝，你們在幹什麼？發生什麼事？」

祖母很驚訝，以袖子掩口悄聲問道。房內無人回應，只傳來大嫂極力壓抑的呻吟聲，不，當中夾雜著大助哥的喘息，以及低沉、充滿恨意的咒罵聲。

祖母不禁猶豫，但情況實在不對勁，不能坐視不管。她伸手搭在拉門上，輕輕拉開一道細縫，往內窺看。我也從祖母袖子底下往內窺望。這時，我感到無比驚恐，心窩彷彿凍結。蚊帳裡，大嫂趴在床上，上半身赤裸，被大助哥壓在膝下。大助哥單手使勁將大嫂的胳臂反折至背後，幾欲扭斷，另一手則頻頻撫摸大嫂的右側腹。他的表情猶如地獄的惡鬼，駭人的模樣筆墨難以形容。

「喂，大助！」祖母不禁叫道：「你在幹什麼？」

大助哥似乎聽到聲音才發現我們，急忙從大嫂身上跳開。

「看不見。啊，我看不見！」

他縱聲大叫，拚命拉扯自己的頭髮。大嫂就像死了般癱軟在床上，一動也不動。散開的長髮宛如黑蛇在白色床單上蜿蜒，隨著她的嗚咽聲頻頻晃動。她一直在啜泣。

哥，這又是怎麼回事？今天早上大嫂起床後，臉色很蒼白，不管祖母怎麼追問，她都絕口不提昨晚的遭遇。大助哥則是關在房裡不出來。

這和昨晚遭竊賊入侵有關嗎？對了，竊賊到底是誰？我一頭霧水，只知道有什麼可怕的事即將發生。

啊——到底會發生什麼事？

（昭和二十一年九月二日）

哥，大事不妙，大嫂被殺了！大助哥下落不明，祖母也因過度驚嚇而病倒。我吩咐鹿藏帶著信騎腳踏車去載你，請趕快回家一趟。

報紙上的事實

附註，嫌疑犯一再變更

（昭和二十一九月三日剪報）

暴風雨夜命案

被害者為大財主家的媳婦

昨天二日拂曉，在二百十日（註）的暴風雨中，發生一起駭人聽聞的命案。被害者是縣內K郡K村的大財主本位田大助之妻——梨枝（二十四歲），在臥室遭人以亂刀砍死，二日清晨被死者的小姑本位田鶴代（十七歲）發現。據獲報趕往現場的警方表示，凶手應該是在半夜十二點左右行凶。令人匪夷所思的是，被害者梨枝的丈夫本位田大助（二十八歲）如今下落不明。本位田大助是今年七月剛從南洋退伍返鄉的軍人，在戰爭中眼盲，無人照料根本無法離家寸步。此外，家中住有祖母阿槙（七十八歲）、大助、梨枝、鶴代，以及長工鹿藏等五人，直到早上才有人發現這樁慘劇，據悉是因爲昨晚那場暴風雨，蓋過了被害者的慘叫聲。

〇

（昭和二十一年九月四日剪報）

丈夫也死於井中
屏風上留有血手印

之前報導過的大財主本位田家那起命案中，下落不明的屋主大助，在警方嚴密的搜查下，二日傍晚在後院的水井中發現屍體。大助似乎被人刺穿心臟，再棄屍井中，凶器至今仍未尋獲。警方在行凶房間隔壁的客廳，發現本位田家珍藏的屏風上有血手印，可能是凶手留下的證據。若眞是凶手所爲，本案應該會提早偵破。警方似乎已鎖定凶手，正積極展開行動。

註——指陰曆立春後的第兩百一十天，約在每年的九月一日前後。據說這一天常有颱風。

（昭和二十一年九月五日剪報）

○

凶手是家中成員嗎？本位田家複雜的關係

關於K村的本位田家命案，之後案情有了一百八十度的大轉變。首先是凶手唯一留下的線索，那個令人抱持一絲破案希望的血手印，經查驗結果，證實是被害者本位田大助的手印。警方全力搜查現場，在本位田家後院的草叢裡發現一把疑似凶器的貞宗短刀。這把貞宗短刀爲本位田家所有，平常擺在客廳的壁龕上當裝飾。不過，家裡沒人記得這把短刀是何時遺失的。然而，綜合以上各項線索，有人推測凶手是本位田家的成員。警方將這點納入考量，本位田家的成員皆受到嚴厲的偵訊，但目前爲止沒有確切的證據。被害者大助的弟弟愼吉（二十五歲），長期住在二十三公里遠的H療養院，命案發生的隔天，因妹妹鶴代的來信而緊急返家。此事頗爲可疑，警方針對H療養院展開調查，確認他在一日晚上有不在場證明。此外，二日早上，長工鹿藏全身濕透，而且腳踏車滿是泥巴，令人懷疑，但後來查出是他在案發後奉鶴代的命令，冒著風雨前往H療養院接愼吉返家的緣故。不過，祖母槇夫人在大助尚未歸國、生死未卜時，原本打算讓梨枝與愼吉成親，因此被警方懷疑有行凶動機。

（昭和二十一年九月六日剪報）

被害人真的是大助嗎？

本位田家離奇命案的新事實！

關於本位田家的雙重命案，又出現離奇的新事證。提供事證的是村內一個名叫秋月鈴的婦人，警方依據她的供詞整理如下——

女子秋月鈴陳述——被害者並非大助先生，而是我的弟弟秋月伍一。大助和伍一兩人長得如出一轍，全村都知道。請看！這張照片是伍一和大助先生在部隊裡的合照，兩個人外表很像吧？唯一的不同，是伍一為雙瞳，大助先生則是一般眼瞳。因此，伍一在大助先生戰死後，挖出自己的眼珠，冒充大助先生。之所以這麼做，是要向本位田家報仇，因為他是本位田家上代當家大三郎先生的私生子，卻受到不公平的待遇。那麼，您說凶手會是誰？不用想也知道，這是本位田家的人共同合謀。請您仔細調查愼吉先生那天晚上的行動，他一定是提早離開療養院，返回村裡。騎腳踏車往返只需五小時，他先溜出療養院，殺害大助，將屍體丟入井中，然後趕在天亮前回到療養院。之所以殺害梨枝小姐，可能是她目睹命案現場，不然就是與她有仇，於是趁機一併收拾她。

然而，警方調查後得知，秋月鈴的告發根本毫無根據。誠如前面所述，愼吉有不在場證明。若愼吉離開療養院，別說是五小時，連兩小時都不可能，當晚值班的兩名護士足以證明。療養院每隔一小時會有兩名護士巡視病房，愼吉當晚一直待在病房裡，還因爲失眠向她們索討安眠藥。

此外，由於秋月鈴的告發，成爲警方追查重點的被害者雙眼，有一個耐人尋味的疑點。被害者裝著一對義眼，屍體卻失去右邊的義眼。警方搜遍本位田家的每個角落，仍找不到那顆義眼，到底遺落何方？或許當中隱藏著破案關鍵。

○

（昭和二十一年九月七日的剪報）

兇手是前科犯？
本位田家命案的追查再度回到原點

關於K村的本位田家命案，突然出現一名涉嫌重大的新嫌犯。這名新嫌犯是小野宇一郎（六十四歲）的長男昭治（二十五歲）。此人有三次前科，而且在今年六月六日曾頂著假名被監禁在O監獄的羈押房，結果逃獄成功。警方研判他可能會回到老家，一直在嚴密監視中。就在本位田家命案發生的二日早上，有目擊者表示曾看到他出現在命案現場附近。此外，在那起慘劇發生的四天前，即八月二十九日深夜，有竊賊闖入本位田家，也有人說那竊賊是小野昭治。而小野家似乎對本位田家有很深的仇恨，警方目前正全力搜索該名嫌犯。

（昭和二十一年九月十日剪報）

○

本位田家命案嫌疑犯落網
口袋裡的玻璃眼珠是鐵證

本縣K郡K村發生的本位田家命案，涉有重嫌的通緝犯小野昭治，在O市的友人家中遭警方逮捕。昭治被帶往警局後，立刻遭到搜身。從他的上衣口袋破洞裡找到一顆玻璃眼珠，令警方頗爲緊張。警方研判，他將被害者本位田大助的屍體運往水井的途中，玻璃眼珠脱落，掉進他的口袋破洞，但他一直沒發現。若證實是本位田大助的義眼，將會加快破案速度，相信嫌犯很快就會自白。

（昭和二十一年九月十二日剪報）

○

小野昭治坦誠犯行
本位田家悲慘的命案真相

本位田家命案重要嫌犯小野昭治（二十五歲）被捕之後，於十一日晚上供出一切犯行。在此依據當事人的自白，試著描述悽慘的命案輪廓，整理如下——

小野昭治出身的小野家，原本與本位田家都是K村的名門世家，但在本位田家的上代當家大三郎，及上上代當家庄次郎的高明手腕下，小野家的資產盡爲本位田家所奪，到了昭治的父親宇一郎這一代，只能離鄉前往神户發展。爾後三十年，宇一郎在神户也算小有成就，卻受戰火波及，再度變得一貧如洗，只好重回K村。然而，鄉里的人對於失敗者向來冷漠，尤其是本位田家，強占宇一郎三十年前寄放的傳家屏風，藉故推拖，不願歸還。小野一家子女眾多，陷入難以糊口的窘境。從O監獄逃脫，偷偷跑回老家的昭治，聽聞此事，對本位田家滿懷仇恨，決定殺光他們全家。

在此敘述昭治的計畫與犯案經過。八月二十九日深夜，昭治第一次嘗試襲擊本位田家，但突然被人發現，他狼狽不堪，只好暫時逃離。不過，他帶走壁龕上的那把貞宗短刀。九月一日晚上，昭治趁著二百十日的暴風雨潛入本位田家，悄悄來到之前鎖定的目標——大助夫婦的房間，亂刀砍死熟睡中的梨枝。驚醒的大助，雖然眼盲，但可能聞到血腥味，衝出蚊帳，一路逃到隔壁客廳的屏風前，遭追來的昭治一刀刺穿心臟。昭治殺紅了眼，進一步找尋其他家人，不知該說是幸還是不幸，大助的祖母槙、妹妹鶴代，都睡在別館的倉庫房間，倖免於難。昭治找不到他們，便把大助的屍體搬至水井丟棄，並將凶器丟進草叢中，逃離現場。他做夢也沒想到，死者的義眼竟會掉進上衣口袋的破洞裡。以上就是本位田家命案的眞相。

可怕的妹妹

附註，鶴代說出眞相，加上愼吉的附記

○

（昭和二十一年十月七日）

最近我思緒紛亂，諸事煩心，想趁今天整理一下，寫篇手札，於是拖著久病不癒的身軀伏案提筆。寫信給住在同一個屋簷下的哥哥，實在有點奇怪，但我想不出其他方法向你傳達此刻的心情。而且我很清楚，要是不趁現在，恐怕就來不及了。自從大助哥返家後，我一直備受猜疑、恐懼、緊張所折磨，發生那件慘案時，我以爲自己會活活嚇死。之所以能撐到現在，是我的責任感使然。祖母病倒，至少我得爭氣一點。是這份自覺，勉強延續我脆弱的生命。然而，我已瀕臨極限。兩、三天前，我發現一件可怕的事，一舉粉碎我所有自信。唉，

我已沒有活下去的動力。

我到底發現什麼？事情是這樣的——

大前天，我坐在持續昏睡的祖母枕邊，感到無比悲戚。那時，你剛好外出，鹿藏則是到田裡去了，我獨自望著窗外鮮紅的莧菜，感覺屁股底下的榻榻米坐起來不太舒服。起初我不以爲意，自行挪動兩、三次，但還是很不舒服，於是我望向榻榻米，發現邊緣微微隆起。我不禁納悶，像祖母這麼一板一眼的人，要是榻榻米沒像木板那樣平整，肯定會很在意。榻榻米底下到底夾了什麼？我隨手抬起榻榻米一端，發現底下有一個用奉書紙（註）包裹的東西。我一陣心神不寧，那到底是什麼東西？

我看了祖母一眼，她睡得正熟。雖然有點內疚，仍戰勝不了好奇心，我偷偷從榻榻米底下取出那個包裹。摸起來有一種像木板的堅硬觸感，讓我聯想到某樣東西，我急忙打開奉書紙查看。

果然是繪馬，而且是大助哥出征時，供奉在御崎神社的那塊替身繪馬，也就是阿杉前去取回，卻害她失足墜崖的繪馬。

我實在太震驚，心跳幾乎停止。祖母爲何會有這塊繪馬？不，這是祖母的房間，加上用奉書紙包覆的手法，乃出自於祖母之手，藏匿繪馬的一定是祖母。那麼，祖母是如何取得這塊繪馬？我好想放聲大叫，恐懼帶給我莫大的衝擊。

從那以後，我日思夜想。哥，你也知道，一旦擔心起某件事，若不處理妥當，我就靜不下來。我不斷思索，最後得到以下的結論——

我怎樣也不相信祖母會將阿杉推落山崖。兩、三年前祖母就不良於行，鮮少外出，何況是御崎神社的陡坡，她不可能爬得上去。這麼說來，她是請別人去取回這塊繪馬？眞是如此，表示她早就知道這塊繪馬代表的意義。不過，祖母再精明，應該不會注意到這一點，就算注意到了，也沒有她信得過的人，能代她去處理此等重要的事，只有一個人例外，那就是你，哥……

推理至此，我才猛然想起一件事。沒錯，帶回這塊繪馬的是你。那麼，你是什麼時候帶回來的？阿杉遇害後，你從療養院趕回來。阿杉墜崖，你肯定嚇一大跳，恐怕也做了不少揣測。於是你偷偷去御崎神社查看，卻發現繪馬好端端地掛在繪馬堂上，這表示阿杉墜崖與繪馬無關，純粹是一場意外，對吧？

沒錯，我現在才發現自己把一切想得太可怕，眞是個傻瓜，無中生有，構築起一座恐怖的空中閣樓，被它的影子嚇得膽顫心驚。只要比對繪馬上的手印和葛葉屏風上的血手印，一切疑問即可迎刃而解。警察說過，屏風上的血手印，與水井中撈起的屍體手印一致。而那個手印也和繪馬上的手印一致。換言之，那個義眼人眞的是大哥，是大助哥，不是伍一。

註——以椿樹爲原料的厚紙，古代爲公文書用，現今多在儀式中使用。

唉，怎會有我這樣的人，竟懷疑親哥哥是外人，還暗中觀察他，背地裡說他壞話，將他推入不幸的孤獨深淵。

唉，我眞是愚蠢又壞心眼的女人。此事暫且不提，哥，你從繪馬堂帶回繪馬，爲何不告訴我？其中原因我隱約猜出三分。你擔心那塊繪馬經過調查後，證明那個義眼人是冒牌貨。你認爲把重要的確認工作交給像我這麼敏感、易受驚嚇的女孩，會有危險。於是，你偷偷交給祖母，而祖母也打算等日後有機會，要拿來與大助哥的手印進行比對，所以偷偷藏在房間裡。可是……當機會來臨，大助哥已死於非命。

繪馬的事到此算是解決了，接下來是那起可怕的殺人事件。

小野昭治先生自白，兩人都是他所殺。然而，從一開始我就知道他撒謊。這種事憑感覺就知道了，而且邏輯上也有一些兜不攏的地方。昭治先生說在八月二十九日晚上潛入時，偷走那把貞宗短刀。可是，我記得很清楚，九月一日晚上，那把短刀好端端地擺在客廳壁龕旁的架子上。

昭治先生撒謊，爲了掩護某人，扛下凶手的罪名。那麼，他想掩護誰？凶手到底是誰？

我一再重讀報紙，得到一個結論。當時，警方對你充滿質疑，最後沒將你列入考慮，是因爲你有充分的不在場證明。那天晚上，你絕對無法回到二十四公里遠的K村，所以和這次的殺人事件無關……警方似乎這麼認爲。

我試著思考，眞的不能將你和這次的殺人事件聯想在一起嗎？H療養院與K村相隔二十四公里，就絕不可能行凶嗎？這也不是辦不到。有兩種情況，一是凶手主動過來，二是被害者自行前去。若是第一種情況，你有充分的不在場證明，所以不合理。換成第二種情況……警方竟沒想到這種情況，眞是太大意了。被害者眼盲，沒人隨行照料便無法離開家門寸步，這個事實給了他們先入爲主的想法，但反過來想，只要有人陪同，他就能外出。那會是誰呢？例如，請鹿藏騎腳踏車載他，從K村趕往H療養院，並非不可能。於是，他在H療養院附近與你見面，遭你殺害後，再由鹿藏搬運屍體，丟進K村的水井，也不是不可能。

哥，我之所以導出這麼可怕的結論，也是有我的原因。

原因有三——

一、當我發現大嫂的屍體，驚慌地跑去叫鹿藏起床時，他的衣服還濕淋淋地掛在牆上，腳踏車上沾滿泥巴。警方也注意到此事，但由於他在警察趕到之前，又騎著腳踏車去H療養院接你，所以警方認爲他的衣服是在那時候淋濕的，而我什麼都沒說。

二、大嫂是在一日晚上十二點遇害。但我在二日清晨五點左右，聽到水井發出陣陣嘎吱聲。大助哥約莫就在那時候被丟進水井。不過，凶手爲何從半夜十二點等到天亮？這是個疑點。

三、凶手爲何將大嫂的屍體留在命案現場，只將大哥的屍體丟進水井？丟進水井一定有其理由。換言之，考慮到往返家中和H療養院兩地，大哥全身濕透又沾滿泥巴，不能直接放在房間裡。

哥，那天晚上的情景，彷彿歷歷在目。阿鈴小姐告訴大助哥，你和大嫂之間似乎有非比尋常的關係。大助哥因妒嫉而失去理智，當天晚上亂刀砍死大嫂，並威脅鹿藏帶他前往H療養院，想殺你洩恨，卻反遭你所殺。最後，鹿藏載著他的屍體於天亮時返家，將他投入水井中。

寫到這裡，我抬頭望向倉庫的窗外，藍天飄浮著羊毛般的朵朵白雲。看著白雲，我覺得整個人輕飄飄的，幾乎就要昇天而去。我體內變得像玻璃一樣透明，彷彿一切痛苦和悲傷都已得到昇華。

我不知道小野昭治先生爲何要出面頂罪，不過他一直是你的好友。我完全不想質問鹿藏事情的眞相，只想不停思索、思索，然後如空氣般消失在天上。

相信那天很快就會到來。永別了，哥，我不是個好妹妹。

愼吉的補述

（昭和二十一年十二月八日）

我可怕的妹妹啊！

既然鶴代臨終前的手札，已對那起案子做了鉅細靡遺的分析，我還能再寫什麼呢？只不過，關於大哥心中的苦悶，以及案發時的情形，我想在此約略交代。

我做夢也沒想到，大哥深受可怕的猜疑所苦。那天晚上，他來殺我時，發狂似地痛罵我，直到說出那番話，我才發現占據他內心的可怕祕密。

令大哥感到痛苦的，是對大嫂的不信任。他懷疑大嫂不貞，而撒下這地獄惡種的人，則是秋月伍一，所以，我們算是遭到秋月家的報復。

伍一死去時，只有大哥在身旁送他最後一程。伍一奄奄一息之際，向大哥說出這番話——

「你的太太梨枝，以前曾和我發生關係。要是不相信，等你回去，不妨檢查她右側腹及胯下一帶，應該有顆葫蘆形的小痣。我知道這件事，足以證明她曾是我的女人。」

大哥和大嫂的婚姻生活不到一年，拘謹的他自然不清楚大嫂全身的每一處細節。因此，伍一的告白令他大感錯愕，深陷猜疑的泥沼。而且後來他失明了，無法親自確認，從此墜入無法救贖的地獄中。

大哥剛退伍歸來時，全身散發陰森的鬼氣，就是這個原因。加上阿鈴散播謠言，說他妻子和小叔有染，將他推入萬丈深淵。一度懷疑妻子不貞的大哥，聽到阿鈴毫無憑據的中傷，立刻信以爲眞。不巧，又發生一件不幸的事。

八月二十九日晚上，有人偷偷潛入大哥大嫂的臥室附近。誠如警方所說，犯人是小野昭治，大哥卻認定是我，於是產生誤解。而且，他認爲祖母和妹妹明明知情，卻刻意包庇我。唉，盲人的猜疑眞是悲哀。偏偏大哥不肯說出內心的猜疑，導致我們心生恐懼，不知如何是好，反倒更加深大哥的疑慮。

九月一日晚上下起暴風雨，大哥一直以來壓抑的猜忌，終於爆發。他亂刀砍死大嫂，帶著染血的凶器脅迫鹿藏騎車載他到H療養院。

大家都知道，肺結核療養院屬於開放式建築。特別是我住的病房，位於最深處，可從後山迅速步入療養院走廊。鹿藏之前來看過我好幾次，很清楚路徑。

至今，我仍忘不了那天晚上的一切。凌晨兩點左右，鹿藏叫醒我，把我帶往後山。我看到大哥非常驚訝，大哥命令鹿藏離開，向我興師問罪，指責大嫂的不貞，以及我對他的欺瞞。我不知道伍一的事，但他對我的指控都是無中生有，我當然極力辯解，但大哥什麼都聽不進去，突然揮動短刀朝我砍來。

接下來的情況，我不想說。不，就算想說也記不清楚了。我們在暴風雨中扭打，我一心只想幫助大哥，讓他恢復理智，所以只有抵抗，並未反擊。我們糾纏一陣子，雙雙倒地，大哥卻突然不動了。待我回過神，發現那把短刀已插入他的心臟，直沒刀柄。不可思議的是，他一滴血也沒流。

當時，怎會想到將屍體運回Y村再丟入井中，連我自己也不知道。我立刻喚來鹿藏，讓他看大哥的屍體。鹿藏嚇得直發抖，卻對我說：

「少爺，反正他早晚都得死，因爲他殺了少奶奶。少爺，我用腳踏車將這具屍體載回去吧，沒人會知道他來過這裡……」

鹿藏的話給了我暗示，於是我想出這套計畫。將大哥的屍體丟入井中，理由一如鶴代所述。我原本想將大哥和大嫂的屍體擺在一起，但大哥的屍體被雨淋濕，沒辦法放在房間裡。不過，沒想到計畫如此成功，而且鹿藏竟守口如瓶，完全出乎我的意料。在我理清思緒之前，只想擺脫那起案子的糾纏。

昭治替我頂罪，原因和鶴代推測的一樣。昭治小時候在K村度過的那四年，一直是我的好友。當他退伍返鄉，被阿咲趕出小野叔叔的住處，曾到療養院找我，於是我資助了他一些錢。之後，昭治不時會來找我。從O市逃獄，他第一個找的就是我。我並非刻意違法，而是一直很同情昭治。儘管無法認同他近來的生活方式，卻對他落得這番田地深感同情。因此，我非但沒向警方告密，甚至多方給予援助。

九月一日，發生那起恐怖命案的晚上，昭治也悄悄來找我。送走鹿藏後，我叫醒他，告訴他這件事。他似乎十分驚訝，旋即拍著胸脯說：

「阿愼，你放心。要是眞的有事，我會扛起一切。沒關係，反正我是個輸家，多背負一、兩個殺人罪名，也沒什麼不同。」

昭治露出可怕的笑容，接著又說，要是現場留下什麼證據就不妙了。接著，他獨自外出，過了一會，笑嘻嘻地返回。

「所以我才說嘛，人總是會忙中有錯。你看，居然留下這麼重要的證據。」

說著說著，他伸出手，掌心裡放著大哥的那顆義眼。當時，我恐懼到渾身血液幾乎凍結，至今仍記憶猶新。

「這東西我收下了。哼，只要有這個，凶手的身分就毋庸置疑。」

不久，昭治離開療養院，刻意在本位田家附近露臉。

這麼一來，我想說的都說完了。不，其實不然，還有一件重要的事非提不可。九月二日，鶴代派鹿藏來接我，和他一同返家後，我檢查過大嫂的身體。大嫂的右側腹根本沒有痣。沒錯，我們被秋月姊弟設計了。

可憐的大哥。

鶴代在十月十五日過世。像她這種心臟衰弱、頭腦聰明的少女，沒能長命或許是一種幸福。祖母也在一週前逝世。我什麼也沒對祖母說，但她肯定知道一些內幕。如今，身爲本位田家唯一的倖存者，我特地寫下這份手札。

寫完這份手札，我打算連同鶴代的一疊書信寄給金田一耕助。

金田一耕助……我在獄門島事件中得知這個名字。當我聽聞他從獄門島返回的路上，將順道來此地，著手重新調查此案時，不知有多麼驚恐。

我不打算逃避。當時，我只擔心祖母，失去大哥大嫂，鶴代又比她早走，她只能仰賴我。我眞的很爲她的身體狀況擔憂。

某天，金田一耕助終於來找我。只聊了幾句，我便明白他已看出眞相。我早就做好心理準備，所以什麼也沒說，將妹妹最後的那封信遞到他面前。

金田一耕助露出不可思議的表情看著那封信，臉上逐漸浮現驚訝之色。他一口氣看完，茫然望向遠方好一會，才將視線移回我身上。

「然後呢……」

他帶著灰暗的眼神如此低語。

「然後呢……」

我重複一遍，遲遲無法接話。

金田一耕助仔細端詳我的臉，突然露出親切的笑容，問道：

「對了，你祖母身體狀況如何？」

「恐怕來日不多，不曉得能不能撐過今年……」

「那、那……」金田一耕助心不在焉地低喃，接著以濕潤的雙眼望向我說：「這封信最好暫時別讓任何人看。至少在你祖母還活著的期間……冒昧來訪，眞是不好意思。」

金田一耕助飄然而來，又飄然離去。

他沒要求我做出任何承諾，我也沒答應他什麼，但我必須守信。如今，送祖母走完人生的最後一程，我心中已無遺憾。待我從郵局寄出這些手札，便打算走我該走的路。

黑貓亭殺人事件

前言

久未問候，您在之前的來信中提到身體違和，不過，看您持續在雜誌上連載《獄門島》，想必已無大礙。您的《獄門島》，每個月我都讀得津津有味，雖然有些情節讓我覺得難爲情，不過我也很清楚，既然是小説，這麼處理在所難免。期望您今後有源源不絕的創作靈感（但請盡量手下留情）。

話説，某次去拜訪您時，您曾提到《本陣殺人事件》好歹算是寫出「密室殺人」的故事，下次想寫一篇「無臉屍」。您還表示，如果我遇到這類案件，希望能提供資料。Y先生，您猜，我回到東京以後，遇上的第一件案子是什麼？正是您期望的「無臉屍」案，而且，與所謂的「無臉屍」模式有頗大的差異。

Y先生，此刻我不禁想到一個老掉牙的諺語，就是「事實往往比小説更離奇」。您在《本陣殺人事件》的開頭寫道，想對策畫這起案子的凶手致上由衷的謝意。很好，那麼，這次也請對犯下這起駭人「無臉屍」案的凶手，致上您的謝意。這起案子不像《本陣殺人事件》或《獄門島》利用華麗的小道具犯下多重殺人案，您可能看不上眼。不過，凶手策畫本案的狠心程度，與凶手本身像被逼急的受傷野豬般自暴自棄的程度，都不是前兩起案子所能比擬——以上是我個人的淺見，在此不便多言。他日會寄上與案件相關的一切資料。至於採用與否，全憑您的定奪。我已事先標上編號，請依順序閱讀。您將如何消化這項題材，又將如何安排繁多的資料呢？期待您大顯身手。

金田一耕助　敬上

昭和二十二年（一九四七年）春天，我在岡山縣農村的避難地，收到金田一耕助寄來的這封信。

展信閱畢，我感到無比興奮。事實上，與其說興奮，不如說是戰慄。從金田一耕助大力推薦的程度來看，可以想見這起案子多麼與眾不同，這正是我長久渴望的「無臉屍」案。另外寄送的那份資料，比這封信晚到三天。我正依據這些資料，準備編寫這起心狠手辣的犯行，以及凶手逐漸暴露破綻的推理紀錄。不過在此之前，我想先介紹一下我和金田一耕助的關係。

昭和二十一年，即去年的暮秋，我在避難處的農村遇見一位意想不到的訪客。

由於我的健康狀況欠佳，一天總要睡上好幾回。那天，我一樣躺在床上昏睡，其他人都到山上挖地瓜去了，家裡只剩下我。此時，一名男子輕盈地走進屋內。

這是一幢農舍，門口並無玄關之類講究的裝潢，不過倒是有個寬敞的土間，隔著一扇下半部頗高的紙門。這扇紙門很沉重，打開得花一點工夫，所以整天敞開著。進入土間之後，有一個四張半榻榻米大的空間，再進去則是一個六張榻榻米大的房間。平時，我都睡在這個房間。罹患肺部宿疾多年，我早已習慣這種開放空間的生活，不論在什麼情況下，大門總是維持敞開狀態。因此，只要有人走進土間，一眼就能看到我躺在裡面的模樣。

當時正值黃昏，我又開始發燒，整個人昏昏沉沉，但感覺得到有人走進土間，於是我翻身，急忙從床上坐起。

那是一個約三十五、六歲，個子矮小的男人。他身穿大島和服，披著短外褂，下搭裙褲，頭戴一頂帽子，帽簷前端掀起，左手夾著披風，右手拄著一根籐杖。此人看起來平凡無奇，若真要說，是個一臉窮酸相的青年，身上的和服與短外褂十分老舊。

我們互望數秒，接著，我坐在床上問他是什麼人。他莞爾一笑，把籐杖和披風擱下，並摘下帽子，緩緩擦拭前額的汗水，一邊問我是否為這屋子的主人。見他態度如此從容，我竟有點害怕，於是回答：「沒錯，我是這裡的主人，你又是誰？」他再度莞爾一笑，略帶結巴地報上姓名：

「我、我是……」

他正是金田一耕助。

當下我不知有多驚訝、多慌亂。不過，這件事說起來沒完沒了，在此就不贅述。然而，金田一耕助這名字在我心中具有什麼意義，我非得在稍作說明不可。

那段期間，我正依照村民的描述，著手將村裡發生的本陣殺人事件寫成小說。而且，小說還在雜誌上連載。這本小說——即整起案子的主角，就是金田一耕助。我沒見過他，寫下這個故事也沒經過他的同意，我只是根據村民的見聞，加上自己的猜測和想像進行創作。他突然來訪，並報上大名，也難怪我會如此慌亂。我因內疚而兩腋冷汗直流，請他進來坐，與他寒暄打招呼時，結結巴巴的情況比他還嚴重。

金田一耕助見我結巴，似乎覺得很有趣，始終面帶微笑地看著我。接著，他說明上門造訪的目的——

「我剛從瀨戶內海的獄門島回來。去那座島之前，我順道前往贊助人久保銀造先生的住處一趟，在那裡聽聞有人把我的事寫成小說，大吃一驚。我也看過那本小說，於是寫信給雜誌社，詢問作者的住址。待我從島上回來，雜誌社已回信，所以我今日便不請自來。其實，我是來找碴的。」

他如此說道，開懷大笑。聽到他的笑聲，我的心情平靜下來。因爲「我是來找碴的」這種說法，非但感覺不出一絲惡意，甚至給人一種親切感。我馬上厚起臉皮，撒嬌似地直接問他對那本小說的看法。他笑咪咪地回答：「嗯，非常好。你將我寫得好像很了不起，我深感光榮。不過……私心希望你能把我塑造成一個美男子。」

哈哈哈哈哈——金田一耕助朗聲大笑，伸手搔抓那頭鳥窩般的亂髮。我們就此互相敞開心房。

金田一耕助在我家住了三晚。他告訴我最近的經歷，也就是「獄門島」事件，並且同意我寫成小說。換言之，他正式同意我擔任他的傳記作者。

他在此地滯留的三天，我們針對推理小說天南地北地閒聊。我提到「無臉屍」命案，記得當時是這樣對他說的——

大約二十年前，我曾嘗試在某本雜誌上談論推理小說的詭計分類。由於我手邊沒有那本雜誌，所以沒辦法說明清楚。不過，內容是針對推理小說中最常出現的詭計，例如「一人分飾兩角」、「密室殺人」、「無臉屍」等等，加以分類描述。經過二十年，推理小說已有長足的進步，剛才列舉的三種詭計（比起詭計，或許說主題較爲正確），仍霸占推理小說的寶座，這一點相當耐人尋味。

然而，仔細分析這三種類型，可發現有很大的差異。「密室殺人」和「無臉屍」是抛給讀者的問題，只要翻開小說看幾頁，讀者便會發現——啊，原來是「密室殺人」或「無臉屍」。但「一人分飾兩角」的情況則不然，這項詭計直到故事最後都留有伏筆，若是讀者察覺這部小說是一人分飾兩角，就算作者輸了（不過，所有推理小說的凶手都會裝好人，這也稱得上是一人分飾兩角，但不同於這裡說的「一人分飾兩角」類型）。

就這層涵義來看，「一人分飾兩角」、「密室殺人」、「無臉屍」，三者各有不同，而「密室殺人」與「無臉屍」更是迥異。以「密室殺人」的情況來說，雖然被賦予的課題一定是「密室殺人」，解決手法卻形形色色。在「密室殺人」的主題下，採用何等不同的解決手法，作者與讀者一樣感興趣。

然而，「無臉屍」的情況大異其趣。推理小說中，要是遇上沒有臉孔的屍體，也就是屍體被砍得面目全非、整顆頭顱被砍下、被燒毀、臉部特徵無法辨識，或找不到屍體等情況，視爲被害者與加害者的身分對調，準確率往往八九不離十。換言之，在「無臉屍」的情況下，乍看是被害者的A，其實並非被害者，而是凶手；至於被認爲是凶手的B，當然下落不明，而B就是那具屍體，即被害者。儘管有少數例外，但截至目前爲止，這種主題的推理小說幾乎皆採用這種解決手法——我意氣風發地講解完畢，對金田一耕助說：

「你不覺得奇怪嗎？有趣的推理小說，最重要的條件之一，就是得強調意外的結局。不過，只要是『無臉屍』，不論是誰寫的小說，結果都是凶手與被害者對調身分。換句話說，若出現是『無臉屍』，讀者從事件的最初便已知道凶手是誰，對作者相當不利。然而，儘管意識到這種不利的情況，大部分作家仍受不了誘惑，想嘗試此一主題，就是這麼有魅力。」

「此話怎講？」金田一耕助興致盎然地問：「推理小說中出現『無臉屍』，一定是凶手與被害者的身分對調嗎？」
「可以這麼說，偶爾也有例外。不過，還是凶手與被害者對調身分的公式比較有趣。」
「嗯……」
金田一耕助沉吟一會，開始思索。
「但公式比例外的情況有意思，並非不變的眞理。只能說之前大家所寫的小說是如此，難保今後不會有人寫出一本以『無臉屍』爲主題，非但凶手與被害者的身分沒有對調，甚至更有趣的推理小說。」
「說、說、說得沒錯。」
我不禁移膝向前，附和道：
「我也這麼想。金田一先生，在你處理過的案件中，有沒有遇過事實比小說更離奇的案例？我也算是個推理作家，當然想嘗試處理這樣的主題，跳脫凶手與被害者身分對調的公式，以精采的結局讓那些推理迷大吃一驚。」
我大爲激動，口沫橫飛地說個不停。金田一耕助見狀，笑咪咪地說：
「目前爲止，我還沒處理過這樣的案子。不過你不必失望，世上無奇不有，腦袋裡滿是怪念頭的人多得是。總有一天，我會遇見你期望的案件。我向你保證，到時候一定立刻通知你。」

金田一耕助果然信守承諾。

收到那份包裹時，我不知有多興奮。按照資料逐一往下讀，我益發感到驚恐。關於這些，我就不贅述了，再囉嗦下去，這又臭又長的開場白，恐怕會讓讀者不耐。

不過，請容我再說句話，這份資料如同金田一耕助在信中所述，確實是由各種繁雜的紀錄彙集而成。我很困惑，不知該如何整理，本來打算像外國小說那樣依序列出，又覺得讀者會混淆，所以還是決定寫成故事的形式。就像金田一耕助說的，到底算不算順利消化這些資料，得交由讀者諸君定奪。

一

這起案子發生的地點在G鎮，位於離省線電車環狀線外側頗遠的郊區，在澀谷站下車後，必須轉搭民營鐵路才能抵達，地理位置相當偏僻。這一帶的地勢起起伏伏，到處都有陡坡，據當地老一輩的居民所言，有九十九坡。說九十九坡太誇張，不過，確實有許多坡道，也許是礙於這種地形，雖然在東京近郊，卻很晚才開發，十五、六年前還沒幾戶人家，仍保有武藏野的原貌。

不過，中日戰爭爆發後，此地樣貌急速改變。自從興建大型軍需工廠和下游工廠，G鎮一帶朝氣蓬勃，房舍如雨後春筍般冒出。轉眼間，九十九坡已蓋滿房子。G站附近的道路改鋪柏油，還出現號稱「G鎮銀座」的商店街，不太正經的酒店和咖啡廳隨處可見。於是，繼昔日粗俗的武藏野，G鎮變成一座景致更庸俗、市容更紛擾的市鎮。

二次大戰期間，我並不清楚這座市鎮有什麼改變。但透過金田一耕助寄來的剪報可以想像，此地雖然受戰火波及，所幸未夷爲平地，以車站爲中心的「G鎮銀座」一帶仍保留至今。如同其他在戰火中倖存的市鎮，戰後這一帶人口暴增，展現出比戰前更失序、產生更多問題的混亂景象，十足日本戰敗光景。

「G鎮銀座」指的是，從車站正門往西綿延約三百公尺的下坡路段。正因是斜坡，才別有情趣。由於是九十九坡之一，自古稱爲G坡。若從這條大路走進一旁的暗街巷弄，可就精采了。

那裡俗稱「G鎮的桃色迷宮」或「地獄巷」。狹窄幽暗、像迷宮般蜿蜒的巷弄兩側，入夜後到處亮起紅燈與紫燈。每一幢屋子裡，播放著嘈雜的留聲機，總有兩、三名濃妝豔抹的女子，以淫蕩的嗓音高歌，或與男客一同走上二樓，直至夜深人靜。

有趣的是，在這種色情迷宮裡，仍保有不少武藏野的舊貌。例如，亮著紅燈的酒店隔壁，是一戶有稻草屋頂，始終維持原貌的農家；在亮著紫燈的小酒吧後面，還有古意盎然的寺院和墓園，爲這一帶的風景增添了複雜奇特的色彩。一直到戰後的現在，這些情景似乎沒有太大變化。接下來我要說的這起案子，便發生在這市鎮的某個角落。

昭和二十二年三月二十日午夜零點，G坡派出所的長谷川巡查在桃色迷宮中認眞地執行巡邏工作。

戰後，警方對於這種鬧街的取締工作都採取敷衍應付的態度。碰巧當地交通不便，再加上夜晚是非多，所以店家打烊的時間自然比戰前提早了些。以前說到午夜零點，夜生活才剛要開始，近年來每到這個時段，店家紛紛熄燈歇息。

那天晚上，長谷川巡查信步走在北邊一條俗稱「後坡」的坡道上。後坡呈不規則狀蜿蜒，這一帶仍保有武藏野的原貌，寺院、墓園隨處可見。由此往北走，有一片被大火燒盡的空地，無比冷清。長谷川巡查在幽暗的後坡上認眞巡邏，途中陡然停步，往坡道下方窺望。坡道從這裡開始變陡，約有十八公尺長的路段好似路面下陷，形成一處陡坡。來到再度趨於平緩的路面時，南北向的道路恰恰在此交叉，順著道路左轉，便可來到「G鎭銀座」的大馬路。此時，長谷川巡查注意到十字路口左側，某棟房子的後院。那裡不僅燈光閃爍，仔細一聽，還聽得見沙沙沙的挖土聲，也難怪他爲之一驚，心跳加速。

熟悉這一帶地理環境的長谷川巡查，很清楚那棟房子的背景。黑貓亭，一家入夜後會亮起紫燈的酒店。長谷川巡查想起關於黑貓亭的事，之前經營這家店的老闆，大約在一個星期前頂讓店面，遷往他處。頂下這家店的新屋主，目前在重新裝修店面，還沒搬進去，所以一到夜裡，形同空屋。

想到這一點，巡查深感可疑，便躡手躡腳走下坡道，悄悄靠近位於半坡上的後院木門。他蹲身（這扇木門比坡道還低）從門縫往內窺探，心裡忐忑不安。

那院子並不大，約莫十坪。「黑貓」後面有一座蓮華院，是歷史悠久的日蓮宗寺院。那座寺院的所在地比「黑貓」還高，所以「黑貓」的後院被蓮華院的高崖遮擋，崖邊還往「黑貓」的方向挺出，導致院子呈現不規則的直角三角形。而燈光閃爍的地點，位於三角形最深處的角落。

長谷川巡查等雙眼逐漸習慣黑暗後，看出那是掛在崖邊樹上的燈籠散發的光，有人背對著他，專注地掘土。由於此人面向光源，看不清楚長相，但似乎將和服下襬捲起塞進腰帶。只見對方把圓鍬插進土裡，抬起單腳，使勁踩踏，接著鏟開土。雖然不清楚他爲何在這種地方挖洞，但他全神貫注，連擦汗的動作也頗爲急躁。

伴隨著沙沙沙的挖土聲，神祕陰森的氣息向四周幽幽擴散。

「啊！」

驀地，挖土男子低聲一吼，拋出手中的圓鍬，像狗一樣趴在地上，開始用雙手挖掘。泥土拋飛聲中，摻雜著急促的喘息聲，可見男子有多興奮。

「呀！」

男子突然發出慘叫，彷彿被彈開似地躍離那個洞。他維持半蹲，望著洞內。儘管光線昏暗，仍看得出他在顫抖，長谷川巡查急忙使勁敲門。

「開門！開門！」

長谷川巡查如此吼叫，接著發現翻牆才是捷徑，於是朝坡道助跑了兩、三步，蹬足躍上圍牆，朝內張望。那名男子弓著背望向他，並無逃跑之意。長谷川巡查從牆上躍下。

「怎麼回事？你在這裡做什麼？」

他奔向男子。對方突然畏怯地後退，繞到地洞後面。燈籠的光線與長谷川巡查手裡的手電筒，這才清楚照亮對方的臉。巡查終於認出對方，原來是高崖上那座蓮華院的年輕僧人，名叫日兆。

「啊，原來是你。你在這裡做什麼？」

面對長谷川巡查的質問，日兆似乎想回答，但嘴巴不地打顫，聽不清楚在說什麼。

「骷……」

長谷川巡查想再問一次，朝腳下的洞望了一眼——

「哇！」

他忘情地尖叫，彈開似地往後跳開，接著像懷疑自己看錯，拿手電筒往下照，重新檢查那個洞。只見洞裡有一具泥土半掩的女屍，應該是日兆掘出後，將之拖出洞外，腰部以下仍埋在土裡。巡查立即判斷死者是女性，是因爲屍體赤裸，出土的上半身雖然沾滿泥土，呈仰躺姿勢，胸部看起來不太突出，但還是遮掩不了異於男性、微微隆起的乳房。巡查將手電筒的光圈移向屍體臉部，不料——

「……」

他發出幾不成聲的尖叫，差點捏碎手電筒。

過了一會，巡查才轉頭望向日兆，朝對方緊握的濕手帕看了一眼，又將目光移向屍體的臉，手電筒握得更緊了。日兆八成是以手帕沾庭院角落的積水，擦拭屍體臉上的泥巴。看來日兆也想知道屍體的身分，但他是否認出來了？

不，那已不是一張臉。若真要說，或許該說是曾有人臉的殘骸。那個部位完全腐爛，皺縮的上下嘴唇露出白骨，眼鼻早已消失，如今只剩下空洞，周邊殘留一些像肉片的東西，褪成灰色，硬化皺縮成一團。頭部仍有些許皮膚，僅剩不多的頭髮沾濕，緊黏在殘骸上。由於頭髮很短，無法藉此分辨性別。

光是如此，已是極度駭人的光景，但覆滿那具殘骸的無數白色小蟲，使得這幕景象益發可怕。那些小蟲毫不停歇地蠕動著，在手電筒的照射下，屍體的臉部宛如熱氣蒸騰的模糊影像，不斷晃動……

長谷川巡查一陣反胃，急忙將手電筒的光線移向日兆。

「這、這、這……這是怎麼回事？這具屍體到底是誰？你又爲何在這裡挖土？」

長谷川巡查接連問道。日兆嘴唇微啓，似乎想回答，但還是一樣牙齒打顫，連話都說不清楚。他缽盆般醜陋的臉孔皺成一團，青黑色的額頭浮凸著兩條粗大的血管，猶如蚯蚓，陰森駭人。還有，那雙布滿血絲、目光炯炯的眼睛，流露出瘋狂的氣息。被挖出來的屍體雖然駭人，但青年日兆的表情更可怕，巡查不自主地別過臉，不敢正視對方。

二

如前所述，昭和二十二年三月二十日午夜零時發生那起事件，接下來將進入搜查階段。由於案發時間是深夜，等警方齊聚現場，已是破曉時分。其中有一位姓村井的資深刑警（接下來暫時以此人爲主，陳述這個案子），抵達現場做的第一件事，就是調查附近的地形和地理環境。金田一耕助寄來的資料中，附有當時村井刑警畫的平面圖及相關說明。根據資料所述，「黑貓」附近的地形大致如下——

前面提到的蓮華院，往昔似乎頗具規模，如今院內的占地仍保有從前方大馬路到後山坡如此遼闊的範圍。也就是說，蓮華院的山門位於熱鬧的「G鎮銀座」，而「黑貓」所在的後坡，相當於寺院後院的位置。那裡有一座荒涼的墓園，至今仍保有武藏野的原貌，被一片雜樹林包圍。如同前面所提，這一帶的地勢往西傾斜，在蓮華院的西側，即「黑貓」後院的位置，突然形成一處很大的落差。而且，這處高崖還往「黑貓」店門前方的大馬路（連接「G

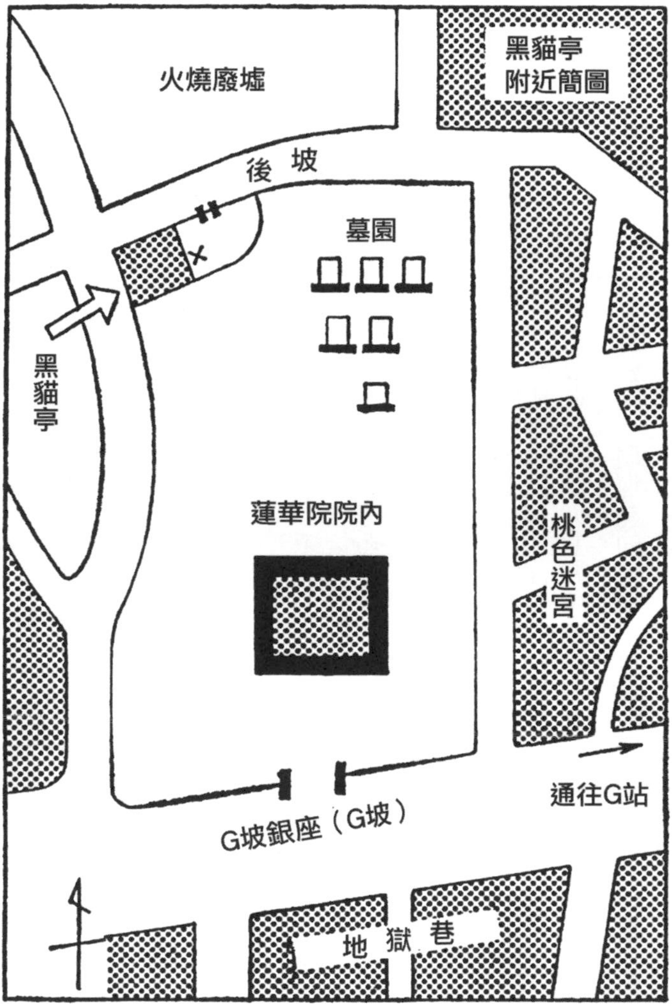
黑貓亭
附近簡圖
火燒廢墟
後坡
墓園
黑貓亭
蓮華院院內
桃色迷宮
通往G站
G坡銀座（G坡）
地獄巷

鎭銀」座的大馬路與後坡的南北向道路）延伸，所以「黑貓」這棟房子的兩面，即東面與南面，皆被高崖包圍。這表示「黑貓」並無其他相連的鄰居，而且隔著後坡的西北邊空地，都是被大火燒過的原野，所以「黑貓」形同獨棟獨院。從地形來看，的確是十分適合進行恐怖犯罪的場所。

村井刑警看出這一點，走進「黑貓」的後院。警方已完成初步驗屍，並運回去等待解剖。在司法主任（註）的指示下，年輕刑警在院子裡進行地毯式挖掘。村井刑警走向司法主任，問道：

「驗屍結果怎樣？死亡時間是多久？」

「約莫三個星期。當然，沒看到解剖結果仍無法斷定。」

「死了三個星期，今天是二十日，那應該是上個月底或這個月初的事。」

「大概是吧。」

「這樣看來，可能是從那之後，屍體就一直埋在這裡，都沒被發現。我問附近居民，得知上一位店主大約在一個星期前才搬走。除了店主夫婦之外，還有三名女性員工。他們不太可能是共犯，但爲什麼沒人發現？要挖一個埋屍的地洞，並不簡單，應該會留下大範圍的翻土痕跡。」

「不過，凶手眞是設想周到。看看這些落葉，凶手事先用來遮蓋挖洞的痕跡。」

原來如此——村井刑警頷首，抬頭望向頭頂上方。蓮華院鬱鬱蒼蒼的雜樹林，覆蓋著「黑貓」狹小的庭院。

「對了，死因為何？是他殺吧？」

「當然是他殺，死者後腦遭到重擊。你看，那就是連同屍體一起挖出來的凶器。」

司法主任指著腳下的草蓆。剛才放屍體的那張草蓆上，擱著一把沾滿泥土的柴刀。郊區的住戶，家裡都會有這麼一把柴刀，的確是很方便的凶器。村井刑警朝刀刃和刀柄上的黑色污漬瞥了一眼，不禁皺眉，接著不經意地看著一旁，開口問：

「對了，這頭髮……咦，是假髮吧？這又是怎麼回事？」

「這也是從那個洞裡挖出來的，可能是被害者戴假髮吧。最近的女人都留短髮，若要梳整髮形，便得使用這種假髮。」

「這麼說來，被害者是戴假髮的女人？還有其他線索嗎？例如，可證明死者身分的物品……」

「只有這些。死者全身赤裸，只知道年齡介於二十五到三十歲之間。不過，這也沒什麼，只要調查上個月底到這個月初有哪些女子失蹤，應該就會有線索。」

司法主任說得一派輕鬆，日後才知道這項工作有多困難。

註——在市區、特別行政區的警局裡，負責管理搜查課、鑑識課及拘留課的主管，階級相當於警部補。

「對了，那個叫日兆的和尚，爲什麼知道這裡有一具屍體？」

「問到重點了。那個男人很激動，目前無法接受偵訊。不過，根據他昨晚對長谷川巡查說的話來判斷，大致情形是這樣——兩、三天前，他經過高崖時，聽見院子裡傳來一陣沙沙沙的聲音。他不經意望去，發現一隻狗在撥弄落葉堆。接著，落葉堆底下突然露出一截人腿。他當時沒有勇氣去確認，不過，之後他一直耿耿於懷。越想忘記就越容易記起，甚至連做夢都會夢到，於是他昨晚下定決心，前去確認——這是他的說詞。你瞧，高崖還留有滑落的痕跡吧？他就是從那裡扛著圓鍬下來。眞是個怪人，既然這麼在乎，向警方報案就行，他卻沒有勇氣。話說回來，他也不確定那是人腿，但還是很奇怪。你待會去看看他吧，我懷疑他有點精神異常。另外……怎麼啦，有什麼發現嗎？」

在高崖底下進行挖掘的一名刑警，發出一聲怪叫，司法主任急忙奔去。村井刑警隨後跟上。

「是貓。你們看，這裡埋著一具黑貓屍體。」

「黑貓？」

司法主任與村井刑警皆驚愕地朝刑警挖的洞裡張望。一隻渾身漆黑的黑貓，從摻雜落葉的泥土底下露出半截身軀。

「可能是這隻貓死了，才埋在這裡吧。要埋回去嗎？」

「不，順便挖出來吧。」

年輕刑警聽從司法主任的吩咐，繼續往下挖。

「你說有隻貓？」

從木門走進來的長谷川巡查問道，隨即往洞內窺望。

「啊，應該是小黑。」

「小黑？你認得這隻貓？」

「是啊，牠是這裡的招牌貓。這家酒店叫『黑貓』，所以老闆也養了一隻黑貓。牠是什麼時候死的？啊！」

圍在地洞四周的眾人，不約而同地大叫，臉色大變。那名年輕刑警清除貓屍周遭的泥土，以圓鍬前端鏟起貓屍時，貓的腦袋突然晃了一下，差點脫落。原來，貓的咽喉遭人割斷，僅剩下脖子的皮膚與身軀相連。

「下手真狠。」

連看慣這種場面的村井刑警也不禁蹙起眉頭，揉著眼睛。

「嗯……」

司法主任一陣沉吟。

「妥善保管這具屍體，或許和這次的案子有什麼關聯。」

接著，他轉頭問長谷川巡查：

「知道這隻貓大概是什麼時候死的嗎？」

「不知道，我一直沒發現。不過……啊，對！大約五、六天前，牠還好端端的。由於店主搬家，形同空屋，我看過黑貓在這裡遊蕩。」

「五、六天前？」

司法主任睜圓了眼。

「話不能亂說！看看這隻貓，雖然詳細時間我說不準，但好歹死了一、二十天吧。」

「可是，我最近真的看過這隻貓。這就怪了。沒錯，眼前的貓屍確實腐爛得相當嚴重。」

長谷川巡查摘下帽子，搔搔腦袋，百思不解。司法主任和村井刑警不禁互望一眼。一種離奇又可怕的感覺，從兩人心頭掠過，一時之間無人開口。只見挖出貓屍的年輕刑警突然拋出手裡的圓鍬，往後跳開。

「怎、怎麼了？發生什麼事？」

「對、對、對面有隻黑貓……」

「咦？」

人類的情緒委實奇妙。如果是平常，管牠是黑貓還是白貓，沒人會被一隻貓嚇著，但這時候，眾人都嚇了一跳。果真如年輕刑警所言，在蓮華院的高崖上，有一隻全身漆黑的貓，靜靜地注視著他們，一對黃銅色的雙眸閃閃發亮。那身油亮的黑毛，在枯草中散發出異樣的光澤。

「小、小黑……」

村井刑警試著叫喚，只見那隻黑貓從枯草中發出親暱的叫聲。

「喵——」

「過來這邊，小黑！小黑！」

村井刑警柔聲叫喚。

「喵——」

黑貓發出撒嬌的叫聲，慢吞吞地從崖邊走下來。接著，牠抬起頭，對在場眾人投以責怪的眼神，從後門走進屋內。

「搞什麼，原來有兩隻貓！長谷川，你最近看到的貓，應該是牠吧。」

「也許吧。不過，牠們長得眞像……」

「嗯，兩隻都是黑貓，不容易分辨，而且體形差不多……也就是說，之前那隻黑貓死了，店主又找另一隻代替，是吧？」

「大概吧。我又不是連貓的戶口都調查，根本沒注意到這件事。」

長谷川巡查一反原本的個性，吐出這句妙語。司法主任苦笑道：

「對了，說到戶口，戶口名簿帶來了吧？」

「是，帶來了。我順道去了一趟鎮公所，把能查的資料都查清楚了。」

「這樣啊。那麼，到裡面聽聽你的說明吧。村井，進屋仔細搜查。我推測凶手是在屋內行凶，應該會留下蛛絲馬跡。」

司法主任帶著長谷川巡查從後門走進屋內。

做這種生意的店家，屋內格局大同小異，一如「黑貓」，有一條穿堂，從後門進去，左側有一個六張榻榻米大的房間，似乎是老闆夫婦的起居室。一樓僅有這裡鋪了榻榻米，其餘都是黃土地面，正前方的店面與起居室之間有廚房。司法主任與長谷川巡查穿過廚房，來到正門的玄關。

如前所述，新店主正在重新裝修店面，不過一大清早，工匠都還沒來上工。玄關到處豎立著削製的木板，木屑散落一地。司法主任拉來一把椅子，靠著角落的桌子坐下。

「你也坐吧。」

等長谷川坐下後，他望著對方催促道：

「好啦，說來聽聽吧。」

三

「大約一個星期前，正確來說，就是這個月的十四日前，有三名男女住在這裡，分別是店主夫婦和一名女子。此外，還有兩名女子，她們只是員工。」

長谷川巡查對照戶口名簿和鎮公所的帳冊影本，如此說道。據他所言，大致情形如下——

店主夫婦是糸島大伍和阿繁，根據戶口名簿的記載，大伍四十二歲，妻子阿繁二十九歲。他們在昭和二十一年七月，即去年夏天才頂下這家店。調閱鎮公所的遷居申請，得知兩人原本分居不同處，大伍住在中野，阿繁則住在橫濱。更早之前，兩人都待過中國。

「哦，原來兩人都是從中國撤離的啊！」

「好像是。這件事是阿君……就是住店裡的那個女人說的。」

糸島大伍一點都不像做這種生意的人，一副好好先生的模樣。他的臉略顯豐腴，氣色紅潤，總是笑容滿面，待人相當隨和。他經常忙裡忙外，從調酒師到廚師，從進貨到採買，全是他一手包辦。

他的妻子，即「黑貓」的老闆娘，在戶口名簿和鎮公所的名冊上登記的是二十九歲，但本人看起來比實際年齡蒼老，或許是髮型的關係吧。

「可是，她待過外地，這副模樣反倒更吸引人。」

她總是梳著一頭「銀杏返」（註），穿著沉穩的深色和服，算是個窄臉、體型清瘦的女人，眉目也很纖細。雖然五官分明，但略嫌工整，看起來少了點什麼，有點俗氣。但再怎麼說，這一帶都沒有其他女人足以媲美，「黑貓」的顧客全是衝著阿繁而來。

此外，「黑貓」的員工還有剛才提到的阿君及兩名女子，分別是加代子和珠江。兩人都是正職員工。阿君今年十七歲，外形既不性感，也不懂得性事，連塗脂抹粉都不太會，十足村姑模樣。雖然在店裡露臉，不過老闆娘沒讓她接客。與其說是酒女，不如說被當成女傭使喚。

加代子自稱二十三歲，珠江自稱二十二歲，但兩人說的不見得是實際年齡。她們臉上的濃妝難分優劣，身上穿著堪稱國恥的洋裝，同樣不分軒輊。不過，珠江體態豐滿，彷彿糧食不足是別國才有的問題。至於江代子，則是瘦得像皮包骨，總是以身材苗條自豪。

「以上五個人，大約一個星期前，都還待在『黑貓』。」

「這樣啊。那麼，你知道他們的下落嗎？」

「是，應該很快就能查出來。聽說糸島夫婦和阿君已取得遷出證明，加代子和珠江等這裡裝修完工，還會回來上班。」

「嗯，這麼說來，這具屍體不是四名女子之一嘍。」

長谷川巡查不禁瞪大雙眼，重新端詳司法主任。看來，他做夢也沒想過這件事。

「不好意思，我沒說清楚。糸島夫婦搬走後，我見過阿君、加代子和珠江。遇到加代子和珠江是十四日，也就是『黑貓』歇業的那一天。我們在路上不期而遇，我問她們是否不做了，她們回答『是的，不過等店面裝潢好會回來』。她們說，新的店主請她們去上班。還有，遇到她們的前一天，我在鎮公所碰到阿君，她說是來領遷出證明，並表示已被辭退，打算投靠住在目黑的嬸嬸。」

「那麼，老闆娘阿繁呢？」

「老闆娘……？可是，警部，死者遇害的時間，是上個月底到這個月初。要是老闆娘在歇業的十四日之前失蹤，應該會傳出什麼消息……啊，對了，之後我見過老闆娘。沒錯，是十四日當天晚上。您也知道，我執勤的派出所在這條巷子外面。當時，我站在派出所門口，店主糸島大伍和老闆娘從我面前匆匆走過。我猜他們可能搬完家當，準備離開，所以一定是十四日晚上。」

「原來如此。這麼說來，那具屍體不是『黑貓』裡的人嘍？對了，糸島夫婦搬到哪裡？」

註——江戶末期至明治、大正時期，十六至二十歲的年輕女性所流行的一種髮型。將頭髮先分成劉海、鬢髮及馬尾三區並於腦後集中梳綁，再分成左右兩股做出一個低的蝴蝶結髮髻。此款髮型在當時從事特種行業的女性之間也蔚為一股風潮。

「很遠……神戶。」

「神戶？嗯……」

司法主任沉默片刻，又陷入沉思。接著，他突然傾身向前說：

「長谷川，我再問一個問題，這是最重要的問題。糸島夫婦用什麼理由頂讓這家店？附近的人又是怎麼看待這件事？」

「這我就不清楚了，大家也很納悶。做這種生意，多半得跟黑市交易，不像表面上看起來那麼輕鬆。不過，大家都說『黑貓』經營得很成功，因此聽聞他們突然頂讓店面，不僅附近居民驚訝，連加代子和珠江也嚇一跳。不過，阿君……只有阿君和他們住在同一個屋簷下，隱約知道一些內幕、之前在鎮公所遇到阿君，她跟我聊過這一點。」

前面提過，糸島夫婦才從中國撤回日本。阿君不清楚他們待過哪些地方，約莫是華北內地一帶。當時，中日戰爭結束，日本人全被遣送回國，糸島夫婦由華北內地前往天津。不知是中途走散，還是各自搭乘不同的船班，總之，他們不是一起回來，阿繁提早半年回國。

她孤零零一個人，身無分文又長年旅居外地。這麼一個在國內舉目無親的女人，能落腳的地方可想而知。阿繁最後進了酒店當酒女，不過她頗具姿色，而且手腕相當高明，馬上釣到有錢人。對方是橫濱的建築業者，多的是大把新鈔，阿繁當了他的情婦，生活總算有依靠。不過，她的丈夫糸島大伍這時候也從中國回來，接下來的情況阿君不清楚，只知道阿繁與情夫分手，並靠著分手費買下「黑貓」的經營權。

「阿繁雖然和對方分手，還拿了分手費，實際上仍與對方藕斷絲連。聽說前不久兩人見面，她丈夫知道以後，經常爲此起爭執。不過，站在丈夫的立場，實在愧對妻子，他回國時身無分文，全靠妻子才得以糊口，況且他自己也有別的女人。」

「哦，那女人是誰？」

「同樣是從中國撤離的日本人。剛才向您報告過，大伍比妻子晚一步回國，那女人就是在船上勾搭的。回到日本，糸島大伍在尋找妻子阿繁之前，跟那女人同居了一陣子。不僅如此，糸島大伍與阿繁復合以後，兩人還不時見面。」

「這也是阿君說的吧？」

「是的。」

「可是，阿君爲何這麼清楚？」

「從老闆娘那裡聽來的。老闆娘派她當間諜，有一次她奉老闆娘的命令跟蹤老闆，最後查出老闆和那女人幽會。」

「這麼說來，老闆娘也知道那女人的存在嘍。對了，阿君跟蹤老闆這件事，你知道細節嗎？」

「知道。當時，阿君得意洋洋地談論此事，所以我記得很清楚，大致情形是這樣的……」

最近，酒和菜肴張羅不易，「黑貓」經常公休。遇上這種情況，老闆娘往往會獨自外出。不用說也知道，一定是跟情夫幽會去了。在店裡留守的糸島心知肚明，怏怏不樂。他平常不說粗話，這時候卻猛喝酒，拿阿君出氣。老闆娘回來以後，兩人總會起衝突。不久，糸島大伍突然一反常態，只要老闆娘一出門，他也匆匆忙忙出門。阿君覺得奇怪，於是悄悄向老闆娘打小報告，阿繁聞言，似乎猜出幾分，便吩咐阿君——下次我出門，要是老闆也外出，妳就偷偷跟蹤他。

「基於這個緣故，阿君才開始跟蹤糸島大伍。」

「那麼，她應該看過那女人吧。對方到底是怎樣的女人？」

「聽說約二十四、五歲，給人豔麗的印象。留著一頭短髮，塗著鮮紅色的口紅，乍看像是舞小姐或歌舞劇演員。糸島和她在新宿車站碰面，走進井之頭一棟奇怪的房子——阿君跟蹤到這裡，便回去報告。老闆娘很不甘心，說『對方一定是之前待過日華大舞廳的黏子，糸島就是和那個女人一起從中國回到日本。可惡！這麼看來，他們至今仍藕斷絲連』。那天晚上，老闆和老闆娘大吵一架。不，不光那天晚上，從那以後，家裡的氣氛變得很僵，夫妻爭吵不斷。不過，老闆娘開始反省，她說『眞想早點結束這樣的生活，就算窮也無妨，只求夫妻能和睦相處』——她整天把這些話掛在嘴邊，還說『如果繼續待在東京，依舊會有這些糾葛，也會毀壞夫妻關係，乾脆搬到遠方重新來過』。正因她說過這些話，當老闆告訴阿君打算結束營業時，阿君沒有太驚訝。」

司法主任沉默半晌，在腦中重組剛才聽到的那些話。這對夫婦的關係並不稀奇，社會上多的是這種狀況。然而，司法主任隱約感到一股詭譎陰森的氣息。在這件事的底層，似乎潛藏著異常狠毒的陰謀。

「那個女人，也就是糸島的情婦，待過日華大舞廳吧。那麼，老闆娘的情夫呢？」

「是橫濱的建築業者，同時也是風間組的老大，名叫風間俊六。」

司法主任將這個名字寫在筆記本上。

「我大致明白這家人的情況。對了，那個叫日兆的男人，到底怎麼回事？是不是精神有點異常？」

「不，他並非精神失常，卻是有名的怪人。不過，別看他那樣，他對老師父相當照顧。說到蓮華院，算是這一帶的大財主，包括這棟房子在內，附近的土地全歸蓮華院所有。以前院內有許多和尚，後來全受到徵召，不是戰死就是還沒退伍。如今，大寺院裡只剩下老師父日昭與和尚日兆。日兆還年輕，才二十六歲，當然，他原本也被徵召入伍，但因爲得過小兒麻痺，一隻腳不良於行，才免除了兵役。老師父日昭戰前就輕微中風，如今幾乎都臥病在床，所以，到施主家做法事就不用提了，從洗衣燒飯到收取地租，全由日兆一個人打理。他生性寡言，不論去哪裡都不多話，甚至連該說話的時候也不開口。不過，這樣的個性正好，因爲這一帶算是特種行業區，收地租的對象大多是一些濃妝豔抹的女人。這些女人當中，有人會半開玩笑地對他動手動腳，可是全對他不管用。說到日兆的怪脾氣，在這一帶可是出了名，雖然他的行徑異於常人，但我認爲他只是個性有點古怪。」

此時，木工和工匠抵達，正門傳來開門聲。司法主任起身，吩咐工匠們繞到後院，自己也準備從穿堂走到後院。

「啊，警部，請等一下……」

村井刑警從六張榻榻米大的房間探出頭。

「哦，有什麼發現嗎？」

司法主任脫下鞋子，走進屋內。村井刑警不發一語，掀起擱在牆邊的一張草蓆。司法主任見狀，吞了吞口水。草蓆遮掩的那塊榻榻米，表面留有疑似擦拭過血漬的痕跡。

「這麼說來，凶手就是在這個房間裡行凶？」

村井刑警點點頭，接著指向後院的緣廊內側、那座壁櫥前方的一塊榻榻米。

「請看，那塊榻榻米上面有衣櫃的痕跡。不過，壁櫥前方不可能擺衣櫃，顯然這塊榻榻米和那塊榻榻米調換過。換句話說，這塊沾血的榻榻米，原本是在壁櫥前方。接下來，請看這個……」

壁櫥拉門的門把底下，黏著一張報紙。

「剛才，我費好大一番工夫才撕開。」

村井刑警輕輕捏著報紙的底端往上掀，出現一團血漬，宛如砸向壁櫥門的噴濺血跡。

「以下是我個人的想像——被害者與凶手曾在這個房間裡打鬥，被害者想逃往庭院，凶手拿柴刀朝他背後砍下。這是二月二十七日的報紙。拉門沾了這麼多血，不可能一直放著不管，所以，案發時間至少是在二月二十七日以後。凶手可能是直接取用身邊的報紙，行凶時間不會離二月二十七日太遠。這張報紙或許是當天或前天的，據此研判，歹徒行凶時間應該在二月二十七日或二十八日，最晚不超過三月二日或三日。」

「嗯，大致與屍體腐爛的情形吻合。可是，這就表示糸島夫婦兩個星期都與死者的血跡共處一室嘍？」

司法主任感受到這對夫妻那無以名狀的殘酷性格，不禁渾身發毛。

四

接下來，司法主任偵訊木工和工匠，不過他們毫不知情。糸島夫婦在十四日晚間搬離「黑貓」，他們是隔天開始上工，到今天算是第六天。這段期間沒發生過什麼特別的事，也沒有異常狀況。此外，對於那個被殺害的女人，他們一無所知。這是他們的說法，大致可採信。

就在他們接受偵訊時，正巧新店主過來。此人名叫池內省藏，顯然他也無法提供有用的線索。

池內在澀谷經營相同的生意，會頂下這家店，是因為在報紙上看到「吉屋出售」的廣告。這份廣告刊登在三月七日的Y報廣告欄上，雙方幾經交涉，最後於三月十二日成交，這是池內的說法。這份報紙也經過確認，證明池內所言無誤。

「這麼看來，你以前沒見過糸島？」

「沒有。我是看了報紙，打算跟他交涉，才第一次見到他。」

「與你交涉的是老闆，還是老闆娘？」

「老闆。我一直都沒見到老闆娘。」

雙方展開交涉後，池內便到附近打聽這家店的風評。當時，他聽聞老闆娘是個大美人，很想一睹芳容，不巧的是，老闆娘因病在家休養，始終無緣一見。這樁生意在成交之前，他曾在老闆的帶領下到店裡參觀，老闆娘待在六張榻榻米大的房間裡，不曾露面。司法主任聽著他的描述，默默點頭。想必老闆娘恐懼又不安，心情無法平靜吧——他如此猜測，萬萬沒想到，這件事背後竟暗藏著一個可怕的祕密。

此事暫且按下，話說，司法主任從池內口中得知加代子和珠江的住址，於是當天下午約談兩人。同一時間，投靠目黑嬸嬸家的阿君，也以證人身分受到約談。綜合三人的說詞，大致得到以下的結論——

老闆糸島大伍在十三日告訴她們店面頂讓一事，其實在此之前，池內便經常進出這裡，她們早已料到幾分，所以不太驚訝。大伍馬上找來寄賣店的老闆，將比較値錢的東西全賣了。短短兩天內，寄賣店老闆派人把東西全部搬走。加代子、珠江、阿君等三人，於十四日下午向老闆告辭，彼此就沒再見過面，也沒有留下任何聯絡方式。

「妳們沒向老闆娘問候一聲嗎？」

司法主任不經意地問了這麼一句，三人突然互望一眼。忸怩片刻，瘦得像螽斯的加代子才說：

「關於這件事，我們也覺得奇怪。老闆娘從這個月初就開始生病，一直關在房間裡，從未露面。是的，雖然有點奇怪，但我們沒放在心上。可是仔細回想，這個月我們都沒見到老闆娘。辭行時，我們想問候老闆娘一聲，老闆卻推說她生病，不必麻煩……」

司法主任聽到這裡，一陣心神不寧。雖然不清楚究竟爲何，但一股莫名的不安如烏賊墨汁般湧出。

「可是，老闆娘確實在家吧？」

「是的，她在家。雖然沒見到本人，但不時看到她去上廁所的背影，或在房間裡背對外面側躺著，不然就是在看書。」

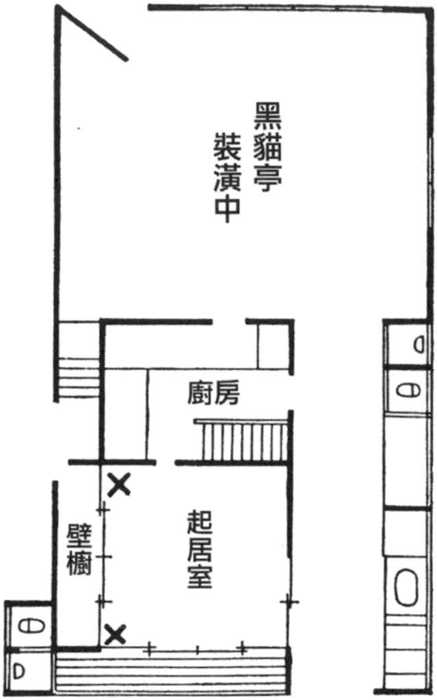

「老闆娘到底得了什麼病？病了這麼久，難道都不想去看醫生嗎？」

「不，雖說是生病，但也不是什麼大病。聽老闆解釋，她是塗抹劣質白粉，導致臉部紅腫，變得像妖怪，所以不想見人。老闆娘的皮膚常因爲塗抹白粉過敏紅腫，去年也曾發生一次。這次恐怕特別嚴重。」

司法主任再度感到不安。

「那麼，老闆娘從什麼時候開始避不見面？知道確切日期嗎？」

針對這個問題，阿君回答是上個月二十八日，也就是二月最後一天的臨時公休。那天，她一早便請假到目黑的嬸嬸家玩，還住了一晚。第二天回來，老闆告知老闆娘生病靜養，吩咐沒事別去房間吵她。從那之後，一直沒見過老闆娘。

阿君的這番話，與村井刑警的推測吻合。行凶時間在二月二十八日，由於臨時公休，加代子和珠江當然沒去上班，等阿君外出以後，便發生那起可怕的命案。

司法主任話鋒一轉，改問黑貓的事。他提到警方在後院的高崖挖出一具黑貓屍體，三人皆大吃一驚，面面相覷。接著，加代子說：

「這麼一提，我想起一件事。那隻黑貓是老闆去年養的，十分溫馴。這個月初的兩、三天，牠突然顯得很害怕，動不動就鑽進地板下，於是老闆拿繩子把牠綁在店裡的柱子旁，拴了三天。當時我問老闆，牠爲什麼會變成這樣，老闆沒說什麼，只說牠在發情。」

「經妳一說，我也想起來了。」

完全看不出有吃不飽之憂的珠江接著道：

「當時，我總覺得小黑突然變小了，於是詢問老闆，結果他笑著表示，因爲牠發情都不吃飯，所以變瘦了，還說戀愛會使人身心憔悴。現在回想，老闆應該是騙人的，那隻貓根本不是以前那隻小黑。」

「老闆換了一隻貓，卻瞞著我們。」

聽到阿君的這番話，眾人登時沉默。這件可怕的事令她們膽顫心驚，連嘴唇都發冷。

此時，司法主任即將觸及最重要的問題，他開門見山地問：

「妳們應該都知道這次的案子吧？我想聽聽妳們的意見，那具屍體到底是誰？依據我們研判，凶手應該在二月二十八日行凶，妳們參考一下，有沒有想到什麼？」

三人畏縮地互望一眼，沉默半晌。不久，阿君惴惴不安地開口：

「該不會……是那個叫鮎子的女人吧？鮎子是……」

「哦，我知道，鮎子是妳們老闆的情婦吧？可是，為什麼認為是她？」

「老闆娘恨她入骨，而且……」

「而且……？還有其他原因嗎？」

「是的，我突然想起……沒錯，是三月一日發生的事。因為前一天放假，我一早從嬸嬸家回來，便開始打掃店內。那時，我發現角落的桌子底下……桌子底下有個置物架，上面有一把漂亮的女用洋傘。那不是老闆娘的，也不是加代子和珠江的，我以為是客人忘在店裡的洋傘，於是打開來看。一打開才驚覺，我見過這把傘，一定是鮎子的。她和老闆在一起的時候，我撞見過一次，這的確是她帶的傘。」

司法主任急忙傾身向前，問道：

「嗯，這麼說來，鮎子是趁眾人不在的時候上門吧？後來，妳怎麼處理那把洋傘？」

「發現那是鮎子的洋傘，我突然害怕了起來，馬上放回原處。若是傻傻地告訴老闆，就會暴露我曾跟蹤他的事，而且傳進老闆娘耳裡，又會大鬧一場，所以我打算裝作不知道，結果……」

「結果怎樣？」

「不久，我外出辦事，回來以後發現那把傘不見了。」

「所以，妳認為鮎子是在二十八日上門，然後被老闆娘殺害了嗎？」

「啊，這麼一提，我也想到一件事。」

珠江突然從旁插話。她激動地說：

「沒錯，的確是三月一日，因爲前一天放假。我忘記爲了什麼事情跑到後院，發現某處有掘土的痕跡。我隨口問老闆是誰在那裡挖土，老闆說是他原本想種菜，但日照不佳，只得作罷。」

珠江一副泫然欲泣的表情。

「這樣看來，當時我踩的泥土底下就埋著一具屍體。」

她害怕地望著腳下。

「這麼說，老闆承認那個洞是他挖的？」

珠江一臉慘白，點點頭，接著又補充自己的意見。

「殺害鮎子的也許是老闆娘，但埋屍的一定是老闆。鮎子是老闆的情婦，但對老闆而言，眞正重要的人還是老闆娘。爲了掩護老闆娘，他協助埋了那具屍體。」

對於關鍵人物鮎子，加代子和珠江都不熟。當然，她們聽阿君提過，也知道老闆娘常因爲她吃醋，但從未見過她。阿君見過她一面（在一月底），也只知道她叫鮎子，此外一無所悉。不過老闆娘透露，此女當初與老闆一起從中國撤回，曾在日華大舞廳當舞小姐。

「她一定還在某處當舞小姐……她看起來就像那樣，穿著漂亮洋裝……至於長得漂不漂亮，我就不清楚了。當時老闆也在，我沒辦法湊近看，但她有一雙大眼睛……對了，她的嘴唇右下方有顆大黑痣，不知道是眞的，還是點上去的。」

最後，司法主任詢問老闆夫婦平日相處的情況，她們三人的回答如下：

老闆一向笑咪咪的，個性溫和，其實有可怕的另一面。老闆娘似乎對他有所顧忌，一直與那個已分手的情夫見面，約莫是老闆的指示，主要是爲了從對方身上揩油。但老闆娘愛上情夫，儘管是老闆下的命令，但老闆娘每次出門，他又不高興。不過，他最近大概是和鮎子舊情復燃，只要老闆娘一出門，他也會匆匆外出。這下換老闆娘不高興，經常對老闆出氣。總歸一句話，他們是一對可怕的夫妻。

司法主任聆聽這些陳述時，村井刑警始終坐在角落，不發一語。這段期間，他沒插嘴，待全部聽完，三人離去之後，他仍靜默無語，像一尊佛像般陷入沉思。司法主任也沒說話，回頭細看剛才寫的紀錄，不久，他轉頭望向村井刑警，問道：

「關鍵在於鮎子這個女人，雖然還不能確定她是被害者，但我猜十之八九就是她。總之，必須徹底調查這個女人。」

村井刑警默默頷首。

「這件事應該不難，她待過日華大舞廳，去打聽一下應該就會有結果。」

村井刑警又點點頭，接著才緩緩地說：

「那個姓風間的人，也得仔細調查。」

「沒錯，畢竟是阿繁的搖錢樹。不過，說到土木建築業的老大，不是那麼簡單就能對付，你在調查時得多加小心。我會先針對糸島夫婦發布通緝令。什麼遷往神戶，想必是騙人的。眞是棘手，要是有他們的照片就好了……」

由於這對夫婦剛回國，連張存檔的照片也沒有。日後才知道，照片在這起事件中具有重要的意義。

村井刑警又沉默一會，一副欲言又止的樣子。接著，他下定決心開口：

「警部，有件事相當匪夷所思。老闆娘爲何刻意避不見面？我知道她生病，可能是犯下那麼可怕的殺人案，良心備受譴責，臥病不起。可是，兩個星期未免太久了吧。那段期間，店裡三個女人都沒見過她，到底是怎麼回事？爲何要這麼謹愼……」

「嗯，我也覺得奇怪。難道是她在殺害鮎子時受了傷？例如，臉部被抓傷之類……」

村井刑警點點頭。

「或許吧，這算是一種解釋，不過……」

「不過？」

村井刑警沒再接話，而是突然轉移話題。

「還有一件事令人納悶，就是那隻黑貓，爲什麼會被殺？」

「有什麼不對勁嗎？約莫是凶手行凶時，黑貓受到波及負傷。凶手為了避免那些女人起疑，才順手殺了牠。在屋內留下的血跡中混有貓血，這就是證據。」

刑警似乎還想說什麼，但又改變心意。

「不管怎樣，當務之急是瞭解鮎子這個女人的背景。我先去調查了。」

村井刑警拿著帽子起身，步出屋外。

五

接下來，直到三月二十六日，也就是可怕的眞相公諸於世、案情大逆轉的這段期間，可說是處在渾沌不明的狀態中。對村井刑警來說，這是理不清頭緒的摸索階段。不過，他在渾沌不明的過程中蒐集到的資料，暗藏著許多重大意義。我們先來看看這些資料吧。

日華大舞廳的員工記得鮎子，但鮎子上班的時間極為短暫，又經常請假，每個人都跟她不太熟，不過還是知道她姓什麼。桑野鮎子——這是她在舞廳使用的名字，是否為她的本名，無人知曉。

聽舞廳經理說，鮎子去年五月到六月在這裡工作。她並非透過關係進來的，而是看到報紙上徵舞小姐的廣告才來應徵。經過面試後，由於她舞技精湛、身姿曼妙，立刻被錄取。她自備服裝，相當自律，幾乎不曾給舞廳添過任何麻煩，所以老闆並未對她進行身家調查。不過，不知道是誰問出她最近才從中國返回日本，舞廳裡的員工都知道這件事。

「這個嘛，她身高約一五七公分，臉蛋……該怎麼說，算是美女吧。平常沉默寡言，但擁有一股吸引人的獨特魅力，個性頗開朗，五官滿鮮明的。黑痣……？有、有、有，不過是她點上去的，搭配那張臉非常好看。只是，她只待一個月，而且經常請假，我只有這麼一點印象……」

舞廳經理找來一名舞小姐。關於鮎子的事，她知道得比較多。

「鮎子小姐？嗯，我記得！她有個男友，經理可能不知道，對方常到後門接她下班。對方年紀不小，所以我印象深刻。是的，約四十歲，略微發福，氣色紅潤，總是面帶微笑。聽鮎子小姐說，從中國回來時，兩人搭同一艘船，對方很照顧她。自從她辭去舞廳的工作，我就不知道她的下落了。」

不過，有位舞小姐倒是知道另一件事。

「哦，鮎子小姐啊，我最近才遇到她。雖說是最近，也是兩個月前的事了。新年期間，我在『日本劇場』前面與她不期而遇。當時，她和一個男人走在一起，所以……是的，就是常到後門接她下班的人。我很少跟她聊天，不過她曾說住在淺草一帶。對了，她本名不姓桑野，鮎子也是化名。因為她讓我看過一只行李箱，上面有C·O的英文縮寫，還說從中國回來時，僅僅拎著這只箱子。」

簡言之，在日華大舞廳的收穫，就是得知魪子與糸島經常見面，以及魪子的本名縮寫似乎是C·O。但村井刑警相當滿意，特別是魪子的本名有了線索，幫助不小。接著，他轉往橫濱繼續調查。

村井刑警在高掛「木土建築業·風間組事務所」看板的臨時建築事務所內，初次見到風間俊六，本人與他想像中有很大的落差。在土木建築業老大這種先入爲主的觀念下，原以爲他是個有點年紀、略顯福態的人。見過面才發現，他約四十四、五歲，頂著小平頭，帶有一絲書生氣息，連村井刑警也頗感意外。

聊過之後，又是截然不同的感覺。談話時那老成的口吻，帶有一股沉穩感，就連小小的動作，也透著冷冽之氣。另一方面，他又相當成熟內斂。

此事姑且不談，村井刑警驚訝的是，風間已知道G鎮那起案子，並且神色自若地說：

「這件事啊，阿君已打電話告訴我。我猜警方快到了，早就等候多時。」

「哦……也好，既然你知道了，反而好說。你有何想法？」

「想法？這個嘛……我一開始接到阿君的電話時，的確很驚訝。不過，冷靜後細想，我反倒覺得沒什麼。」

「意思是，你早有預感會發生這樣的案子？」

「不，不是的。我想說的是，現今不就是這樣的時代嗎？而且他們……『黑貓』不就是做那種生意嗎？就算發生命案，也沒什麼好大驚小怪的吧。」

「你去過黑貓亭嗎？」

「沒有，我連G鎮在哪裡都不知道。況且，我怎麼可能大搖大擺地去她家。」

風間朗聲笑道。他的體格壯碩，肺活量似乎不小，嗓音渾厚有力。

「可否說說你和阿繁之間的關係？」

「說就說吧。反正我們不是聖人，再怎麼裝模作樣也沒用。不過，我們之間並沒有什麼異常的關係。」

當初風間遇見阿繁，是在橫濱的一家酒店，那是前年歲末的事。由於阿繁剛從中國返回日本，可說是孑然一身。那家酒店多得是小姐，唯獨阿繁特別吸引他。

「因爲她始終穿和服，梳著一頭銀杏返或鬘下地（註），繫著黑緞腰帶。在那種地方做這種打扮，相當有意思，我和她還算談得來。不過，我從沒想過要將她據爲己有。我是說眞的。這種事由我主動開口有點奇怪，而且我向來對女人看得很淡。當然，我不排斥女色，只不過比起女人，我覺得賺錢更有趣。」

儘管如此，風間最後還是照顧起阿繁。

「也就是說，我被她設計了。」

註——一種日本傳統髮型。

風間如此說道，再次以那渾厚嗓音大笑。

當時，風間蓋的房子正好有一棟空屋，於是用來藏嬌，而他也常去找阿繁。對於這個女人，風間談不上喜歡或討厭，只是隨性地與她維持男女關係。

「因此，突然有個男人跑來找我，表明是阿繁的丈夫時，我並不驚訝。那是去年六月的事，他就是糸島大伍。不知道你怎麼看那個男人，乍見一臉和善，實際上並不簡單，他敢當著我的面，吐出那種威脅人的話。」

風間嘴巴這麼說，露出可怕的微笑。

「不過，糸島那傢伙大可不必擺出那麼強硬的態度。老實說，我眞有點招架不住阿繁。這種事不好大聲說，不過，或許是多年在外地飄泊，就會變成那個樣子吧，阿繁在男女關係方面，有奇怪的癖好。」

風間冷笑幾聲，接著轉爲縱聲大笑。

「哎呀，聊到奇怪的話題，眞是不好意思。其實我是個正經人，嗜好也很普通，所以一開始覺得滿稀奇的，後來就覺得她太黏人，心生反感，便決定抽手。這時候，出現一個自稱是她丈夫的傢伙，簡直是我的救星，於是我乾脆地將阿繁雙手奉還。」

村井刑警仔細觀察風間的表情，問道：

「可是，你後來還是繼續和阿繁見面？」

「唉，你這麼說，我也無話反駁。不管有再好聽的藉口，男人就是這麼賤。畢竟是我雙手奉還的女人，我當然不可能主動，可是女方不斷邀約，我也就不自主地……說來或許會讓人笑話，但對方看上的不是我這個人，是我手中的鈔票，再單純不過了。」

「不全然如此吧，她應該眞的喜歡你。」

村井刑警自然地回道。經由談話，可從風間那粗獷、強勢的個性中，感受到強烈的魅力。這種個性往往會深深吸引某種類型的女人。不知道風間對刑警的這番話有何感想，他始終板著臉，略帶冷笑。

村井刑警改變話題，試著詢問鮎子的事，風間突然眉頭深鎖。

「關於這個女人，我剛好想到一些往事。不，我沒見過她，只是常聽阿繁提起。阿繁並不愛她的丈夫，甚至可說心懷怨恨。然而，丈夫居然在外面有女人，阿繁的自尊心絕不允許。她常跟我發牢騷，但我對這種事向來興趣缺缺，總是隨口敷衍幾句。不過，最後一次見面時，好像是二月中旬的某天吧，阿繁激動地說『我也許隨時都會死，要是我死了，你記得替我燒炷香』之類陰沉的話。接著，她突然大發雷霆地說『不，我才不要一個人死。就算要死，也得拖那個女人墊背，我絕不善罷甘休』，實在拿她沒辦法。如今回想，那時候她應該就下定決心了。」

「這麼說來，你認爲殺死鮎子的是阿繁？」

「應該是吧。糸島不可能殺死自己的情婦。阿繁就算殺人，我也不覺得奇怪，她不是女人，而是母獸。」

風間如此說道，臉上浮現可怕的笑容。

接著，村井刑警又改變話題，問風間知不知道糸島什麼時候回國。沒想到，他竟從日期到船名都記得一清二楚。

「他是去年四月返國，搭乘Y丸號，從博多入港。阿繁則是前年十月回國，所以糸島比她晚了半年。你問我怎麼知道得這麼清楚，因爲我有個朋友和糸島搭同一艘船回來。」

村井刑警聽聞此事，大爲興奮，連忙請風間介紹那位友人。風間略感驚訝地望著他，說道：

「哦，那個叫鮎子的女人也坐那艘船？好啊，我替你介紹。」

風間在名片後面寫下幾句介紹語，交給村井刑警。

「刑警先生，我和這次的凶殺案一點關係也沒有。不過，或許在一些疏忽的細節有所牽連。如果發生這種情況，儘管來找我。我會對自己的行爲負責。」

村井刑警收下名片，步出事務所。

找到和糸島搭同一艘船回國的那個人，對村井刑警的搜查行動相當有利。隔天，他帶著風間的名片去拜訪，不過那個人對糸島和鮎子沒什麼印象，所以村井刑警又從他手中收下介紹信，繼續尋找其他歸國者。往後幾天，他接連拜訪好幾名搭乘Y丸號返國的人，打探到的消息大致如下——

和糸島一起返國的女人，名叫小野千代子。她隻身從滿州到華北，在Y丸號即將啓航前才抵達天津，沒人知道她的來歷。上船之前，糸島便一直和她在一起，把她照顧得無微不至，不知情的人還以爲他們是一對。登陸日本時，他們也在一起，後來連袂前往東京——只查出這樣的結果，此外再也沒人知道他們的消息，村井刑警頗爲失望。更令他失望的是，這些人現在遇見小野千代子，認不認得出來都是問題。因爲千代子當時剪短頭髮，換上男裝，臉上還沾滿煤灰，刻意弄髒面孔，所以沒人清楚她眞正的長相，只曉得她約莫二十五、六歲。

「不過，這一點沒那麼重要吧？就算有人認得她，那具屍體已嚴重腐爛，根本辨認不出容貌特徵，無法請證人來指認。」

「話是沒錯……」

面對局長的這番話，村井刑警含糊應道。

「對了，關於糸島和阿繁，一直沒有新的線索嗎？」

「就是沒有才傷腦筋。那天，他們經過G鎭的派出所後，便下落不明。可惡，還眞會躲。該不會是那個姓風間的男人俠義相助，包庇他們吧？」

「不可能吧……他沒必要這麼做。」

案情停滯好幾天，終於到了二十六日，可怕的眞相就此揭露。而揭露眞相的契機是……

六

木工江藤爲吉──替「黑貓」重新整修店面的師傅，在二十六日早上前往警局道出以下內容：

「昨天晚上，我第一次聽說這件事，總覺得哪裡不對勁，才過來向各位報告。是的，我昨晚才聽聞。雖然早就得知挖出屍體的是蓮華院的日兆先生，不過，他動手挖掘的時機相當奇怪。在那之前的兩、三天，他曾看到一隻狗在那裡刨土，土堆裡露出某樣東西，很像人類的腿，於是當天晚上決定去挖挖看──這是眞的嗎？」

在場的局長、司法主任、村井刑警，面對他意有所指的口吻，紛紛緊張起來。他們回答「沒錯。不，至少日兆是這麼說的」，爲吉一臉納悶。

「可是……日兆先生誤會了吧？這是不可能的。在屍體被挖出來的前一天，也就是十九日傍晚，我在『黑貓』的院子裡燒柴，還拿耙子將附近的落葉掃在一起。做完這些事，我才從長谷川巡查口中得知那具屍體埋在什麼地方，凶手如何掩埋等等。這是長谷川巡查在工地裡告訴我的。因此，如果那隻人腿露出來，我會知道在什麼地方。可是，十九日那天晚上，我在那一帶掃落葉，根本沒看到人腿……」

局長、司法主任、村井刑警聽完，不禁一怔。

「你……你確定沒弄錯？」

司法主任焦慮了起來。

「局長，那裡的落葉積得很厚，人腿還露出來。如果在高崖上看得到，肯定已露出了一大截。就算沒看到，拿耙子掃總會有感覺吧！我很肯定，十九日傍晚，那裡絕對沒有人腿。」

爲吉離去後，警方立刻約談日兆。

「關於這件事，你怎麼解釋？爲吉相當確定。你該不會想說，那個地方被狗挖出一個洞，落葉才會覆蓋在上面吧？」

在局長嚴厲的逼問下，日兆目光炯炯地輪流望著眾人。這個青年前額寬闊、臉頰瘦削、氣色欠佳，人們從以前就覺得他長相古怪，這幾天更顯得顴骨高聳、面如死灰。那雙目光灼熱的眼睛充滿獸性，不禁讓人懷疑他精神有問題。

「他說得沒錯。」

日兆突然啞聲爽快承認，接著像野獸般伸舌舔唇。

「根本沒有人腿，之前是騙你們的。」

警方眾人互望一眼，接著，日兆宛如潰堤，滔滔不絕地述說起來。這番話讓整起案子翻盤。

上個月二十八日傍晚——

日兆話說從頭。

日兆到蓮華院後方的雜樹林撿柴，聽到崖下「黑貓」的院子裡傳來掘土聲，不經意往下望，發現是「黑貓」的老闆糸島大伍。於是日兆問他：「在這種地方挖洞做什麼？」糸島回答：「我家的貓死了，我要將牠埋葬。」

過了兩、三天，日兆再度到雜樹林撿柴，卻聽見「黑貓」的庭院裡傳來貓叫聲。他想起先前的事，不禁背脊發涼。朝下一望，他竟看到那隻理應死亡的黑貓站在屋簷下，雙瞳發出寒光，喵喵叫著。

日兆再度感到渾身發毛，不過他沒那麼迷信，不認爲是貓的幽靈。

搞什麼，那隻貓還活著嘛！老闆騙人。可是，爲何騙人？他到底埋了什麼？

日兆如此思忖，朝那個洞瞥了一眼，又嚇一跳。那裡還沒用落葉遮掩，所以看得很清楚，翻土的範圍相當廣，雖然不知道老闆打算埋什麼，但肯定挖出一個不小的洞。日兆心神不寧，從崖上朝凝望翻土的痕跡半晌。此時，他突然感受到一道灼人的目光，急忙環顧四周，碰巧與穿透「黑貓」後院房間紙門縫隙的視線對上。那雙眼睛旋即躲進紙門內，日兆益發不安。由於只看到眼睛，不清楚對方是誰，但那是一雙女人的眼睛。說到女人，「黑貓」除了老闆娘，只有加代子、珠江、阿君三個女人，但他覺得並非其中之一。

隔天，日兆想到上個月地租的找零還沒給「黑貓」，於是親自跑一趟，順便打聽後院那個房間的事。日兆問：「是誰在後院那個房間裡？」三名女子回答：「當然是老闆娘。」日兆又問：「除了老闆娘以外，還有其他人嗎？」三名女子應道：「除了老闆娘還會有誰？她臉上長滿面皰，連我們也不見。日兆先生，你好奇怪，爲什麼問這麼多？啊，我知道了，你喜歡我們老闆娘，迷上她了。啊，你臉紅了……」

受到那三個女人冷嘲熱諷，日兆狼狽地逃回寺院，但他還是頗在意那個地洞和後院房間，便再度潛入雜樹林。他往下窺望，發現翻土的痕跡已被落葉遮蓋。

日兆十分不安，好奇心像烈火般熾盛。要消除這份不安，除了確認「黑貓」後院房間裡的女人是不是老闆娘，別無他法。好奇心不斷慫恿著日兆，他決定從崖上的草叢監視那個房間。只要趴在草叢裡，就能看到底下那個房間。近來，那個房間總是紙門緊閉，連窗玻璃也貼上了貼紙，讓人無法一窺究竟。於是，日兆想到一個辦法。不管對方是誰，只要是人，一天中難免會有幾次生理需求。這個房間的廁所位於拉門外的緣廊旁，日兆展現驚人的耐力，靜靜等待那一刻來臨。

「最後，你到底有沒有看見那個女人？」

日兆說起話拖泥帶水，局長再也等不及，劈頭問道。日兆的眼神炯炯發亮。

「我、我看到了。」

「看到了？結果怎樣？到底是不是老闆娘？」

「不是老闆娘，是我從沒見過的女人。」

日兆的這番話，令村井刑警喜出望外，忍不住顫抖。局長和司法主任卻亂了方寸。

「但……她可能是護士，畢竟不確定老闆娘在不在房間裡……」

「不，不可能。」

日兆斬釘截鐵地應道，語氣甚至有些凶惡。

「那個房間裡確實只有一個女人，而且那個女人穿著老闆娘的衣服。也就是說，她扮成老闆娘，欺騙大家。」

接著，日兆又喋喋不休地述說起來。

不久，老闆便將「黑貓」頂讓出去，搬往他處。日兆聽聞此事，感到坐立不安。「黑貓」歇業的那天，他在路上等候那些被解雇的女人，確認她們後來是否見過老闆娘，結果沒人見過。就在那時候，剛好報紙上有篇報導提到警方在某空屋的緣廊下挖出屍體，引發軒然大波。

日兆再也按捺不住。潛藏在心中的可怕疑問，若不確認清楚，晚上根本睡不著。

「所以，我才會動手挖掘。」

當天，日兆被扣押在警局，在警部和刑警團團包圍下，接受排山倒海的偵訊。他眼中閃現野獸的光芒，起初還能流暢地重複同樣的話，到了傍晚時分，突然口吐白沫，昏厥倒地。看來是舊疾發作。

「到底是怎麼回事？」

從早上持續到現在的激動情緒，已令局長感到疲乏。他一副心不在焉的模樣，以慵懶的聲音問道。

「也就是說，被害者不是鮎子，而是老闆娘？那兩個星期以來，鮎子一直冒充老闆娘嗎？」

司法主任沒發表意見，只是頻頻撫摸下巴。此時，一旁的村井刑警插話：

「局長，其實一開始我就這麼認爲……即使長面皰，但住在同一個屋簷下，整整兩個星期都沒見過她，未免太不合邏輯。我猜當中有什麼可怕的陰謀……」

「可是，鮎子爲何要扮成老闆娘？這樣不是很危險嗎？」

「沒錯，當然很危險。可是，局長，正因老闆娘還住在屋子裡，就算老闆把店頂讓出去，別人也不會起疑。要是老闆娘突然失蹤，老闆又急著拋售店面，外面的人……至少店裡那三個女人，心裡會怎麼想？想遠走高飛，還需要不少錢。所以，在得到這筆錢之前，必須假裝老闆娘還活著。」

「嗯……」

局長撫摸下巴，司法主任頻頻搔頭，村井刑警接著說：

「黑貓被殺害的原因，這樣就有合理的解釋了。牠肯定是老闆娘疼愛的貓，由於目睹老闆娘遇害的過程，老闆看到牠就覺得不舒服，才會殺了牠，一併埋葬。可是，他擔心少了黑貓，會引起那三個女人懷疑，才又去找一隻替代品。那兩隻黑貓是同胎兄弟，二十八日晚上，糸島曾到以前的飼主住處，跟對方要來這隻黑貓。所以遇害的不是鮎子，而是鮎子和糸島聯手殺害阿繁。」

嗯——局長連連點頭，突然想到什麼，開口問：

「啊，對了，十四日晚上，長谷川巡查曾看見糸島夫婦從派出所前面經過。」

不過，事後得知，長谷川巡查當時並未看清楚老闆娘的臉孔。那名女子以披肩遮住口鼻，躲在糸島身後，低頭走過。巡查依現場的情況認定她是老闆娘，也無可厚非。這麼一來，日兆的證詞就不容質疑了。遇害的不是鮎子，而是老闆娘，鮎子反倒成了凶手。

於是，整起案子大逆轉，警方向全國警局重新發布糸島大伍和情婦鮎子的通緝令。

這項新事證，當天以斗大的標題刊登在晚報上，有兩個人對這篇報導大表驚訝，也相當感興趣。風間俊六在臨時事務所看了這份報紙以後，茫然地揉著眼睛，像被關在籠裡的獅子般來回踱步。不久，他撇著嘴步出事務所。

他來到位於大森山手一帶，一家名爲「松月」的豪華割烹旅館（註一）。戰後，日本人較少興建一般住宅，這類建築倒是如雨後春筍般出現。松月這家店，是風間爲了攬客而建，交給他的二老婆或三老婆打理。

「啊，老爺……這不是老爺嗎？」

風間在灑過水的玄關解鞋帶時，女領班急忙上前迎接。她長得活像是《伊勢音頭》的萬野（註二）。

「阿近，他在嗎？」

「咦，老闆娘嗎？她在洗澡。」

「不，我不是問阿節，是那個人。」

「哦，老爺的新歡嗎？……老爺也眞是的，才剛進門，對老闆娘不聞不問，倒是劈頭就問您那位新歡。難怪老闆娘會說，如果他是女人，絕不會對他善罷甘休。呵呵呵，老闆娘吃醋呢。在、在、在，他當然在嘍，我們不會放他走的，您放心吧。」

風間苦笑道：「他還在睡吧？」

註一——割烹指的是高級日本料理，也就是有「板前」廚師親自在餐檯前爲客人操刀的料理。

註二——歌舞伎劇目《伊勢音頭戀寢刃》中，一個名叫萬野的女服務生。

「您猜錯了，剛才他看了報紙，突然一陣大呼小叫，還要我把這陣子的報紙全拿給他，似乎很激動。」

「報紙？」

風間眼睛一亮，大步走進屋內。一個女人聽到他的聲音，急忙從浴室裡衝出來，對他說了些話，但他並未理會，沿著走廊來到別館。「阿耕，在嗎？」

風間拉開紙門，只見四張半榻榻米大的漂亮房間裡，一名男子坐在報紙堆裡。此人正是金田一耕助。

一見到風間，他便以嚴重的口吃說：

「原、原、原、原來是、是、是你啊，風間……這、這、這次的案件，是無、無、無臉屍案，被、被、被害者和加、加、加害者身分互調。若通、通、通知岡山縣的Y先生，他一定會很高興。」

金田一說著莫名其妙的話，五根手指不住搔頭，像傻瓜般笑著。

七

三月二十九日。

案情翻盤後的第三天傍晚，一名奇怪男子來到的搜查總部。當時，幹部級的警官聚集在警局某間辦公室季進行搜查會議，工友拿著一張名片走進來交給局長。一看名片，原來是他在警視廳任職時的學長，名片上以鋼筆字寫道：

「介紹金田一耕助先生給你。此次的黑貓亭殺人事件，若能得到他的協助，將是眾人之福。請多多關照！」

局長蹙眉說：「此人來了嗎？」

「是的，正在接待室等您。」

「這樣啊，那就帶他過來吧。」

局長再次低頭看那張名片一眼，遞到司法主任面前。

「你認識這個人嗎？」

司法主任看看名片，納悶地搖搖頭，接著轉交給村井刑警。而村井刑警也不認識金田一。

「難道是替這次的案子作證的證人嗎？」

「嗯，搞不好是吧。」

不過，基於介紹人的緣故，局長顯得有些緊張。名片上提到要請這名男子協助辦案，村井刑警十分好奇，想知道究竟是何方神聖。一看到眼前的人，他不禁瞪大雙眸。

「啊，你是……」

金田一耕助一如往常，穿著鬆垮垮的衣褲，一派輕鬆地走進辦公室，低頭鞠了個躬。一見到村井刑警，他旋即露出調皮的眼神，笑說：

「哦，你是昨天那位……哈哈哈。」

「你認識他？」

局長詫異地轉頭望向村井刑警。

「是的，見過幾次……」

村井刑警呼出溫熱的鼻息，狐疑地朝金田一耕助臉上打量。

村井刑警認識金田一耕助的經過如下——

自從案情逆轉，村井刑警認爲有必要重新調查，於是再度拜訪相關人等。他在查訪的地方遇到這名男子，起初沒放在心上，但一再遇見，村井不禁起疑。最後，在阿君的住處又遇到此人時，村井便問對方到底想查什麼，對方笑咪咪地應道：

「我嗎？我在找幽靈。」

對方只說了這麼一句話，便留下在原地發愣的村井，飄然離去。事後，村井向阿君打聽此人的身分。

「我也不知道。不過，他問我認不認識風間先生，就是我們老闆娘的金主。他自稱是風間先生的朋友。」

村井刑警聞言，內心一驚。提到風間，他可是這起案子的重要關係人，搞不好涉嫌重大。村井覺得很可疑，急忙衝出阿君的住處，跟蹤此人。

不清楚對方有沒有發覺遭到跟蹤，村井刑警從目黑前往澀谷，搭私鐵到G鎮，並尾隨對方走到後坡。他益發覺得可疑，但對方始終一副悠哉的模樣，帽簷高高掀起，手裡甩著籐杖，散步似地踩著輕快步伐，也許還吹著口哨。不過，走到蓮華院後門，步履似乎有了變化，正當村井刑警感到納悶時，對方突然消失，像是被吸進圍牆裡。

村井刑警一驚，急忙奔上前查看，才發現圍牆已崩塌，出現一個足以供人進出的小洞。這麼一來，就知道對方爲何突然消失了。然而，儘管知道原因，他還是十分疑惑，甚至感到不解。於是，村井刑警也潛入洞內。

如前所述，這一帶滿是蓊鬱的雜樹林，保有昔日武藏野的風貌。早春的枯黃野草一路綿延向前，有種淒涼冷清的感覺。村井刑警環顧四周，始終不見對方的蹤影，豎耳傾聽，也聽不到腳步聲。他略感不安，可是都來到這裡了，就這樣跟丟，無功而返，實在教人氣結。於是他撥開枯草，一步步往森林深處走去。此時，他看到剛才那名男子倚著一棵粗大的櫸樹，靜靜凝視前方，表情似乎很緊張。

到底在看什麼？村井刑警也伸長脖子，但從他的位置看不清楚，於是他跨出一步。還是看不見，所以他又往前走三、四步。不料，他突然重心不穩，眼前的雜樹林一陣搖晃，接著

「碰」一聲，整個人掉進洞裡。

事後才知道，那是戰時挖掘的防空壕，底部堆積一層厚厚的落葉，所幸毫髮無傷，但他還是愣了好一會，一屁股坐在地上，四處張望。此時，那名男子從上面探進頭。

「哈哈哈，刑警先生，不妨在那裡挖挖，搞不好會看到狐狸嫁新娘。」

男子說完這句話，便揚長而去。村井刑警重重嘆了一口氣。

「您就是金田一先生吧？」

局長狐疑地打量他們，但還是謹慎問道。

「是的。」

「請坐，您和這位先生是舊識嗎？」

局長向他出示手中的名片。

「確實有點交情……」

「那麼，不知您有何要事？」

「關於這件事，昨天我已告訴過這位刑警先生。我想找出那個幽靈。」

「幽靈？」

局長和司法主任互望一眼。司法主任原本想說什麼，但局長使了個眼色，適時制止他。

「您說的幽靈是什麼？」

「世上的幽靈有很多種，尤其是最近，畢竟這是個百鬼夜行的世道。不過，我現在想揪出的幽靈，是黑貓亭殺人事件的凶手。」

局長與司法主任再度面面相覷。接著，局長傾身向前，問道：

「這麼說來，您知道糸島大伍和桑野鮎子藏身何處？」

「嗯，我知道。」

金田一耕助神色自若地回答。不過，在場眾人聞言，個個從椅子上躍起，彷彿他剛才吐出的那句話是顆炸彈。

局長緊盯著金田一，幾乎要在他臉上鑽出洞。此人到底是傻瓜？瘋子？還是個了不起的人？

「到底在哪裡？他們躲在什麼地方？」

「現在就帶你們過去。不過在此之前，我有個請求。」

「什麼請求？」

「再次約談蓮華院的日兆先生。有件事我想問他，只要釐清此事，萬事皆ＯＫ，我馬上帶你們去糸島和鮎子的藏身處。」

局長望著金田一耕助，一頭霧水。接著，他低頭朝手中的名片看了一眼，下定決心，轉頭向司法主任吩咐：

「打電話到Ｇ鎭派出所，請長谷川把日兆帶來。」

「啊，既然如此，麻煩提醒對方一聲。如果日兆先生在蓮華院，在過來之前，請來電告知。」

金田一耕助補充一句。司法主任打過電話，轉頭對他說：

「金田一先生，剛才提到幽靈……難道您認爲鮎子已死？」

金田一耕助雙眼圓睜。

「鮎子？爲什麼這樣問？她爲什麼會死？我剛才之所以說幽靈，是指她死過一次，現在卻還活著。」

司法主任頓時沉默。儘管日兆提出那樣的供詞，他仍捨棄不了死者是鮎子，凶手是老闆娘的看法。從剛才一直懷疑地盯著金田一耕助的村井刑警，像是突然想到什麼，在一旁插嘴：

「對了，我現在才想到，金田一先生，聽說您是風間俊六先生的朋友吧？」

金田一耕助聞言，嘴角輕揚。

「哈哈哈，刑警先生，你怎麼知道？哦，你是問阿君吧？」

「我問誰並不重要，您和他是怎樣的朋友？」

「我們是中學同學。」

接著，金田一耕助滔滔不絕地說：

「我們那所中學位於東北。畢業後，我和他一起到東京，在神田的宿舍混了一陣子。後來我去美國，他留在日本，混了幫派，還是個狠角色，勒索敲詐樣樣來。不過，等我從美國回來，他已洗手不幹，加入某『組』，變成有頭有臉的人物。我們重拾往日情誼，偶有往來。不久我被徵召入伍，兩人又斷了聯絡。沒錯，應該有六、七年沒見了。我去年退伍，隨即爲某起事件前往瀨戶內海，回程的火車上發生一件事，他眞是了不起……當時，車上湧進一群黑道分子，我心想，糟糕！來了這麼一群人，一副無法無天的模樣，眞不知該怎麼辦。事實上，他們的確很囂張，讓我們這些善良的乘客不知所措。可是，沒人敢抱怨，大家都戰戰兢兢。當然，我也不敢作聲。那群流氓越來越猖狂，惡行惡狀教人再也看不去。忽然，一個男人挺身而出，對其中一名看似老大的男子數落一番。我暗忖，這下事情鬧大了，可能會上演一齣全武行，緊張得手心直冒汗，在一旁等著看好戲。接下來發生的事，卻大出我的意料之外。原以爲這個男人會被黑道老大海扁一頓，沒想到情勢大逆轉。之前殺氣騰騰的那幫人，像洩了氣的氣球，突然鴉雀無聲。不，不只鴉雀無聲，甚至對那個男人畢恭畢敬，奉若上賓。哎呀，我因爲有學問，才用了這麼艱深的詞語，可是，若使用太多漢語，又會有漢字的限制，替我記錄的人就要傷腦筋了，所以我不再贅述。總之，多虧有他，大家都鬆一口氣，撿回一條命。這位英雄博得滿堂采，有些女乘客還紅著臉。我對他深感佩服，連警方都束手無策的惡霸，他竟用一句就擺平，的確不簡單，簡直像水戶黃門再世。正當我在心裡讚嘆，仔細端詳對方的模樣時，赫然發現他不就是風間俊六嗎？我眞是喜出望外，這正是在眾紳士淑女面前出鋒頭的絕佳時機，於是我抬頭挺胸，伸手拍了一下他的肩膀說——這不是風間嗎？他卻打量我好一會，才回一句『哦，這不是阿耕嗎』，害我一時尷尬極了。這就是金田一耕助和風間俊六重逢的情景。我告訴他沒地方可去，於是他好心讓我投靠，所以我目前寄住在他那裡，就是這麼一回事。」

局長、司法主任、村井刑警，全都目瞪口呆地盯著金田一耕助。那是錯愕的表情。這樣也算是介紹一位厲害人物嗎？三人一陣長吁短嘆。局長強忍著笑，問道：

「原來如此。這麼說來，您現在仍與風間先生同住？」

「沒錯，算是寄人籬下。聽說寄人籬下者又稱爲權八（註），可是，如各位所見，我這個權八沒那麼出鋒頭。畢竟打從我和長兵衛相遇，就完全不是那麼一回事，理應是權八揮刀撂倒那群流氓，長兵衛看上他的本領，才把他帶回家。然而，時代不同了，現在連收拾流氓的工作都是長兵衛一手包辦，權八則是戰戰兢兢地在一旁發抖，眞沒用啊。不過，像小紫這樣的女性一直沒出現，所以也錯不在我。相反地，我們這位長兵衛大人，身邊多的是小紫姑娘。我寄住的那棟屋子，聽說是他二老婆的住處，不過，也不知道究竟是二老婆、三老婆、四老婆，還是五老婆。儘管如此，他倒是常說自己對女人看得很淡，實在教人吃驚。如果他算是對女人看得很淡，我這種連一個小紫姑娘也沒有的男人，不就等於對女人沒半點興趣了嗎？」

聽到這裡，局長終於忍俊不禁，因爲實在太滑稽了，一直笑個不停。司法主任臉上同樣掛著笑意。只有村井刑警越來越疑惑，不明白此人到底是何方神聖。金田一耕助笑咪咪地說：「好笑嗎？哈哈哈，眞的有點好笑。」

他邊說邊摩挲著臉頰。

「總之，基於這個緣故，我寄住在不知是他二老婆還是三老婆的住處。某天，他突然跑來找我。難得他那麼激動，我察覺事情不單純，後來才得知，他也是這起案子的關係人……報紙上完全沒提到這件事，所以我根本不知道。他說這起案子有個解不開的謎，問我能不能出馬一趟？他提出這項要求，是因爲我從事過偵探業……」

「咦，什麼？什麼業？」

「偵探業——就是私家偵探。」

局長突然一聲驚呼，急忙重新細看那張名片。

「您剛才說去過瀨戶內海，該不會是指獄門島吧？」

註——歌舞伎裡的人物白井權八，是江戶時代知名俠客幡隨院長兵衛養的食客，後來引申爲食客的代名詞，與青樓名妓小紫過從甚密。

「沒錯，您知道那起案子嗎？」

「當然，東京的報紙也有報導，那是一起驚天動地的大案子……原來如此，您就是那位金田一先生，那位金田一耕助……」

局長一臉感動地重新端詳金田一耕助。司法主任和村井刑警瞠目結舌，村井心中的疑惑就此消散。

「沒錯，我就是那個金田一耕助。哈哈哈！」

金田一耕助朗聲笑道。

「原來如此，難怪您和他這麼熟。」

局長朝手上的名片望了一眼，接著趨身靠向桌前。

「眞是失敬。您的模樣實在特別，所以……不，沒什麼，所以您才會著手調查這起案子嗎？」

「沒錯，是基於知恩圖報的情義。我雖然討厭流氓的義氣，但打從一開始，就對這起案子很感興趣。這是一樁無臉屍命案，各位知道無臉屍類型的推理小說嗎？雖然同樣是詭計，但這起案子與一人分飾兩角的詭計不同。『無臉屍』是作者拋給讀者的問題，但『一人分飾兩角』則不一樣，直到最後都不能讓人看穿詭計，一旦被讀者識破，就算作者輸了。從這一點來看，密室殺人又是另一種情況。『密室殺人』也是作者拋給讀者的問題，然而，儘管只有一個問題，卻有形形色色的解決方法。話說回來……」
金田一耕助說得起勁，一時又滔滔不絕，接著才猛然驚醒。
「呃……我到底想說什麼啊？對了，基於這個緣故，我才著手調查。這就是我想說的。哈哈哈，就是這麼回事。昨天好不容易解開這個謎團。」
局長仍茫然地盯著金田一耕助，一聽他說到「謎團」，立即皺起眉頭。
「這起案子有謎團嗎？」
「當然有，謎團可大著呢，而且很複雜……話雖如此，我並沒有因爲比你們早一步解開謎團，而想向你們炫耀。其實，我握有一項你們不知道的重要資料，所以就算比各位早一步解開謎團，也沒什麼好得意的。關於這件事……」
說著說著，金田一耕助轉頭望向村井刑警。
「風間要我向你道歉。你之前去找他時，他應該向你坦言此事，但他當時也不確定，所以沒說出來。」
「您指的是哪件事？」
村井刑警突然傾身向前，問道。
「事情是這樣的。糸島——也就是『黑貓』的老闆，第一次去見風間時，曾出言恐嚇他。」

「這件事我聽說了。」

「問題在於糸島說的那番話。他一時情緒激動，不小心說溜嘴。他說——你別看阿繁那樣，其實她是個狠角色，當初她離開日本，是因爲在東京毒殺了前夫。」

在場眾人紛紛驚呼，瞠目結舌。局長呼吸急促地問：

「這麼說來，阿繁有前科？」

「沒錯。不過，她不曾入監服刑，在那之前，她已逃到中國。風間說，當時應該向刑警先生坦言此事，但他不確定是否屬實，所以沒吐露。換句話說，由於我知道此事，比你們占上風。從風間口中聽聞後，我便打算調查阿繁以前的身分。」

「那麼，查清楚她以前的身分了嗎？」

「查清楚了。不，目前還沒有確切的證人，我也不敢斷言，不過應該沒錯。我調查的另一項依據，是阿繁曾不經意向風間透露一件事。她說渡海前往滿州不久，中日戰爭爆發，生活陷入困境。如果她曾在日本犯案，然後逃往中國，必定是昭和十二年的前半年發生的。於是，我去報社翻找當時的報紙，發現一個線索。」

金田一耕助從懷中的筆記本取出一張照片。局長一看，照片裡有個約十七、八歲的年輕女孩，梳著長髮辮，穿著樸素的銘仙綢和服。長相還算可愛，但並無特別之處，是個很平凡的女孩。

「這是……？」

「這是我從報社的檔案部門借來的。這裡有照片的附註，我念給各位聽：松田花子，十八歲（昭和十二年），爲深川的木匠松田米造長女，小學畢業後，在銀座一家茶室『銀月』當女服務生。由於西洋畫家三宅順平（二十三歲）非常迷戀她，兩人決定結婚。三宅家財力雄厚，家中有母親康子夫人，因爲教養上的差異，素與媳婦不合，導致風波不斷。昭和十二年六月三日，花子欲毒殺婆婆康子夫人，卻誤殺丈夫順平，就此展開逃亡，爾後下落不明。據說，她可能已自殺身亡。這張照片是花子在『銀月』上班時拍的，日期是昭和十一年三月，她當時十七歲。」

金田一耕助繼續往下念，局長越聽越激動。待他念完，局長呼吸急促地說：

「這件事我也記得。當時，我在神樂坡警局任職，三宅家就位在牛込矢來。金田一先生，這麼說來，阿繁就是松田花子？」

「正是。我從昭和十二年的前半年開始調查，謹慎起見，一直查到昭和十一年，發現糸島透露的那起案子，也就是那個殺夫後失蹤的女人，除了松田花子之外，沒有其他人，而且年齡與阿繁差不多。我還拿著這張照片請風間、阿君、加代子和珠江等人看過。」

「確定是阿繁嗎？」

「他們都不敢打包票。經過十年，女人的容貌會有很大的變化。特別是阿繁，她除了刻意喬裝，似乎也極力讓自己變得不一樣，所以他們都無法斷定，但還是覺得有三分神似，很像老闆娘年輕時的模樣……就是如此。」

眾人沉默半晌，感覺有一股陰森鬼氣如漲潮般襲來。局長發現自己雙手緊握，掌心滲滿濕黏的冷汗，急忙拿出手帕，一邊擦拭一邊問：

「那麼……」

說到一半，桌上的電話響起，局長立即拿起話筒。

「哦，這樣啊。那我等你……」

掛斷電話後，局長轉身面向金田一耕助。

「是長谷川巡查打來的，他待會就帶日兆過來。」

然而，聽他這麼說，金田一耕助一躍而起，眾人嚇了一跳。他收好照片，拿起帽子，呼吸變得急促，略微口吃地說：

「那、那、那我們馬上出發吧。」

局長和司法主任一愣，不住打量金田一耕助。村井刑警緊張地起身，顯然只有他看出金田一耕助的用意。

「沒、沒、沒錯，現在出發，立刻去糸島和鮎子的住處，待會再來向日兆先生問話。局長，請向留守的員警吩咐一聲，等日兆先生來了之後，先把他留在這裡，絕不能讓他離開……那、那、那我們走吧。」

局長和司法主任跟著起身，神色緊張。金田一雖然什麼也沒說，但感覺得出他正帶領大家解開謎底。村井刑警已走到門口。

八

此刻，木工爲吉和兩名工匠在「黑貓」的後院焚燒木屑和碎木片。由於發生那種案子，「黑貓」的店面裝修一度被迫停工，後來獲得警方許可，重新開工。因而，在這裡看到爲吉和工匠也不足爲奇，但或許是這個緣故，三人莫名沉默。不僅如此，他們不時豎耳聆聽外面的腳步聲，頻頻低頭看表，似乎在等人。令人匪夷所思的是，庭院的角落擺著他們帶來的鏟子和十字鎬。「黑貓」的裝修工程怎會用到鏟子和十字鎬？這一點實在教人想不透。

「來了。」

爲吉突然小聲說道。

「好像是他們。」

局長和司法主任從「黑貓」後門走進來，看到木工和兩名工匠，詫異地蹙眉。村井刑警也露出刺探的眼神，朝金田一耕助臉上不住打量。金田一笑咪咪地說：

「是我請他們過來幫忙的。只有他們才能帶鏟子和十字鎬進來，卻不會讓人起疑，否則馬上會被警方盯上。各位久等了，我們開始吧！」

金田一耕助率先爬到後面的高崖，爲吉和兩名工匠也扛著鏟子和十字鎬往上爬。村井刑警、局長、司法主任緊跟在後，無人開口說話。接下來去哪裡？打算做什麼？沒人詢問。不過，從爲吉和工匠扛在肩上的工具來看，猜得出將會發生可怕的事。眾人雖然滿懷期待，卻沉默不語。

爬上高崖，眼前出現一片雜樹林。金田一耕助轉頭望向身後。

「請小心！這裡到處都有防空壕，昨天刑警先生才……」

金田一耕助看到村井刑警板著臉，於是輕笑幾聲，沒再多說。

眾人穿越雜樹林，來到一座墓園。墓園裡大大小小的墓碑林立，擁擠得毫無立足之地。不過，由於目前的局勢，似乎沒什麼人來掃墓，再加上戰爭，無主孤墳肯定突然暴增，整座墓園形同廢墟。金田一耕助率領眾人抵達墓園的最深處。那一帶連墳地和雜樹林都分不清楚，有一塊嚴重磨損、無底座的墓碑，傾倒在地上，四周被堆疊的落葉覆蓋。

「爲吉先生，請撥除這些落葉。」

木工爲吉以鏟子撥開落葉，露出黃土，顯見最近才翻過土。局長和司法主任不禁倒抽一口氣。

「以落葉遮掩翻土的痕跡，和『黑貓』後院使用的手法一樣吧？請移除墓碑，朝底下挖。」

由於墓碑很小，也不太重，三、兩下便移除。墓碑底下鋪著一層厚厚的落葉。

「各位請看，凶手相當慌張，只鋪了一些落葉，便擺上墓碑，實在太大意。多虧他的大意，我不必四處挖掘，馬上就找到這座墳墓。」

工人將落葉清除乾淨，村井刑警也一起挖掘。那塊地看起來剛翻過土，土質鬆軟，徒手便能挖掘。

「儘量輕挖，不要太粗魯，傷到重要證物就麻煩了。請不要用十字鎬。」

爲吉和一名工匠拿鏟子挖掘，另一名工匠拋下十字鎬，改以徒手挖掘。村井刑警等不及，也用手挖土，其他三人則是注視著越挖越深的地洞。局長和司法主任吐著熱氣，頻頻摘帽擦拭額上的汗水。金田一也神情緊張，時而摘帽，時而戴帽。

那個洞挖得相當深。忽然，一名工匠驚呼一聲，急忙抽回手。

「挖到什麼？」

金田一耕助呼吸急促地問道。

「嗯，有個軟軟冰冰的東西……」

「很好。」

金田一耕助環視眾人說：

「各位若是驚慌大叫就麻煩了，所以我先提醒一下。各位想必已發現，裡面有一具屍體。來，請繼續挖。」

工匠們面面相覷，但好奇心似乎勝過恐懼。他們拋開鏟子，徒手挖土。此時，土中露出可怕的灰土色人類皮膚。令人驚訝的是，這具屍體也是全裸，採俯臥姿勢，從背部到臀部慢慢露出。

「可惡，凶手擔心警方會從穿著辨認身分，才剝光死者的衣服吧。好險，再晚一個星期，又會變成一具無臉屍。」

「咦，這是一具男屍！」

司法主任發出驚呼。從死者的肌肉和膚色來看，確實是男性。局長似乎也很意外，以刺探的眼神望向金田一，緊抿著嘴。

「沒錯，他是男的。不然你以為是誰？」

「是誰？我以為是鮎子……」

「鮎子？開玩笑吧！那個惡魔怎麼可能會死，剛才不是說過好幾遍，鮎子還活著。哇！」

最後，挖出屍體的後腦杓時，連金田一耕助也忍不住大叫，嚇了一跳。其他人紛紛臉色大變，倒抽一口氣，彷彿冷汗從全身毛孔湧出。只見死者的後腦杓皮開肉綻，宛如一顆炸裂的石榴。

金田一耕助從衣袖裡取出手帕，神經質地頻頻擦汗。

「要是容貌沒變就好了……刑警先生，不好意思，可否請你抬起屍體，讓爲吉先生看看他的臉？爲吉先生說認識這個人。」

「村井，這個拿去用。」

局長大方地抛出自己的皮手套。村井刑警戴上手套後，把手搭在屍體肩上，使勁抱起。死者滿臉泥土，司法主任取出手帕仔細擦拭。基於職責所在，他才鼓起勇氣這麼做。不過，他們一樣有常人的情感，就算司法主任的手微微顫抖，也不應該嘲笑他。

「來吧，爲吉先生，請看一下。千萬別怕，你是最重要的證人呢。拿出勇氣……看看他到底是誰。」

屍體的臉部嚴重變形，不過，還不到金田一耕助擔心的程度，腐爛程度也不嚴重。爲吉牙關打顫，定睛注視那具屍體的面容。

「啊！他、他、他是『黑貓』的老闆……」

金田一耕助轉頭望向局長和司法主任。不過，得知這是一具男屍時，他們已猜出幾分，所以沒那麼訝異。局長朝金田一點點頭，說道：

「看來，連老闆也被殺了。」

「可惡，難怪找不到他。不過，他到底是什麼時候被殺的？」

「十四日晚上。經過G鎮派出所後，他就被帶往這座寺院，挨了致命的一擊。這麼一來，一切就準備妥當，再來只要埋好屍體，警方便會把他當成殺害阿繁的凶手或共犯，加以通緝。這正是眞凶期望的結果。」

「這麼說來，凶手是鮎子？」

「沒錯。」

「那麼，鮎子在哪裡？」

司法主任焦急地插話。

「在這座寺院。喏，就在前方的倉庫裡。」

此刻已近傍晚，空蕩蕩的寺院因夜色蒙上一層暗灰，冷風直透肌骨。眾人望向金田一耕助所指的方向，發現在遠離正殿和僧房的院內深處，一間堪稱內院的小佛堂旁，有一座專門存放器具和貴重物品的倉庫，院方爲了預防火災，在興建時特別與其他建築物保持距離。

眾人頓時沉默。村井刑警突然快步衝向前，局長和司法主任隨後跟上。金田一耕助望向爲吉說：

「爲吉先生，請帶十字鎬過來。其餘兩人請留在這裡。」

爲吉拎著十字鎬，跟在金田一耕助後面。

倉庫的大門上掛著一把大鎖。

「鑰匙應該在日兆身上，或許還有備份鑰匙，不過，可能會驚擾到臥床休養的住持，乾脆直接以十字鎬破壞吧。」

門鎖應聲而斷。金田一慰勉爲吉的辛勞，請他先回去，接著伸手搭在門上。他似乎也很緊張，掌心滿是汗水。

「各位請小心，對方像頭負傷的野獸，別看是女人就掉以輕心。」

局長、司法主任和村井刑警嚴陣以待，金田一耕助深吸一口氣，使勁打開沉重的大門。

就在這時候——

「危險！」

村井刑警猛然撞開金田一耕助。此舉出乎意料之外，金田一耕助一陣踉蹌，雙膝跪地。下一瞬間，隨著一聲槍響，一顆子彈掠過頭頂。金田一耕助萬萬沒想到，對方竟持有槍械。要不是刑警及時撞開，他恐怕早就一命嗚呼。

「再動我就開槍。」

屋內傳來女人的尖叫聲。金田一耕助跪在地上，抬頭仰望。前方站著一名身穿鮮豔洋裝的短髮女子，背後的倉庫深處宛如暗不見底的地洞。儘管對方臉上塗抹厚重白粉和鮮紅色口紅，卻因凶殘和絕望而面色如土，圓睜的雙眼散發一股瘋狂的殺氣。她緊握手槍，槍口從上方瞄準金田一耕助。

金田一耕助就不用說了，連局長、司法主任和村井刑警也都一臉慘白。

「你到底是什麼人？」

女子難以抑制怒火，顫抖的話聲充滿憎恨和怨懟。

「你不是警察吧。明明不是警察，到底跟我有什麼深仇大恨，爲何要把我的祕密全部抖出來？」

女子從喉嚨深處發出歇斯底里的叫聲。

「不，我知道。全是你的計謀，昨天看到你在墓園附近徘徊，我驚覺不妙，打算離開，但日兆那個傻瓜竟不聽我的，不肯放我出去。要不是那個笨蛋，我早就遠走高飛……」

女子咬牙切齒，突然發狂似地甩動短髮。

「現在說這些也沒用，一切都完了，我早做好心理準備。不過，你這個多管閒事的毛頭小子，我可不會獨自走上黃泉路，我要你同行，讓我們手牽手共赴黃泉吧。」

「住手！」

局長怒喝一聲，邁步向前。金田一耕助揚手制止他，一臉悲戚地搖頭。由於女子晃了一下手槍，局長也沒辦法前進。

「站起來！你站不起來嗎？」

女子以尖細的嗓音喊道。金田一耕助搖搖晃晃起身，與女人面對面。他已沒有餘力思考，也不打算繼續纏鬥，彷彿喪失鬥志，全身虛脫無力，連站著都覺得吃力。

局長、司法主任和村井刑警站在遠處，發狂似地大呼小叫，卻無技可施。要是魯莽行事，只會害金田一耕助提早送命。瞄準金田一胸口的槍，已做好準備，隨時都會迸出火花。

金田一耕助渾身一陣慵懶，心想：既然要開槍，就早點開吧。

「呵呵呵——」

女子發出妖怪般可怕的笑聲，瞄準目標，扣向扳機。

這時，她突然朝金田一耕助背後望了一眼。不，不是金田一耕助背後，而是那群警察的後方。就在那一刻，她惡魔般的決心與緊繃的情緒陡然崩潰瓦解。那陰沉的表情出現動搖，緊接著開始扭曲，宛如哭喪著臉的孩童。

「阿繁！」

眾人背後傳來一個渾厚的嗓音。

「別做傻事！」

剎那間，女子將手槍轉向，瞄準自己的心臟部位。只聽到「砰」一聲，女子在煙硝中倒地。同一時間，金田一耕助像全身骨頭散架，踉蹌欲倒，一雙強勁的手臂從後面緊緊抱住他。

「阿耕，振作一點！」

不消說，此人正是風間俊六。

局長、司法主任、村井刑警，紛紛奔向女子身旁。接著，局長的視線從全身痙攣的垂死女子移向風間俊六，納悶地問：

「你剛才叫她『阿繁』，她是阿繁嗎？」

「她當然是阿繁啊。除了阿繁，還會有誰？」

「可是，金田一先生說她是鮎子……」

「沒錯啊，局長。」

金田一耕助被風間俊六抱著，虛弱地應道。

「她是『黑貓』的老闆娘阿繁，也是日華大舞廳的桑野鮎子。阿繁一人分飾兩角。」

九

隔天，在大森的割烹旅館「松月」的別館裡，局長、司法主任和村井刑警，環坐在金田一耕助身邊，風間俊六以主人的身分列席。一個不知是他二老婆、三老婆、四老婆，還是五老婆的妖豔女子，在一旁負責招呼。理應是金田一耕助主動前往警局說明整起案情，可能是昨天精神過於緊繃，突然感到疲憊無力，他提不起勇氣搭乘現代交通工具。風間很擔心他，才居中協調，請警方過來。

「哎呀，我眞沒用……」

金田一耕助羞愧地搔抓那頭亂髮。他氣色不佳，連笑起來都沒什麼精神。局長同情地說：「不，倒也難怪，在鬼門關前走一遭，任何人都會這樣。當時眞的好險。」

「大家都替你捏了一把冷汗。」

司法主任心有戚戚焉。

「要是風間先生晚幾秒出現，眞不知道會有什麼結果。」

村井刑警說著，不禁打了一個寒顫。

「沒錯！那女人迷戀風間，風間那聲斥喝，讓她當場變成一個哭鬧的小孩。昨晚，我看到她的表情。雖然是個狠毒的女人，但還是覺得她很可憐……喂，色鬼，說句話吧。別以爲阿節小姐在場，就能蒙混過去。」

「別說傻話了。不過，看你已能開玩笑，我就放心多了。你昨晚都在說夢話，我非常擔心呢。阿節，對吧？」

風間粗壯的雙臂交抱胸前，轉頭望向一旁的女子。那個不知是他二老婆、三老婆、四老婆，還是五老婆的女子，始終面帶微笑，沉默不語。

「謝謝你替我操心，眞對不起。不過，風間，別再叫我阿耕，好歹叫我耕助吧，感覺像在叫小弟。阿節小姐，妳說對吧？」

節子仍不發一語，只是面帶微笑。接著，她突然端著空酒瓶站起。

「老爺，如果有事，請搖鈴叫我。」

語畢，阿節走出房間。金田一耕助望著她的背影說：

「眞是個好女人。風間，別再花心了，對阿節小姐從一而終吧。」

風間苦笑著應道：

「少在這種時候出餿主意。大家都在等你，快點說明案情。」

「嗯！」

金田一耕助重重頷首，輕啜一口沒有氣泡的啤酒，接著轉向眾人，娓娓道來。

「請容我先來一段特別的開場白。推理小說有一種『無臉屍』的主題，這是我最近從一位住岡山的朋友那裡聽來的，規則如下：A想殺B，但就這樣殺了對方，自己會有嫌疑。換句話說，周圍的人都知道A有殺B的動機。於是，A殺了B之後，先將B毀容，替屍體穿上自己的衣服，讓人誤以爲是A遇害。接下來，A只要找地方藏身，警方就會以爲是B殺害A之後逃亡，而通緝B。因此，A成爲死者，得以安全藏身，這就是當中的詭計。本次的案件非常類似，但仔細一想，有個基本上的差異。就前者來說，殺害B，以其屍體當替身，這是首要目的，凶手爲此犯案。然而，本次的案件並非如此。阿繁與用來當替身的女子無冤無仇。她的目的只是要殺害丈夫糸島大伍，與一般推理小說的『無臉屍』主題不同，所以，在我們看出動機的那一剎那，阿繁就輸了。」

金田一耕助又喝一口沒有氣泡的啤酒，潤了潤喉嚨。

「從風間口中得知他懷疑阿繁昔日的身分時，我就發現阿繁的動機。接下來，我查到昭和十二年松田花子所犯的案子，更確定她的動機。當初，松田花子想毒殺婆婆，卻誤殺丈夫，於是逃往中國。當然，她肯定改名易姓，甚至隱藏本性。但不知道什麼原因，這個祕密被糸島大伍發現，在他的脅迫下，兩人結爲夫妻。在中國，糸島恐怕是利用阿繁的美貌與肉體，逼迫她做許多壞事。這樣的夫妻不可能有愛情。糸島對她似乎不只有慾望，而是眞心喜愛，但阿繁對糸島除了憎恨之外，沒有任何感情。她無法擺脫糸島，是害怕糸島會抖出她的祕密，不過，擔心身分敗露的阿繁，除了畏懼糸島，更怕回到日本。她可能打算在異邦度過餘生，但後來日本戰敗，被遣送回國。這是不得已的結果，阿繁無力改變，然而，她腦中興起一個念頭。既然與這個可怕男人一起回到可怕的日本，兩樣麻煩，少一樣總是好的。於是她拋下糸島，刻意先回國。被遣返原本想捨棄的日本，好歹要趁機甩開知道她祕密的糸島。回到日本後，阿繁盡可能住在遠離東京的地區，可是從小在東京長大的她，終究無法遠離東京生活。況且，那起案子發生至今已過十年。這十年對阿繁來說，相當於十五、二十年之久，她的容貌有很大的改變。以前那張圓潤的娃娃臉已不復見，她的臉形變長。她對這些變化充滿自信，爲了強調自身的改變，她梳起和以前截然不同的日本傳統髮型，穿上日本傳統服裝。在橫濱的酒店上班時，她邂逅風間，當了人家的小老婆。這下終於找到棲身之所，甚至遇上有生以來第一個讓她心動的男人。同時擁有穩定的生活與愛慾上的滿足，她肯定沉醉在幸福裡。然而，糸島也回到日本。這個她想永遠擺脫的男人回來了，並且出現在她面前，眞不知她有多氣憤。如果只有生活方面的問題，她還能忍受，但這次眞的愛上風間，對他還有難以割捨的依戀。好不容易得到幸福，卻遭糸島狠心粉碎。阿繁發現，若不殺了糸島，將會陷入萬劫不復的深淵，永遠得不到幸福。沒錯，糸島大伍返回日本，出現在她面前的那一刻，已形同被宣告死亡。」

眾人鴉雀無聲。金田一耕助每說一句話，局長便在一旁點頭，表示贊同。如今糸島和阿繁都已喪命，一切只是金田一耕助的想像，但在場者不得不同意，金田一一針見血地道出眞相。

風間本想替他倒酒，卻被他制止。

「夠啦，別再加了。沒有氣泡的啤酒比較不刺激，這樣反倒好。」

說著說著，他又淺啜了一口。

「接下來，我們重頭梳理這起案子吧。本月二十日早上，警方在『黑貓』的後院挖出一具女性腐屍。經調查得知，死者是名叫桑野鮎子的女性，凶手是老闆娘阿繁，老闆糸島大伍恐怕是共犯。風間與阿君通過電話，大致得知此事，不久，刑警來訪，風間進一步瞭解詳情。不過，他沒有非常驚訝，只是單純認爲，如果是阿繁，極有可能做出這種事。然而，到了二十六日，案情突然大逆轉。遇害的不是鮎子，反倒成了阿繁，原本的被害者鮎子才是凶手。風間看到這篇報導時，一陣心神不寧。究竟爲何，他並未細想，總之，他無法理解，也不能坐視不管，於是找上我。儘管面對我，風間對於心神不寧的原因，以及爲何無法接受這樣的事實，也不知該如何表達。但我在與他交談的過程中，試著將他的疑惑分析如下：一開始他以爲死者是鮎子，之後卻變成阿繁。這樣看來，那具屍體可能是鮎子，也可能是阿繁。如果是這樣，會不會眞的是鮎子？風間對此感到疑惑，我只是進一步延展的想法，認爲屍體就是鮎子，而阿繁企圖讓人誤以爲她才是死者——我姑且做出假設。那麼，阿繁爲何有這種企圖？這時候，她過去的身分派上用場。她想讓人以爲自己已不存在於這個世上。換句話說，她想抹除自己存在的事實，這麼一來，動機就很充分了。此外，只要聯想到住在『黑貓』後院房間的神祕女子，自然能解釋這一點。根據警方的說法，是鮎子喬裝成阿繁，不過，只是短短一、兩天還說得過去，整整漫長的兩週，還犯下命案，我不認爲一般人有這麼大的膽子，而且過於不自然。倒不如說，阿繁另有目的，就是讓人對出現在後院房間的女子產生懷疑，才刻意不露臉，這個想法比較合乎邏輯。沒錯，凶手果然是阿繁——這個假設有沒有其他衝突之處？有，就是日兆先生的證詞。不過，這件事比較麻煩，待會我再說明。先不管日兆先生的證詞，姑且以剛才的假設繼續往下看。被害者是鮎子，凶手是阿繁，糸島是共犯——想到這裡，會出現一個疑問。他們爲什麼放著沾血的榻榻米和拉門不處理？榻榻米上的血跡僅用草蓆遮掩，拉門上的血漬只貼上報紙掩蓋，遲早會被剛搬進來的住戶發現。那些血量不少，即使屍體沒曝光，也會引起新住戶的懷疑。他們爲何留下如此明顯的證據？只要破壞拉門上沾血的部位就行，即使是榻榻米，剝除表面並焚毀，便可輕鬆解決。這麼簡單，他們爲什麼不做？再來思考阿繁的計畫，她想讓人誤以爲自己遇害身亡，必須盡可能留下發生過凶殺案的證據。只要與她有關，現場留下血跡也不足爲奇。可是，糸島又是什麼情況？阿繁殺害鮎子，糸島協助掩埋屍體，接著兩人逃亡。在這種情況下，糸島會同意在現場留下血跡嗎？不可能！那麼，要是糸島知道阿繁有另一個深層計畫，也就是讓鮎子的屍體充當她的替身，讓人誤以爲她已遇害，又會是什麼情況？不，打一開始就不必考慮，因爲糸島不可能同意阿繁的這個計畫，他很清楚，如果阿繁眞的那麼做，或許她有辦法全身而退，一切嫌疑卻會落在他身上。讓人誤會阿繁已死，這一點可以接受，但糸島必定會惹上殺妻嫌疑，這項計畫他不可能同意。由此可推斷，整起案子是阿繁獨自策畫，糸島完全不曉得來龍去脈。這麼想比較合乎邏輯。問題在於那灘血，量那麼多，糸島不可能沒發現。事實上，他們將壁櫥前的榻榻米與牆邊的榻榻米對調，非得挪動衣櫃不可。以阿繁獨自一人，肯定搬不動。當然，糸島一定有提供協助，只是，他如何看待那攤血跡？思考這個問題之際，我突然想到那具脖子幾乎被砍斷的貓屍……」

「啊！」

局長、司法主任、村井刑警，幾乎同時發出驚呼。局長呼吸急促地問：

「我懂了。爲了讓糸島確信那是黑貓的血，阿繫殺了那隻貓，對吧？」

「沒錯、沒錯。」

金田一耕助喜孜孜地伸手搔頭。

「你們以爲凶手在行凶時，那隻黑貓正好在附近遊蕩，於是遭受池魚之殃。那是因爲你們不瞭解貓的習性，才會提出這種看法。世上再也沒有比貓更難宰殺的生物。中學時代，我有個朋友生性凶殘，總是宰殺貓狗，將牠們烤來吃。不，不是風間，請放心。聽那個朋友說，貓的生命力很強。如果是狗，只要用棍子毆打，馬上會倒地斃命，換成是貓，任憑你再怎麼毆打，也沒那麼容易死亡。原本以爲差不多斷氣了，結果貓又微微睜眼叫幾聲，沒有比貓更難收拾的動物。如此神通廣大的貓，竟會遭受池魚之殃，未免太不小心了吧。從牠的傷口來看，不像是遭受波及，而是刻意砍傷。對了，刑警先生認爲那隻貓目睹案發經過，凶手覺得心裡不舒服，才將牠殺害，我也考慮過這種可能性。不過，這樣簡直和愛倫坡（Edgar Allan Poe）的小說一樣。打從一開始，我就認爲被害者不是阿繫，所以這個問題困擾我許久。不過，到這裡一看，發現這與我的假設不謀而合。阿繫趁丈夫外出時殺人，再殺了那隻黑貓。丈夫回來後，她謊稱在逗貓時，貓突然咬她或抓她，令她火冒三丈，一刀砍死貓，並讓丈夫看那具血淋淋的貓屍。阿繁就是個歇斯底里的女人，所以糸島固然驚訝，並未起疑。阿繁藉由殺死黑貓來掩飾行凶留下的血跡，順便要丈夫在後院挖洞，掩埋貓屍。接著，她更進一步，請丈夫帶回另一隻黑貓，增加丈夫的嫌疑。她約莫是對丈夫說——我一時發火殺了那隻貓，希望你別告訴任何人，我不想讓別人以爲我是凶殘的女人，請你趕快帶別隻貓回來頂替。同樣是黑貓，沒人分辨得出。還有，換了黑貓的事，千萬保密。」

「嗯……」

局長發出低吟，司法主任和村井刑警也吐出溫熱的氣息。

「原來如此。這麼一來，就能解釋糸島的奇怪行徑。他在不知情的狀況下，被妻子玩弄於股掌之間，還不曉得一切都是妻子謀殺他的準備工作。」

「沒錯，這正是凶手最凶殘、最沒有人性的地方。另一方面，阿繁故意在臉上塗抹劣質白粉，讓自己長滿面皰，躲在後院那個六張榻榻米大的房間裡。由於她去年曾塗抹白粉過敏，所以很清楚塗哪種白粉會長面皰。站在她丈夫的立場來看，妻子長面皰是事實，對於妻子終日關在房間裡，他並未起疑。接著，阿繁向丈夫提議將『黑貓』頂讓出去，兩人一同遷往他處。雖然不知道她是以何種冠冕堂皇的藉口讓丈夫答應的，但再怎麼說，這家店能經營下去，全靠阿繁一人的手腕，糸島只能乖乖聽話。至此，我們稍微轉換一下焦點。假設遇害的是鮎子，我們來看看鮎子這個女人吧。對於鮎子的存在，起初我抱持懷疑。如同剛才所說，一開始我認爲阿繁有殺害糸島的動機，但糸島並無殺害阿繁的動機。首先，糸島就像跳蚤，完全依賴阿繁這個宿主才得以過活。若殺死阿繁，不就等於殺掉一隻會下金蛋的母雞？可是，表面上來看，糸島也有殺妻的動機，就是他的新情婦鮎子。要不是有鮎子，很難從糸島身上找出殺妻的動機。換言之，正因有鮎子，阿繁遭丈夫殺害一事才說得通。對於阿繁的計畫，眞是求之不得。當中或許有些細節是阿繁刻意安排，於是我試著調查鮎子，有關她的資料卻一片模糊。從去年五月到六月，鮎子待過日華大舞廳。但她離職以後，一直到今年年初遇見昔日同事，這段期間她在哪裡做些什麼事，無人知曉。可是，今年那個舞小姐和阿君撞見不久，便發生這起案子，未免太巧合。不過，確實有鮎子這名情婦，而且和糸島過從甚密。兩人曾一起看電影，出入井之頭那幢奇怪的屋子，皆是事實。只是……我仔細想過，像糸島這樣的男人，除了妻子以外，會有其他女人嗎？他不光是靠妻子過活，也很愛妻子，『黑貓』酒店那三名女子異口同聲證明了這一點。既然如此，他會有情婦嗎？不過，男女關係沒有公式，或許糸島眞的有情婦，並且激起阿繁的妒意——這就有點古怪了。依我的看法，那對夫妻就算丈夫搞外遇，妻子也不該吃醋，頂多不屑地冷笑幾聲。阿繁卻醋勁大發，故意在那些年輕女孩面前鬧脾氣。這很可能是她刻意安排的吧。我想到這一點，於是向那三名女子詢問她當時的態度，得知以下的事。一，阿繁今年頻頻吃醋。二，阿繁吃醋的時候，從未提過鮎子的名字，總是說『那個人』或『那個女人』。三，這種時候，糸島總是一副憨憨傻傻的模樣，像個傻瓜，不予理會。——根據以上三點，我認爲的確是阿繁一手策畫。不過，我做夢也沒想到，阿繁會有如此精湛的演技。之所以發現眞相……不，應該說向我透露眞相的，是兩份日記。」

金田一耕助說到這裡，喘了一口氣，以沒有氣泡的啤酒潤了潤喉，接著道：

「那兩份日記，是風間與阿君的日記。風間寫日記，我倒是不訝異，但阿君過去的那一年，每天都寫日記，從不間斷，眞的很不簡單。而且，她的日記給了我提示，幫助我解開這起案子中最離奇的謎團。所以，說到破案的最大功臣，非阿君莫屬。事情是這樣的——『黑貓』每個月都有兩、三天公休。根據阿君的日記，到去年爲止，阿繁並不是每次休假就去找風間，他們固定一個月只見面一次。至於其他休假日，她不是待在家裡，就是和糸島外出遊玩。從今年開始，阿繁每次休假都說要出去找風間。不過，依照風間的日記，他和阿繁見面的次數沒有那麼頻繁，和去年一樣，一個月只見一次面。那麼，阿繁沒和風間見面，又去了哪裡？更奇怪的是，有人說阿繁最近出門以後，老闆糸島也會馬上外出，其實未必如此。有時候阿繁出門，糸島還是待在家裡，而且那天正巧是阿繁去見風間的日子。只要阿繁外出目的不詳，糸島一定會隨後出門。我去見那名舞小姐，請她回想在『日本劇場』前面遇見鮎子的情形，那天果然是阿繁外出的日子。而阿君跟蹤糸島，看見鮎子，那天阿繁也剛好外出。

發現這個眞相，我受到莫大的震撼。阿繁和鮎子是同一個人，也就是說，阿繁一人分飾兩角。雖然不是一下就得到答案，但經過多方思考，最後全都指向此一結論。我姑且假設這個結論正確，試想有無任何矛盾之處，結果找不出來。同時，見過阿繁與鮎子的只有阿君，不過，阿君僅僅是在擁擠的人潮中，從遠處瞥見鮎子。要瞞騙阿君的眼睛一點都不難。阿繁平常梳的是日本傳統髮型，穿的是傳統日本服裝。相對地，鮎子一頭短髮，濃妝豔抹，也難怪阿君會被騙。至於其他人，有些認識阿繁而不認識鮎子，有些認識鮎子而不認識阿繁。此外，鮎子和糸島一起從中國返回日本，以及鮎子是糸島的情婦，這些全出自阿繁之口，沒有其他證據。換言之，鮎子是阿繁的另一個分身。這麼一來，一切就兜攏了。阿繁爲了營造出丈夫謀害她的局面，刻意替丈夫安排殺人動機。看出當中的陰謀時，她的惡毒令我不寒而慄。儘管是我的推論，我卻嚇得不敢相信。可是，這套推論馬上獲得驗證。我請日華大舞廳的人看過松田花子的照片，他們都說照片上的女人變化極大，但確實是鮎子。另一方面，也有人說那張照片很像年輕的阿繁。如此一來，阿繁一人分飾兩角，便成爲不爭的事實。」

金田一耕助又喘了一口氣，靜靜凝望啤酒杯。現場無人說話，一股難受的沉悶氣氛籠罩著屋內。不久，局長和司法主任幾乎同時開口：

「可是，阿繁是以什麼藉口，讓丈夫接受這種古怪的幽會方式？」

「阿繁是從去年五月開始計畫這個案子嗎？」

「應該是吧。不過，先回答局長的問題。對阿繁來說，這是小事一樁。她恐怕是這麼說：『老公，我最近很悶。我們像去年五月那樣，再來玩玩幽會遊戲吧。我扮演桑野鮎子，假裝有老公，我躲著老公跟你幽會。親愛的，我們最近面臨倦怠期，需要一點變化。我想嘗嘗緊張刺激的感覺。來嘛，玩幽會遊戲！』糸島早習慣阿繁善變的個性，而且只要是她的主意，糸島往往唯命是從。況且，他對這種遊戲也頗感興趣，於是中了阿繁的圈套。」

「原來如此。」

局長一臉佩服地歪著頭說道。

「關於去年那件事，依我推測，糸島在前往風間家表明身分之前，已查出阿繁的住處，並見過阿繁。當時，阿繁雖然還沒擬定計畫的細節，但如同我剛才提到的，看到糸島的那一刻，她便興起一股殺意，所以無意識地展開有助於日後計畫的行動。面對糸島的出現，阿繁極力掩飾蒼白的怒容，向他說——我有了新歡，對方不是簡單的人物，有許多手下，要是不小心被他發現我跟你密會，不知道會有什麼後果，所以請你別再來了，我會主動去找你……於是，她開始變裝外出，謊稱是爲了不讓現任丈夫及其手下認出來。自此，她創造出桑野鮎子這個虛構人物，甚至進一步說——我們不能一直這樣下去。我的現任丈夫總有一天會發現，到時候我非離開不可。爲了迎接那一天的到來，從現在起我要當一名舞小姐……因爲那時候風間已對她心生厭倦，人家可是有十三個小妾呢……」

「你別亂說！」

風間板著臉制止金田一耕助，察覺自己面孔略微泛紅，忍不住伸手一抹。

「哈哈哈，十三個還不夠嗎？不好意思啊。總之，風間已鮮少去阿繁的住處找她，所以她才能過這種雙重生活。後來，阿繁得知小野千代子的事，並查出糸島和小野一起從中國返回日本，至今仍在照顧她。糸島照顧小野，當然不是出於善意，他打算日後將小野賣到妓院。於是，阿繁想到一個好方法，就是反過來利用這個女人。然而，阿繁當時的計畫還很單純——先殺掉糸島，再嫁禍給小野千代子。她打算讓其他舞小姐留下印象，以爲她就是小野。至於那只關鍵的行李箱，即印有簡寫字母C·O的行李箱，親眼見過的舞小姐說行李箱頗大，而且非常華麗，一看便知道是女用行李箱。不過，小野千代子滿臉泥灰，十足男人模樣，從滿州南下到日本，不可能帶那種行李箱。因此，早在發現阿繁和鮎子是同一個人之前，我便認爲鮎子不是小野千代子。話說，她擬訂計畫，卻缺乏執行的勇氣。畢竟要殺人行凶，而且是女人殺害男人，這是一件很不容易的大事。因此，她握著這項計畫，靜靜等候時機成熟。最後，出現一個對她大有幫助的人物——日兆先生。」

金田一耕助突然停頓，彷彿有蟲子掉到背上，使勁抖了一下。其他人沉著臉，重重吐出一口氣。然後，金田一耕助繼續說：

「各位都知道，『黑貓』那個六張榻榻米大的房間，紙門上的窗玻璃有貼紙。不過，那不是最近貼的，是去年糸島夫婦搬來之後才貼的。阿君說，日兆先生經常從後面的高崖偷看老闆娘，他們不得不這麼做。那個人有點古怪，也許是個變態——阿繁反過來利用這一點。換言之，她拉攏日兆，使他成爲共犯。一如我前面所述，假設中唯一的矛盾就是日兆的證詞。不過，我對於自己的假設越來越肯定，所以認爲日兆所言不實。我甚至想過，可能是日兆看到喬裝成鮎子的阿繁，被她騙了。然而，日兆的一切行動都對阿繁的計畫相當有利，而日兆的那番供詞，乍看像是遭爲吉先生指出矛盾，不得已才吐露實情。可是，他表示就算沒有爲吉先生的指證，也打算日後找機會說出眞相。另外，關於日兆挖出屍體的時間，要是他的供詞屬實，爲什麼不在『黑貓』歇業的十四日或十五日動手？若是當時挖出屍體，腐爛程度不至於那麼嚴重，或許還能辨識出屍體的身分。反過來想，日兆可能在等待屍體腐爛到無法辨識……我非常肯定，那具屍體原本不是埋在那裡。在十四日晚上之前，後院只埋了那具黑貓屍體。那麼，女屍原本埋在哪裡？答案是墓園，也就是掩埋糸島的地方。他們先把女屍埋在那裡，等待腐爛到面目全非。二十日晚上，一切安排就緒，再由日兆挖出女屍，重新埋進『黑貓』的院子裡。換言之，長谷川巡查發現不對勁時，日兆並非挖出屍體，而是正在掩埋。他當然知道長谷川巡查每天晚上都會來巡邏，所以才展開行動，佯裝挖掘屍體。」

眾人再度發出沉重的嘆息，現場瀰漫著一種沮喪的灰暗氣氛。

「話說回來，阿繁找到共犯，重新擬定計畫。正因花了半年安排，這次的計畫比之前複雜多了。她打算先讓自己遇害，嫁禍到丈夫身上，再悄悄殺了他，將屍體藏在某處。如此一來，阿繁便能達到雙重目的。一來完成殺害鮎子的宿願，二來能讓自己從這個世界上消失。她挑選小野千代子做爲這項計畫的道具，不，應該是犧牲品。儘管小野已被糸島賣往他處，但阿繁知道她住在哪裡。小野被賣掉時，因羞愧而隱姓埋名，就算日後小野的眞名曝光，買下她的娼寮也不會察覺，阿繁相當放心。於是，一如我前面所說，阿繁不僅一人分飾兩角，捏造出鮎子這個虛構人物，爲了以假亂眞，還頻頻裝出吃醋的模樣。不過，她從未提過鮎子的名字，只說『那個人』或『那個女人』。她丈夫以爲她指的是小野千代子，感到不悅，而阿君和其他兩名女子，則認爲阿繁指的是鮎子。其實，這是阿繁故弄玄虛，爲了讓他們誤解所運用的話術，確實高明。」

金田一耕助喘了一口氣，接著說：

「一時說得太長了，我盡可能簡單解釋吧。不，應該不用多說，各位也早就明白，阿繁已準備妥當，將著手執行計畫。在可怕的二月二十八日那天，她趁丈夫糸島外出購物，找來可憐的小野千代子，給予致命的一擊。雖然不知道下手的是阿繁還是日兆，但凶手是誰都一樣。日兆扛著屍體回到墓園，並且掩埋。接著，阿繁殺了那隻黑貓，瞞過丈夫，也沒忘記將鮎子那把令阿君印象深刻的洋傘，擱在店內的桌子底下。然後，她朝臉上塗抹劣質白粉，任其長滿面皰，從此關在房內不肯見人。這是她殺人的第一步驟，驚悚的是，此次行凶並非她眞正的目的。倒不如說，只是執行第二步驟前的暖身動作罷了。至於第二步驟，則是在十四日晚上進行。

糸島與阿繁搬離『黑貓』，經過G鎮派出所，來到蓮華院。雖然不清楚阿繁用什麼藉口將丈夫帶往蓮華院，反正她的藉口多得是，糸島隨即遇害，這次下手的肯定是日兆。兩人將糸島的屍體埋進墓園，阿繁決定在蓮華院的倉庫躲一陣子。俗話說，最危險的地方就是最安全的地方，那裡確實是絕佳的藏匿處。阿繁與日兆在倉庫裡展開奇異的生活。不過，阿繁在這方面失算了，其實日兆並沒有她想像中那麼笨。阿繁認爲只要是日兆，就算行徑古怪，別人也不會起疑。然而，日兆的古怪背叛了她。日兆雖然將她據爲己有，卻從未對她敞開心房，每次離開倉庫，一定會從門外上鎖，把她關在裡面。此舉毀了阿繁的計畫。」

金田一耕助的說明到此結束。眾人沉默半晌，各自望著前方，似乎連開口都嫌累。

「不曉得阿繁原本打算如何處理日兆？」

過了一會，村井刑警才開口問了這麼一句。金田一耕助盡可能輕鬆回答，但難掩話聲中的顫抖。

「她應該不會放過日兆，可能在這次的風波平息後，又會在某處發現一具光頭男屍吧。到時候，阿繁才能高枕無憂，展開新生活。」

接著，他轉頭問局長：

「對了，日兆現在的情況如何？」

局長聞言，懶懶地搖頭。

「還能如何？他昨天一到警局，就發現自己被騙，大吵大鬧。眾人想加以勸阻時，他突然口吐白沫，倒地昏厥。約莫是他與阿繁的畸戀，對他造成嚴重的影響。後來雖然清醒，但他恐怕有好一陣子無法恢復正常。」

眾人聽到這裡，不禁又重重嘆息，沉默片刻。不久，風間以充滿朝氣的聲音打破沉默，似乎想一掃鬱悶的氣氛。

「哎，如此悲慘的案件，眞教人心情沉重。不妨先吃點熱食，驅散惡魔吧。」

語畢，風間揚手拍了幾下。

結尾

闔上這份沉重的紀錄後，再度打開金田一耕助寫給我的那封信——

Y先生，以結果來看，這起案子與您提及的「無臉屍」公式並無太大差異。不過，其中牽涉「一人分飾兩角」的詭計，導致案情變得很複雜。您曾說，一人分飾兩角的詭計直到故事最後都是伏筆，要是被讀者識破，作者就輸了。不僅小說如此，在實際的案件中也一樣。從我看穿鮎子即爲阿繁分身的那一刻起，阿繁就輸了。Y先生，您是否也看出這是一人分飾兩角的詭計？（以下省略）

坦白說，我並未看出眞相。各位讀者呢？

金田一耕助年譜

時間（年齡）	大事記	事件名稱
一九一三年（一歲）	生於日本東北地方的內陸。	
一九三一年（十九歲）	和中學同學風間俊六一同前往東京，就讀某所私立大學。	
一九三二年（二十歲）	前往美國。一邊做著洗碗工，一邊在美國西部過著放蕩的日子，並成了吸毒者。在日本留學生的聚會中認識久保銀造，獲得久保的援助，進入當地大學就讀。	在舊金山的日本僑民之間發生了不可解的殺人事件。
一九三五年（二十三歲）	大學畢業回國。接受久保五千圓的贊助，在東京銀座的某棟大樓的五樓開設偵探事務所。	
一九三六年（二十四歲）	解決某件轟動全國的案件，受到熱烈的報導。	
一九三七年（二十五歲）	接受久保銀造的要求，前往岡山縣調查久保姪女遭到殺害的事件。並在此案件中認識任職於岡山縣警的磯川常次郎警部。	本陣殺人事件（金田一系列第一作）
一九四〇年（二十八歲）	受軍隊徵召，前往中國。	
一九四二年（三十歲）	轉調至南方戰線，最後抵達了新幾內亞的韋亞克。並結識戰友川地謙三、鬼頭千萬太。	
一九四五年（三十三歲）	在韋亞克迎接二戰結束。	

一九四六年（三十四歲）	退伍回國。接受戰友千萬太臨死前的委託，前往瀨戶內海的小島，卻遭遇千萬太的三個妹妹接連被殺的事件。同年並解決一連串案件。	百日紅之下（短） 獄門島 水井怪聲（短） 黑蘭姬（短） 蝙蝠與蛞蝓（短）
一九四七年（三十五歲）	結束事務所，寄居在風間小老婆節子經營的割烹旅館「松月」別館。同年結識了警視廳的等等力大志警部。	黑暗中的貓（短） 黑貓亭殺人事件（短） 殺人鬼（短） 惡魔前來吹笛
一九四八年（三十六歲）	解決《夜行》、《八墓村》兩案，獲得大筆報酬，和偵探小說家Y一同前往伊豆旅行。在〈女怪〉一案中失戀。	夜行 八墓村 女怪（短） 犬神家一族
一九四九年（三十七歲）	因爲失戀，前往北海道自我放逐一個月。	人面瘡（短） 死面具（短） 烏鴉（短）
一九五〇年（三十八歲）		迷路莊慘劇
一九五一年（三十九歲）		女王蜂
一九五二年（四十歲）	解決發生在一九三六年的〈幽靈座〉一案。	幽靈座（短） 湖泥（短） 沉睡的新娘（短）

一九五三年（四十一歲）	接到來自疑似某大醫院院長孫女的委託，捲進《醫院坡上吊之家》事件，但未能解決。	花園的惡魔（短） 不死蝶 醫院坡上吊之家（上） 活著的死面具（短）
一九五四年（四十二歲）	和磯川警部一同泡溫泉時，碰上〈人頭〉一案。	幽靈男 墮天女（短） 廢園之鬼（短） 迷路的新娘（短） 海市蜃樓島的熱情（短） 人頭（短）
一九五五年（四十三歲）		惡魔的手毬歌 三首塔 吸血蛾
一九五六年（四十四歲）		蠟美人（短） 毒箭（短） 黑色翅膀（短） 死神之箭（短） 獵奇的報告書（短） 夢中之女（短） 鏡浦殺人（短） 傘下之女（短） 七張面具（短） 華麗的野獸（短） 霧中之女（短） 撲克牌台上的人頭（短） 女人的決鬥（短）

一九五七年（四十五歲）	從「松月」的別館搬到世田谷區的高級公寓「綠丘莊」二樓三號室。	泥中之女（短） 洞中之女（短） 箱中之女（短） 鏡中之女（短） 魔女之曆（短） 出租船十三號（短） 紅色之女（短） 中國扇子之女（短） 籠中之女（短） 惡魔的生日宴會
一九五八年（四十六歲）		棺中之女（短） 火焰十字架（短） 薔薇的別墅（短） 眼中之女（短） 惡魔的寵兒 香水殉情（短） 霧之山莊（短）
一九五九年（四十七歲）		壺中美人（短） 黑桃女王（短） 門扉陰影之女（短）

一九六〇年（四十八歲）		貓館（短） 惡魔的唇譜 化妝舞會 雌蛭（短） 日晷之女（短） 白與黑 夜之黑豹（短）
一九六一年（四十九歲）		蝙蝠男（短）
一九六七年（五十五歲）		惡靈島
一九七三年（六十一歲）	解決橫跨二十年的《醫院坡上吊之家》事件之後，前往洛杉磯旅行，就此消失蹤影。	醫院坡上吊之家（下）
一九七五年（六十三歲）	再度悄悄地回到日本。	

原著書名／本陣殺人事件・作者／橫溝正史・翻譯／高詹燦・責任編輯／王曉瑩（初版）、陳盈竹（二版）・行銷業務部／徐慧芬、陳紫晴・編輯總監／劉麗真・總經理／陳逸瑛・榮譽社長／詹宏志・發行人／凃玉雲・出版／獨步文化 城邦文化事業股份有限公司 104台北市中山區民生東路二段141號5樓 電話／(02) 2500-7696 傳眞／(02) 2500-1967・發行／英屬蓋曼群島商家庭傳媒股份有限公司城邦分公司 台北市中山區民生東路二段141號2樓・讀者服務專線／(02)2500-7718; 2500-7719・服務時間／週一至週五：09：30-12：00、13：30-17：00・24小時傳眞服務／(02)2500-1990; 2500-1991・讀者服務信箱 E-mail／service@readingclub.com.tw・劃撥帳號／19863813 書虫股份有限公司・香港發行所／城邦（香港）出版集團有限公司 香港灣仔駱克道193號東超商業中心1樓 電話／(852) 25086231 傳眞／(852) 25789337・馬新發行所／城邦（馬新）出版集團 Cite (M) Sdn. Bhd. 41, Jalan Radin Anum, Bandar Baru Sri Petaling, 57000 Kuala Lumpur, Malaysia. 電話／(603) 90563833 傳眞／(603) 90576622・封面設計／高偉哲・排版／游淑萍・印刷／中原造像股份有限公司・2020年9月二版・2023年3月6日二版二刷・定價／399元　ISBN 978-957-9447-83-6　Printed in Taiwan

本陣殺人事件

日本推理大師經典

HONJIN SATSUJINJIKEN

ISBN 978-957-9447-83-6

國家圖書館出版品預行編目資料

本陣殺人事件／橫溝正史著；高詹燦譯．二版．-- 臺北市：獨步文化：家庭傳媒城邦分公司發行，2020〔民109〕

面；　公分．(日本推理大師經典；24)
譯自：本陣殺人事件

ISBN 978-957-9447-83-6（平裝）

861.57　　109011548

獨步文化
APEX PRESS

廣　告　回　函
北區郵政管理登記證
台北廣字第000791號
郵資已付，免貼郵票

104台北市民生東路二段 141 號 2 樓
英屬蓋曼群島商家庭傳媒股份有限公司
城邦分公司

請沿虛線對摺，謝謝！

獨步文化
APEX PRESS

書號：1UD024X　**書名**：本陣殺人事件　**編碼**：

請於此處用膠水黏貼

獨步文化 APEX PRESS

讀者回函卡

謝謝您購買我們出版的書籍！

請費心填寫此回函卡，我們將不定期寄上城邦集團最新的出版訊息。

姓名：________________　　性別：□男　□女

生日：西元________年________月________日

地址：________________________________

聯絡電話：________________　傳真：________________

E-mail：________________________________

學歷：□1.小學 □2.國中 □3.高中 □4.大專 □5.研究所以上

職業：□1.學生 □2.軍公教 □3.服務 □4.金融 □5.製造 □6.資訊

□7.傳播 □8.自由業 □9.農漁牧 □10.家管 □11.退休

□12.其他 ________________

您從何種方式得知本書消息？

□1.書店 □2.網路 □3.報紙 □4.雜誌 □5.廣播 □6.電視

□7.親友推薦 □8.其他 ________________

您通常以何種方式購書？

□1.書店 □2.網路 □3.傳真訂購 □4.郵局劃撥 □5.其他

您喜歡閱讀哪些類別的書籍？

□1.財經商業 □2.自然科學 □3.歷史 □4.法律 □5.文學

□6.休閒旅遊 □7.小說 □8.人物傳記 □9.生活、勵志 □10.其他

對我們的建議：________________________________

____

____

為提供訂購、行銷、客戶管理或其他合於營業登記項目或章程所定業務需要之目的，家庭傳媒集團（即英屬蓋曼群島商家庭傳媒股份有限公司城邦分公司、城邦文化事業股份有限公司、書虫股份有限公司、墨刻出版股份有限公司、城邦原創股份有限公司），於本集團之營運期間及地區內，將以mail、傳真、電話、簡訊、郵寄或其他公告方式利用您提供之資料（資料類別：C001、C002、C003、C011等）。利用對象除本集團外，亦可能包括相關服務的協力機構。如您有依個資法第三條或其他需服務之處，得洽詢本公司服務信箱cite_apexpress@cite.com.tw請求協助。相關資料不提供亦不影響您的權益。

□我已詳讀權利義務之相關條款，並同意遵守。

請於此處用膠水黏貼

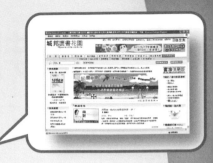